当代中国文学书库

这里挺好

杨再辉 ◎ 著

中国文联出版社

图书在版编目（CIP）数据

这里挺好 / 杨再辉著 . -- 北京：中国文联出版社，2023.1

ISBN 978 - 7 - 5190 - 5029 - 0

Ⅰ.①这… Ⅱ.①杨… Ⅲ.①短篇小说—小说集—中国—当代

Ⅳ.①I247.7

中国版本图书馆 CIP 数据核字（2022）第 245544 号

著　　者	杨再辉
责任编辑	李　民　周　欣
责任校对	周建云　李　晶
装帧设计	中联华文

出版发行	中国文联出版社有限公司		
地　　址	北京市朝阳区农展馆南里 10 号	邮编	100125
电　　话	010 - 85923025（发行部）	85923091（总编室）	
经　　销	全国新华书店等		
印　　刷	三河市华东印刷有限公司		

开　　本	710 毫米×1000 毫米　　1/16
印　　张	14.5
字　　数	223 千字
版　　次	2023 年 1 月第 1 版第 1 次印刷
定　　价	75.00 元

序一 从前……

寇丹

　　说故事一开头往往必说一句"从前"。话一出口就切割了时间进入另一个生活的环境。德清作家杨再辉这部22万字的小说，从第一句"岩脑壳，这个坐落在河边悬崖上的汉族寨子，栉风沐雨……"开始，时间就被带进了从前。

　　杨再辉是贵州人，出版过短篇小说集子《天底下有一片红绸子》。我多次去过贵州，对他笔下的人与事有亲切感。尤其佩服他对人物、景物、生活的细微观察描写，不啰嗦，极传神。红花绿叶相衬着主题，让你闻到了那方土地的味道，人物也因此有了各自的本色和精神。我想，作家与会写或讲故事人的区别在于作家用眼的观察、心的分析在解剖着一个特定时空中的群体，带动你一同领略、感受、思考、探索，并延伸思考这一群体从前、现在、未来的故事。讲故事的人以情节博人开怀大笑或凄然泪下，而作家的终极目标是让人们去反思一连串的为什么的故事本质。

　　云落屯，岩脑壳，一听就是有别于东南沿海的地名。不错，杨再辉再次写了他极为熟悉的贵州松桃县的一个山村，时间是二十世纪的下半叶，也正是中国历史发生巨大转折的那个时期。贵州省过去给人们留下的印象就是"地无三里平，人无三分银"的贫穷荒蛮。要不是当年"备战备荒"的战略措施，把东南沿海许多大城市的人和机器都搬去进行"三线建设"，还不知要出多少在山沟里称王的"夜郎"呢。地处山崖河边的岩脑壳村寨千百年来春播秋收，熏肉米酒，辣椒苞谷，粗茶土烟，虽穷却也安于天命，生儿育女。可是"忽如一夜春风来，千树万树梨花开"的改革开放春雷让岩脑壳的保守顽固也开了窍。村寨里老老少少随着开放的气流嗅着听着并模仿着山外的一切。就这样，变化着的人都涌进了杨再辉的笔下，经他的反思绘出了一幅色彩斑斓的山民生活画卷，像农民画那样，该红就红，该绿就绿，不讲究"变形"或"调子"，用他自己的话说就是"心心念念，锥心锤血，这些文字是纯粹的，生活的，绝对原生态的"。我想，忠实于生活，不遮掩、不粉饰、不讨好，这就是一个作家的责任和良心。

一个指甲盖大小的山寨也像山蚂蚁一样有一个一个的窝。近三十年来，许多的"窝"被挖掘机拆了，被推土机填埋了。电视机取代了拿着火把、敲打锅盖来驱鬼治病、自演自娱的活动，白发老奶奶也会用视频和远方大学里学外语的孙女喊话。生活中世代相袭的生老病死葬、爱情与婚嫁是如此的顺序和变化着。杨再辉把生于斯长于斯的地方以证实的笔调，满怀激情，记录了这种迅猛的改变。像他说的要"给人温暖，给人希望，给人勇气"，因此，它也是贵州的一页历史，它的文字是金贵的。

让我感动的是这个山村里竟有人保存着一本残破泛黄的竖排木刻版古书，它记述着一个国王苦尽甘来的故事。也许，不少人去屋檐下听过老人反复地宣读。故事鼓舞着他们渴望去迎接太阳的升起，克服着眼下的风雪严寒。我想，有文字书本就是有文化的传承，才有了一个叫作岩脑壳的群体，才有了岩脑壳的蜕变。

杨再辉让笔下的人物、车马、炊烟、歌谣都在似河水的动态下让人揣摩、遐想、期望、温暖、共鸣。让我们的后人向他们的后人说："从前……"

真的，好喜欢，好享受。

（寇丹，满族，1934 年生于北京。全国自学成才者，国际知名茶文化学者，在海内外出版过多种文学及专业论述）

序二 一幅灵动摇曳的生之画卷

顾 久

　　读杨再辉的小说，不知怎的，总觉得是在观赏震撼人心的绘画。

　　先是联想到罗中立的《父亲》：黑如大地的脸，犁铧划过泥土般的皱纹，眼神像山雾单纯而迷离，又像岩石笃定而坚强，仅剩的一瓣门牙使人联想到曾饱尝酸、甜、苦、辣，老树根似的指头紧捏着那只破旧的粗陶碗，汗涔涔的头巾上插支圆珠笔，虽艰难困苦，但仍保持着对文化的向往……或许是因为《云落屯》是以父亲丧礼开篇，又以父亲形象幻化为山崖作结？或许，与罗中立的画笔一样，再辉的文笔采用了超现实主义的手法，前者细微到渗着热汗的毛发和胡须，而后者精确到父亲几十年的每一封信中的每一个错别字？

　　再读，我看到类似中国古代绘画的散点透视式长卷：像《清明上河图》？或许因为书中有那么多的衣食住行、岁时年节、人生礼俗之类？但杨再辉不是张择端，似乎并不想要忠实地再现风俗，那只是衬托；像《洛神赋图》？或许是因为其中不时萦绕着安魂的傩堂戏文和跳脱的行文方式，使人、神、灵魂在时空中穿越着？但杨再辉不是顾恺之，似乎不想用写实的笔墨去展开虚幻的意境。《云落屯》是一轴属于作者自己的长卷。它像山水画，其中矗立着作者心底永远的扳鹰咀、载阳坝、仙人借、四方土……它像人物画，每个空间隐隐都有父亲的影子，还依次呈现出善良苦难的母亲、养着鸭子也被鸭子养着的姜老者者，失手杀人又被良心煎熬而精神失常的巴胜大叔，倔强如牛的天宝大大及其苦命的玛伟、玛文，有一起长大的、似乎永远定格在儿时却早已各自飘零的兄弟姊妹……

再辉的这轴长卷，看似游散，但其主题却极其本真，极其简单：大山中的生存。民国时期潘光旦先生留洋研究生物学，常用自然选择和文化选择的角度审视人类生存之道，归纳出"生产""婚姻"和"死亡"作为"选择的途径或支点"。人要生存，就要在这片大山中挣饭吃，于是《云落屯》不停地用"喊""奇""嗛"等方言词语来说"吃"，而全书六章，《讨喰》就成了其中一章的标题。人要生存，还要繁衍，找到能传宗接代的另一半，于是《云落屯》写大姐、二姐、三妹、小妹出嫁，大哥、二哥、弟弟娶亲，以及令父亲长期操心的"我"的婚恋，《亲事》又占去一题。人要生存，还需要死亡。在有限的资源里，老人的永别留给后人生存的空间，老人经验的消逝是新知识的开端，于是《云落屯》写了姜老者者、巴胜、玛伟、贺老师、父亲、母亲之死，又用《今生前世》为题，追忆故人往事。大山中的生存虽简单本真却并不单调：要生存，除了食、色、死而外，还要有坚强的血缘家庭来组合，要无处不在的日常行为习俗来整饬，要整套神话传说、道德伦理、民间俗信、血亲挚爱等来安顿灵魂……大山形塑了山地文化，而文化赋予了大山鲜活的灵魂。小说展示的，就是一轴贵州山地乡土文化之长卷。

当然，《云落屯》不是用线条、色彩铺就的具象的绘画，而是用文字、形象构筑的文学作品。但说是文学作品，我却不知道该归入哪一类样式：像小说？生动的人物、松桃的方言、雄奇的自然环境和鲜明的人文环境皆俱，但却没有虚构和大团圆式的情节。像散文？围绕着父亲的身影，含情濡泪而又娓娓地叨叨着家乡父老的家长里短、喜怒哀乐、生死轮回，但又不追求人为的散文意境。像诗歌？如同披头散发泽畔行吟的屈子，为已经逝去的亲人和即将消亡的故园而独自吟哦、一唱三叹，但又没有节奏和韵脚。像史书？既忠实地记述数千年农耕者的场景情愫，又实录了新时期工业化、城市化中农耕者对祖祖辈辈家园的离弃和不舍，但它又没有身份证照片式的严谨……

其实，这本书就像松桃的那座"刀削斧劈似的岩山"岩脑壳一样，独立、粗犷、贫瘠而又自尊，岩脑壳就是岩脑壳，是唯一的。它如小说般灵动，如散文般摇曳，如诗歌般激荡，如历史般沉重。

我愿把感动过自己的这本书介绍给寻求感动的读者们。

是为序。

（作者系贵州省文史馆馆长、教授，贵州省前文联主席）

目录

云落屯

1

岩脑壳，这个坐落在河边悬崖上的汉族寨子，栉风沐雨，历经大大小小数不清的人间故事，最后一次，它见证父亲离去。

父亲去世了，灵柩停在堂屋，从老松桃赶来的驼子姨叔带着徒弟做法事；弟弟、二哥、大哥前前后后忙碌。只有父亲不再操心，父亲睡在棺材里。

我和二姐、三妹、小妹算是已经见过父亲了——刚拢家那天，贝林哥他们将棺材盖打开来看。阴历六月酷暑难当，人在屋檐、树荫下，汗水还是顺着脊梁淌。父亲5号下午走，我们7号才到，怕他等不起，特意用冰袋将棺材里铺了一圈。尽管做了这种种防范，但父亲还是有点走形了，只有那两颗门牙，和右手骨折过的食指，才让我认出来，套着一身玄色寿衣安然躺在里面的这个人是他。

"发了！"天宝大大在边上说，"天色大，贱叔发了！"给我们看最后一眼，就盖上，钉钉，用桐油石灰填塞严实。"亘古千秋，子孙万代！亘古千秋，子孙万代——"老爷岩的三叔边抹油泥，边翕动着嘴唇念祷。

"兄弟！贱叔他走得停当，利索，按老古话讲来是喜丧……"三舅说。三舅拽着我的袖子，下巴稀疏的几根灰白胡茬翘起。三舅已经是这样老了，勾腰驼背，整个人像一根脱了水的豇豆干。几天没睡，三舅一直守着父亲：上香，点蜡烛，往油灯里添桐油，注意不让猫狗爬到棺材上去；每隔半个时辰，就烧上几张纸钱；困了，就靠在凳子上眯一下。

"三舅……"人潮涌动，柏树枝和竹子搭起的灵台前，鼓锣铙钹乱响，驼子姨叔和弟子们尽心竭力超度父亲：

"三春草木长发芽，日晒和风散白花；
借问此花何处至，不知春去落谁家。"
切切锵！切切锵！切锵切锵切切锵——

"叹此花，真可好，朵朵解花登坛绕；
说到山茶已不绯，又有梅花伴雪开。"
切切锵！切切锵！切锵切锵切切锵——

"牡丹芍药开方鲜，此是今宵真可好；
今持若花献世尊，资荐逝者早升天。"
切切锵！切切锵！切锵切锵切切锵——

"闻说地狱也有音，铁门不许透风尘；
擎叉执斧牛头鬼，背剑担枪马面身。"
切切锵！切切锵！切锵切锵切切锵——

"牛头马无人义面，乌嘴鱼鳃剥面皮；
不问亲疏并贵贱，只报当头追山离。"
切切锵！切切锵！切锵切锵切切锵——

"叹此者，入黄泉；黄泉路上苦万千；
独自独行无伴侣，亲儿亲女在那边。"
切切锵！切切锵！切锵切锵切切锵——

"叹声苦楚泪涟涟，鬼卒相逢要纸钱；
自作自受千般苦，专望家中修善缘。"
切切锵！切切锵！切锵切锵切切锵——

……

我立在边上，看瘦小的二哥举着引魂幡和弟弟绕棺，看大哥、根安他们在院坝里搓稻草索，有时我无端地抹一把眼泪。

"崽啊！小时候担心你们不得大；等你们大起来，我们又老了……"

2

送走父亲，我一直失魂落魄的。

我跟着父亲到扳鹰咀，亲眼看着棺木落土。我知道父亲这回是真的走了，人世间再也没有父亲了。但我还是出门去找，满原满野地找，像小时候从学堂回来那样。我找到四方土，找到仙人借，找到载阳坝，最后我又过渡船去到云落屯。

在云落屯，我立在堤坎上，我望着汤汤的河水。流水下的鹅卵石平整洁净；载阳坝上农人星星点点；远处的寨丙、响水坳、下坝，几个苗族汉族寨子沿青色的丘峦岩山一字排开。

岩脑壳就在对面。刀削斧劈似的石峰，垂直探入深潭的悬崖；岩层断面，有的地方被河水冲刷得坑坑洼洼，有的又光滑无比；崖壁上，翠竹薜萝青苔古藤，纷纷披披如额间发际；峰顶几株合抱粗的大倒鳞甲树亭亭如盖，若隐若现的人家……

我呆呆地望着，一直到将自己望进那个悲欣交集的世界里去——

讨 喰

1

小时候，常听大人们讲到"讨喰"这个词。

"你们云落屯这些地方，大坪大坝的，好讨喰！"

"那时候啊，松桃这个廊场还没得马路，出去讨喰全靠这大河，你二伯伯当水手就跑船到过常德！"

父亲说的大河，是寨子前面的河——大河当然只是我们叫的，城里人都叫它松江河。顺着河流下去，是湖南茶峒、花垣、保靖，再一直下去一直下去，就到了常德，到了洞庭湖。

明晃晃的冬水田里，一只只鸭子伸着头颈，扁喙在泥水里"嘎嘎嘎嘎"挖撮。顾不得头上的碧空，顾不得田埂的稻草，也顾不得姜老者者。鸭子在搜寻谷粒、螺蛳和小鱼小虾——鸭子这是在讨喰！

父亲去无锡看二姐回来，给我写信——"你二姐那些廊场，地方平展得很！人家都在坝子中间……"父亲认为二姐嫁的地方好讨喰。

三妹、小妹一天天大了。女儿家，迟早都是出去的——只是，去哪里呢？父亲希望她们也能像二姐那样，找到一处好"讨喰"的地方，不要像大姐那样。

2

如果不算上我，二姐应该是最早出去讨喰的。

清早起来，二哥和弟弟就扛着锄头跟父亲去载阳坝上挖苞谷土，三妹下河边洗衣服洗菜，小妹也背着背篓赶牛去了河坝，只有二姐还没有出门。

以往这时候二姐早就已经进城去了，二姐卖菜——黄瓜豇豆，大蒜白菜，二姐用背篼背，用脚篮挑。但二姐今天没有出门，二姐一直在下面楼子屋，楼子屋在院坝边上，以前本来是我和弟弟睡觉的地方，寄婆有一次来我家，"姑娘家，生来就该住在深闺大院，没有姑娘家露天露地住边边角角的道理！"寄婆说，"我做主了，楼子屋腾出来给几个姑娘住，让老三老小去住仓屋边上！"这样父亲就把我们的房间换了过来。

这个早上，一直等到父亲、二哥、弟弟和三妹小妹都出门了二姐才出来。"星辰——"二姐叫我，"星辰，姐和你说个事——有人邀我去无锡打工。你在外边读书，见的世面多，你说姐是去还是不去？"二姐捋了一下耳边的头发，二姐的头发长，而且凌乱，同她这些日子的心绪一样。

二姐说是去打工，其实我们都知道，二姐很可能是一去不回头了。二姐没有文凭，没有手艺，就只有一种要奔出去碰运气的念头。二姐要走了，二姐这年已经二十四岁，二十四岁的姑娘，不管从哪一方面讲，都不能再守在家里了。母亲去世后的几年来，二姐一直洗衣煮饭，喂猪挑水，进城卖菜。里里外外，大大小小，二姐接替着母亲。

二姐曾经有过一个对象，是烂桥那边汉寨子人，离岩脑壳七八里路。二姐的对象是小姑姑帮介绍的，家里只有爹和一个瘫痪在床的娘。姑姑到人家串门，说起这门亲事。"伯妈——"姑姑说，"你家三娃今年满十九岁了么？我给他总成一门亲事——是我娘家哥的二女……"

母亲那时已经不在了，姑姑来和父亲商量。父亲想二姐已经十九岁了，烂桥寨子好歹也算是河边坝子，吃饭不愁，就只是柴火艰难点——但这个年月，女儿嫁过去有口饭喰，也就很难得了……一番思前想后，父亲答应了下来。

但是二姐不愿意。人家上门来提亲、放炮火，二姐都躲着不见，连正月里拜年，二姐也不出来。父亲苦口婆心，但二姐就是犟着，"我不去！"二姐低着头，"又不是为了我，是看人家可怜，才叫我去！"而父亲认为，既然炮火都放过了，礼也过了，两家就应该算有这回事情。好端端的，平白无故退人家亲，太对不住人。

我考上大学，二姐的对象来我家，父亲留他吃饭，他说还要回去做活路，父亲叫二姐送他，二姐在灶房里装着没听见。最后，还是我替二姐去送。二姐的对象跟我同一年出生，但比我还要腼腆，父亲叫二姐的时候，他在旁边一直埋着头看脚尖。

出了门，我们一个在前边走，一个在后边跟。走过岩洞边，快走到载阳坝上，他才停下来，"毛弟——"他叫我，先前一直塞在裤兜里的手抽出来，竭力学着大人的口气，"毛弟！你考上大学，哥没什么送你——这几块钱你自己去买本书看……"我不接，他硬要给，我还是不接，他就不知道怎么办了。最后他把钱摆在路边石头上，掉头就跑。我捡起钱，在后面追，一直追到渡口，追到仙人借，也没追上他。

后来，二姐到底还是将这门亲事给退了。再后来，事情也就不了了之。二姐继续料理家务，喂猪挑水，卖菜下地。二姐不光忙家务，还料理一家人的吃饭穿衣，空闲下来还给我们做布鞋、织线衫、缝鞋垫。我穿的第一双皮鞋是二姐给我买的，在那之前我一直都是穿的解放鞋，读大学脚上也只是一双球鞋。放寒假我回家，二姐到街上卖菜，看到有人家卖减价的皮鞋，就给我买了一双，那是我穿的第一双皮鞋。

现在二姐问我，我说，姐，如果是打工，还是去广东、海南，工作好找；但是要考虑别的，恐怕还是要选择无锡，毕竟是苏南地区，平原地带，哪怕是农村也比我们这边好。这附近团转，也实在找不出像样点的地方。长生伯伯家芸茵姐，嫁在牛角河，算是县城边上了，但是每家摊不到巴掌大一块地，全寨人起早摸黑靠磨豆腐、做点小生意过日子；大姐在盘丝营，饭是有得吃，烧的柴火也有，挑水洗菜就在屋坎下。但是一年到头，日子也是紧巴巴的……姐，就是不晓得邀你去的是哪些人？靠得住不？

二姐说靠得住，就是财政表哥家的凤英姐。想想，又说，应该靠得住吧，我们是去那边找菊仙表姐……菊仙表姐就是财政表哥的妹妹，宣明大舅的女儿，小时就没有了娘，十四五岁跟人到外面打工，福建、广东，到处都去过。前两年，才听说在无锡那边嫁人安了家。

二姐长到二十四岁，除了县城，从没出过远门，连附近的铜仁都没到过。二姐第一回出门，在火车上，不管是醒着还是睡着，都紧紧地抱着包袱。二姐的包袱里除了几件换洗衣服，就只有父亲买给她路上吃的饼干。二姐的身份证和一点路费钱在家里时就藏在贴身的衣服口袋里了。

在火车上她们遇到几个去厦门的人，听口音是老乡。说是去打工，却又没看见带行李。先是一个女的坐过来，问二姐："妹，你们到哪里去?"二姐没有回答。"我们到无锡!"凤英姐说。后来又一个男的坐了过来："你们在那边有熟人吗?""有，我妹家在那边!"两个人说你们其实不用去无锡，厦门那边工作也蛮好找的，工资也高，不如你们也在鹰潭转车，和我们一起走……女的拿东西给她们吃，二姐没有吃;女的又拿水给二姐喝，二姐也没有喝。

二姐紧紧抱着包袱，火车一路哐唥哐唥，从天黑奔到天亮，又从天亮奔到天黑，沿途的电线杆、灯火、山丘人家在暮色中后退。二姐下巴抵着包袱，二姐的脑海里，放电影似的浮现着故乡的河坝、腰滩、封龙坡、云落屯，还有披着蜜一样的晚霞在坝上挑水泼菜的父亲和弟弟……坐了三十多个小时的火车，二姐和表姐到了上海，然后转车赶无锡。那时的无锡，交通还不方便。二姐她们照着表姐的地址，出了车站就开始打听，问了半天，才问到开往表姐家方向的公共汽车。找到站牌，然后又是等，坐在路边石阶上，抱着包裹。好不容易来了一辆车，挤上去，将近一个小时，下了车，两个人又是一路走一路问。

找到离表姐家还有一里多路的时候，二姐实在走不动了。"凤姐!我们找人家讨口水喝，好啵?"二姐说着，在路边就坐了下去，也不管地有多脏，土有多厚。二姐蓬头垢面，两边嘴角起了泡，眼眶也陷进去了;二姐的眼睛看起来特别大，但是装满了惶恐和憔悴。表姐自己其实也和二姐差不多，几天几夜，火车汽车，担惊受怕，加上想家。一路上除了带的饼干外几乎没有吃过任何东西，也没有好好合一下眼，两个人都是蓬头垢面，风尘仆仆。

凤英姐领着二姐，两个人走进路边人家讨水喝。院子里，一个男人在埋头修三轮车，男人告诉她们，井在那里，你们自己用吊桶打水就可以喝了。二姐在家洗菜、挑水、煮饭，用的是水桶，扁担钩一挂，去河沟水井边，舀满两桶水，扁担再一钩，挑了就晃悠晃悠往家走。现在这里却是用的吊桶。二姐和表姐都是第一次看见吊桶，都不会用，手忙脚乱了好半天，才终于吊起来小半桶水。打起来的水，你一口我一口分着喝，再去打第二桶的时候，就把人家的桶给落到井里去了。人家说你们要去哪里？走亲戚啊？你们去吧，等会我自己把桶捞起来。

从老家到江苏，坐了汽车再转火车。火车开过湖南，开过江西。二姐抱着包袱，望着车窗外缓慢地、一直不停地往后退去的大片稻田和低矮的砖房，望着头顶烈日辛勤劳作的男人女人，二姐心里除了越来越重的乡愁，还涌起了一种深深的失望。二姐想，这些地方和老家又有什么区别！这些地方连老家都不如！在家里还有爹，还有弟，还有妹，还看得见河那边的云落屯，这里什么都没有……二姐打定主意，到了无锡，如果一切也像火车两边看到的这样，就回家，回家去嫁人，一辈子不出来了……但是二姐没有回家，因为遇到了二姐夫。

二姐刚到，就有人帮忙介绍对象了。刚开始介绍的一个，二姐没答应。到介绍第二个，才是姐夫。姐夫和表姐夫他们一个村，只有父亲没有母亲，两个姐姐都已出嫁，父子俩将日子过得有一搭没一搭，姐夫家在村子里差不多算是最穷的人家了。但是二姐自己也没有挑选的余地，人家到表姐家来一说，二姐说别的我不选，我就先看看人。看了人之后，二姐就答应了。

二姐到无锡才一个星期，就把自己嫁了。一个月后，信送到家里来，父亲读了没几行，就哭了。父亲手蒙着脸，泪水从松树棒一样的指间渗出来。

"爹！我找到人家了……"

二姐告诉父亲。

"男方比我还小一岁。家里只有爹没有妈，看上去还算诚实，在无线电厂上班，是个临时工。爹，我在这边生活什么的都比老家要好，爹不要担心我，我就是想家，挂念爹……"

读了信，父亲去扳鹰咀把二姐的事讲给母亲听。第二天，又去县城，给二姐拍照片寄去。

第二年田里地里的庄稼刚收完，父亲就挑着两只编织袋，装着花生、核桃和几件换洗衣服，照着信上的地址，千里迢迢去看二姐。

找到二姐家，父亲没看到光鲜齐整的洋楼，父亲只看到九十年代江南的黛瓦粉墙：青砖的地面已经破损，墙角堆着木桶和锄头，一张油漆剥落的木桌，吃剩的饭菜罩在竹篾罩子下，黄豆大的苍蝇在伺机飞舞，旁边墙上的祖宗神位蒙着厚厚的一层灰……面对一屋的窘促和凌乱，父亲扶着门扉，眼里就涌出了两泡泪，父亲回过头看二姐。

"爹，这里只是喊饭、放东西的地方——房间在上面……"二姐见状，连忙领着父亲上楼去。

第一次出远门，旅途劳顿，水土不服，父亲在二姐家住了一个星期，也病了一个星期，回到家又卧床休息了几天。但父亲心情很好，父亲写信告诉我：

"你二姐那里地方平展得很，人家都在坝子中间。他们住的是两层楼的砖房，也有沙发家具，不比我们街上那些干部家里差。"

父亲认为二姐那里好讨喰，二姐嫁得比大姐要好。

3

"喰"

拼音：cān，sūn，qī，笔画：12，释义；古同"餐"，吃；古同"飧"，简单的饭食；爱饮食。

解释1：喰 cān，古同"餐"，吃。

解释2：喰 sūn，古同"飧"，简单的饭食。

解释3：喰 qī，爱饮食。

词条标签：汉字 生僻字 字典 汉语 字。

讨喰——谋生，找饭吃，寻一条活路……

小时候，最早给我展示讨喰不容易的，是姜老者者。

老者是对上年纪人的尊称，但是再加上一个"者"字，味道就变了：

——老者者！你勾着个脑壳，找哪样卵喽？

——老者者，你今年多大啰，有搂屎喰（六十七）了不？

姜老者者又在包家岩坎那里看我们了！姜老者者又在那里喊冤一样喊

了！姜老者者……我们叫姜老者者，都是在背后叫。玛伟不怕，玛伟敢当面就这样叫他。

玛伟和姜老者者骂架很有看头。

你个老不死的！老断子绝孙绝根绝代的！玛伟骂得顺嘴顺舌，嬉皮笑脸。

姜老者者咬牙切齿，脸色铁青，下巴上几根山羊胡子翘起来：你个有娘养没娘教的！短命死嫩砍点点的！

上下寨子的放牛娃，没有哪个不怕姜老者者。你才把牛赶进大河坝，他就在包家岩坎那边防贼一样盯着你。傍晚你背着一捆柴赶牛回家，他早早地就守在沙坝咀路口，阴阴地等着你。

但就是这么一个让我们又恨又怕的姜老者者，那次竟然被大人们当祖宗一样请进寨子，而且还是在玛伟家！而且还给他坐上八位！大人们围着他，又是烟又是酒地敬。

气归气，我们也只敢聚在村口，看大人们在那里吃肉喝酒，听着他们那些赶场天猪市牛市上一样纷纷嚷嚷的说话声。在这些声音中，姜老者者那倒过嗓子的人才会有的声音硬是像破铁锹在水泥地上摩擦，让人牙根发痒发酸。

"来！来！来！不和娃娃一般见识！不和娃娃一般见识！来来来，喝酒！喝酒——"

大家才发现姜老者者是不能喝酒的，尽管他端着碗，架势拉得很大，但才两口下肚，脸就已经变成了猪肝色。

姜老者者脚步发飘，酒碗端不稳。坐在椅子上，身体直往桌子下溜。"跟你天宝大爷讲！"他抓着天宝大大的手，像是抓着一截柳树根，使劲抖。"我跟你天宝大爷讲！"一张吃酸菜吞杂粮唾沫横飞的嘴巴都快咬在天宝大大的耳朵上了。

"这个事情，你放心！没事！没得——事！"摆摆脑袋，像马打响鼻似的吹酒气，两片嘴唇和腮帮子上皱巴巴的皮肉抖得像破布。

"跟你天宝大爷讲，这个事情没得事！都包在我身上……包在我身上了！"

也就是这次，大家才知道，原来他是县城西面粑粑坳的人，小时候就没有了爹妈，后来又没有老婆崽女。"你怕不造孽喔！"酒醉迷糊，两粒猩红的眼珠子挤在那堆皱纹里，"才筷子大点，就自己讨生活了；要不是共产党毛主席，哪有我的今天噢！"

大家想今天怎么啦？今天你又有什么啦？田没一丘，房没一角，崽女都没有个！就只有你那个卵鸭棚！河坝？河坝这些树，这些水，这些田土，又不是你的……心里是这样想，但是大家都鸡啄米一样点头，"对嘞！对嘞！是造孽咧！要不是共产党毛主席，哪里得有我们今天哦！"

喝了，吃了，也说了，又恭恭敬敬把他送回家。姜老者者前脚才出寨子，我们这些先前一直憋着、忍着的孩子就又嘻嘻哈哈地吵闹开了，连那些十八九岁嘴唇上已经长了一层黑黑茸毛的小后生也跟着我们一起嬉闹。

"你怕不造孽喔！"我们马着脸，搭着嘴唇，学姜老者者的样子，"才筷子大点，就自己讨生活了；要不是共产党毛主席，哪有我的今天噢！"

大河坝在莲晖峒峒下去一里多路的地方。一展平的河滩地，草肥水美，白杨、水曲柳，这里那里一簇簇的荆条灌木；靠河的一边是花边似的鹅卵石沙滩。对岸，隔着几丘高粱面窝窝头似的丹霞山丘，就是县城了。

这里是天然的放牧场所，猪啊，牛啊，人啊——绿茵茵的草地，中间大片大片的树林，槐柳、荆条、刺梨和其他各种叫不出名字的灌木，密密麻麻，郁郁葱葱。别说人、狗，就是牛钻进去了都不容易找到。树林的边沿，包家岩坎下的麦田和苞谷地，一年四季青葱翠绿。一条人工开挖的溪沟，把大河水引进去，灌溉岩山下的肥田沃土。水涨水落，留下一串珍珠似的池塘，池塘里小鱼小虾、螺蛳河蚌，还有涨水时随波逐流误入其间的鲫鱼鲤鱼，鲫鱼大的有手板宽，鲤鱼则长得红尾红鳍。

姜老者者就在大河坝放鸭子，稻谷收割的时节，就把鸭子赶到空荡荡的稻田里去觅食。他很少把鸭子赶到大河滩上来，一是河宽水阔，鸭子多，照应不过来。他的鸭群多的时候有上千只，少的时候也有四五百只，浩浩荡荡，前呼后拥，是大队伍，鸭子到了河里就撒欢兴奋，"嘎嘎嘎"扑腾翅膀，划着水面，满河满天飞去，他根本就拢不成群。常常天都快黑下来了还看见他舞着根竹竿，站在河坎上，"饵顽，啦啦啦——""饵顽，啦啦啦——"招呼鸭子聚群组队，上岸回家。但到了大河里的鸭子一个个见异思迁、忘恩负义，根本就不听他的召唤。任他在岸上喊得口干舌燥、头晕眼花，一个个仍然没心没肺地在河面上"嘎嘎嘎"地乐不思蜀。

姜老者者不敢把鸭子赶进大河里，还有另外一个原因。姜老者者没有崽女，没有老婆，没有家人，孤零零的一个老头。鸭子是他的崽女，是他的家人，是他的衣食来源。赶场天，他花五只十只鸭蛋请人来给他照看鸭群，自己挑积下来的鸭蛋上街卖。回来的时候买回人和鸭子都需要的谷物粮食，还有鸭子可以没有但人却绝对缺少不了的酱醋油盐。人和鸭子的口中食除了田里水里的小鱼小虾、螺蛳河蚌，其他都得靠从鸭屁股里挤出来，我们一直搞不清楚是鸭子养活他，还是他养活鸭子，是他放鸭子，还是鸭子放他。

天黑了，姜老者者把鸭群圈上塘坎，关进半人高的竹栅栏，自己睡在栅栏边上。鸭群关在野地，常常招来那些昼伏夜出的小野兽。鸭子对这些野兽的声音和身体上的骚臭气味极为敏感。夜半三更，鸭子炸群了，"嘎嘎嘎"乱叫，在竹栅栏里波浪一样东奔西涌，姜老者者就得披着衣服爬起来，"噢吼""噢吼"喊着，光着脚，提着马灯围着鸭棚到处乱照。一照，一吼，小兽就跑走了。过了一息，又悄悄地潜来……一夜到亮，姜老者者难得睡上个囫囵觉。

他的屋不能称屋，连个窝都算不上。一张小小的木床架子，上面撑起两根竹竿，竹竿上盖一张塑料薄膜。这样，屋也有了，家也有了，瓦也有了，床也有了；搬家的时候，竹帘子一卷，捆在窝棚上，人钻到架子下，肩膀一扛，赶着鸭子，就上路。

姜老者者自己活成这样，可偏偏还要管天管地管我们。他不许我们的牛碰着地里的一点点庄稼，连牛走近土边他都要喊。他还不许我们折树枝，连手指粗的一根都不让折。似乎，这些稻田、麦土和庄稼、树林子是他家的自留地，是他的私人财产，是他的婆娘和崽女！

"它才筷子大点点嘛！它还要长大的嘛！"板着脸，歪着个嘴巴，像是谁都借他白米还他糠壳。我们放牛，勤快的女孩子会去树林里捡枯枝，拿回家当柴火，姜老者者远远看见了，就要走上来，看你背上的柴捆是不是生树枝，看枯枝的茬口是不是有刀砍的印子。

有一回玛伟骑在柳树上荡秋千一样摇晃着跟我们赌："你们相信不？老子敢惹他，老子一个人都敢惹他！"我们坐在地上，仰头望着他说不相信。

"老子们来打赌——敢不敢?"我们说好!"赌什么?""赌一只水鸭子——下回吃水鸭子的时候我们都不吃,我们看着你吃!"

"好,不许反悔,是你们自己讲的!"玛伟"哧溜""哧溜"两下,从树上梭下来,跑到姜老者者的鸭棚边,把树条掰弯,把嫩枝折断。

太阳很好,天气融融,蜜蜂嗡嗡,鸟儿在灌木间落下又飞起。姜老者者本来是坐在窝棚里,穿针引线,笨手笨脚地缝补衣服。听见外面的响动,就伸出头来看。看看,再看看。看了玛伟又去看被弄断的嫩树枝,看折断的树枝茬口上淌出来的血液一样的绿色汁液。心子都痛落了!然后就又开始骂。他越是骂,玛伟越是折腾得欢。到后来,终于把他彻底惹毛了。老家伙扔下手里的衣服针线,舞着竹竿撺出来。

"摆倒摆倒砍!一棵都莫留,一棵都莫留!"他气急败坏,甩手摔脚,一脚踢在一棵树干上,一把也去折断一棵嫩树秧子。满池塘的鸭子被他撺得"嘎嘎嘎"乱叫,真个是鸡飞狗跳,天下大乱……

大河里,鱼多虾也多。鹅卵石下,翻开来,有时候还有铜钱大的小龟小鱼。牛到了河坝,自己会找草吃。我们就把衣服脱了,跳进河里去摸鱼,摸到的鱼,用柳条串子穿起,衔在嘴巴边。一个个光溜溜黑黝黝泥鳅一样的小身体泡在水里,撅着屁股抓得正起劲,忽然岩山脚下就是一串炸雷似的声音:

"放牛的!跑到哪里去了?哪家的牛?牛是哪家的?有牛啃麦苗了——"

喊得火烧屁股,声嘶力竭,杀气腾腾。

抬起头来一看,浑身激灵,头皮发麻:妈嘚!可不是?牛已经跑到人家麦苗地里了!

一个个连滚带爬跳上岸,抓着裤衩套着蹦着就跑,跑拢了捣娘捣妈地骂,雨点般的石头砸。胆小脸皮薄的牛,乱奔乱窜,跑出来;胆大皮厚的,不理不睬,临要出来了,还不忘记叼上一口,连麦苗带根,慢腾腾地边走边嚼。

牛是轰出来的,姜老者者还在岩山脚下骂:"看牛不好好看!牛在一边人在一边!牛在一边人在一边!阳春都吃了多少了?!看到没有饭吃的时候饿死你们这些小杂种的些……"

姜老者者骂，骂得扒筋刮骨，骂得两边嘴角喷着白沫，骂得我们和牛都一个个讪讪的，瘟头瘟脑。全部的放牛娃，只有玛伟不怕他。他骂，就和他对骂——"吼吼吼，你吼我个卵子！牛吃麦子，又不是吃你家的！你个寡老者者有个哪样卵？你卵都没有一个！"

玛伟一骂，姜老者者就气得说不出话了，白着个眼珠，哆嗦着嘴唇，下巴上的山羊胡子一翘一翘。

他骂我们，我们也骂他。在玛伟的带领下，我们想着法子报复他。我们故意在他扛着鸭竿从边上走过时，大声武气地学着过年时人家放鞭炮放焰火：

姜老者者，寡老者者，嘭哎——

姜老者者，寡老者者，嘭哎——

玛伟说他有一次看见姜老者者在塘边洗澡，他说姜老者者以为周围没人，就脱光了身子，试探着走向池塘里。姜老者者那样子就像一只老狗，朝四下里看一眼，又看一眼，身上肋巴骨一根一根的，瘦得很！但是姜老者者的那个东西却很大。唧个！唧个！玛伟用双手比着。硬是有黄牛卵子那样大！而且他前面的那个东西还是像狗一样，弯弯的，长着倒刺……

连比带画，我们都笑得在地上打滚。从那以后，每回我们折了树条子，或是牛跑到了庄稼地里，姜老者者再骂我们，我们就跑到他抓不到的地方，站成一排，跳着脚一齐朝他喊。

没有崽女，没得婆娘，这是最毒的骂人话。恰恰这两条他占齐了。姜老者者气得很，硬是气得手脚发抖，眼睛发绿。

我们佩服玛伟，佩服得不得了。玛伟会带我们下河摸鱼，会带我们找东西吃。苞谷熟了我们跑到地里掰苞谷，红薯熟了我们跑到地里扒红薯。掰来的苞谷扒来的红薯我们塞在衣服里，塞在裤筒里。到了大河边上，大家捡柴的捡柴，垒石头的垒石头，围在一起烧着吃，烤着吃。

玛伟还会给我们煎鱼。河里摸来的鱼，大家全部放在一起，挖腮去肠，躲在柳树丛里，用锅煎着吃。至于煎鱼的油、盐和锅是哪里来的，我们全部不管。到天快黑下来，快赶牛回家了，看见姜老者者骂骂咧咧满河坝找他的锅，我们都低着脑壳捂着嘴笑，开心得不得了。

　　有一次我们煎了鱼，用手抓，用木棍夹着吃，连鱼骨头都不剩一点了。到后来，玛伟还突发奇想地往锅里放了几块河坝岩，说是给姜老者者做夜饭。

　　我们煎鱼，烤苞谷，我们最喜欢吃的还是泥烧水鸭子。鸭子不退毛，就从屁股后面挖一个洞，把内脏掏干净，往肚子里塞上大把大把的香葱大蒜和盐。再把整只鸭子用黄泥裹起来，糊成一个篮球大小的泥团团，然后大家捡来柴火，把泥团放在火里去烧。然后大家围着火堆，边吞饿口水边守着。烧一两个时辰，才用树枝把烧得像陶瓷一样邦邦硬的泥团从火堆里刨出来，放放冷，最后把泥团砸开，鸭子毛被黄泥裹掉了，一个光溜溜香喷喷的肉团团就展现在眼前。吃鸭肉的时候，论功行赏。功劳最大的吃鸭腿鸭翅膀，功劳第二的吃鸭头鸭脖子，功劳最小的，就只能分到靠近鸭子屁股部位的肉了！每回吃鸭子，玛伟都分到鸭腿鸭翅膀。

　　大家把分到手的自己的那一份吃得干干净净，连骨头渣子都嚼嚼碎，连油乎乎的手指头都要一个个地给舔遍。鸭子好吃，但是也不能经常吃。最多最多，我们一两个月才能吃到一回，有时候还要半年才能吃到一回。

　　姜老者者每天晚上把鸭子圈进竹帘后，都要举着马灯数一遍。三五百只鸭子，圈在那么小个地方，密密麻麻。有时候他数出来多了，有时候数出来的又少了。数出来多了，他就不数了。数出来的少了，他就要举着马灯一遍又一遍地去数，一遍又一遍地去数了，结果数出来的还是少了。第二天他就要满河坝去找，看沟坎下，看灌木丛，看这里那里有没有鸭毛，然后他就要一连几天阴阴地看着我们。而我们，就一个个偏着脑袋，望着河坝上的草坪，望着草地上的牛，一脸纯洁，一脸无辜，一脸什么都不知道的样子。

　　最让姜老者者恼火的还是玛伟的那把刀。不知道从什么时候起，玛伟弄来了一把刀。刀是人家切菜的，用得久了，刀身窄窄的，只剩下两根手指头宽。刀有一尺多长。玛伟把刀磨得亮晃晃的，还弄了个木壳子装起来挂在屁股上。走路的时候，刀壳子就在他屁股上一甩一甩的。玛伟就这样背着刀像个鬼子军官，故意在姜老者者面前走来走去。有时候还"呼"的一声把刀拔出来，"咔嚓"一挥，一棵手指大小的柳树条子应声而落，栽在泥地上，像是新长出来的一棵小树。

"哪个要是敢再惹老子，就是这个下场！"玛伟说得恶狠狠的。

这下姜老者者怕了，软了，不敢再管我们了。但后来不多久，苗寨子有个在公安局工作的人就悄悄地递信给天宝大大了。

"他真去备案了？"

"真备案了！"

"备案是个啷样意思哦？"

"就是今后他伤了死了，公安局要来调查，看他是咋个死的！"

"他自己滚岩了，吃饭噎死了，放屁崩死了，也要找到我头上来？"

"就是这样……"

天宝大大把手里的饭碗搂底就是往地上一砸，"好事情不做，尽给老子闯祸！"

原来姜老者者已经在一个赶场天，悄悄地去派出所报案了。姜老者者给人家说有人要整他，说自己无儿无女孤寡老头一个，放在过去哪天死了摆在屋里臭了都没有人知道……姜老者者说着说着就哭了，站在捏着笔做记录的民警面前哭得稀里哗啦满脸泪水像个三岁娃娃，好在——他抬起手背擦眼泪——现在是新社会，如果自己哪天死了，肯定和"岩脑壳寨子那个头上长着几块疤的放牛娃娃"有关，到时候请政府给做主好好查查案情让自己死得个明白。

天宝大大到处求人，请来大队干部，请来龙满队长。大酒大肉，三人对六面，给说合，想办法让姜老者者去销案。

后来，不知道哪一年，姜老者者死了，死了也就死了……

4

巴胜大叔讨喰也是很不容易。

巴胜大叔是响水坳人。那时响水坳苗寨子跟岩脑壳还是一个生产队，父亲是保管，常常到青黄不接的春三月，就有人捏着龙满批过的条子来借储备粮，巴胜每年总是这些人中的一个。巴胜老实本分，沉默寡言，满腹心事——说他沉默寡言满腹心事那是后来的事，其实先前他并不这样。

巴胜死的时候，我跟着父亲去送他。人已经停在堂屋门板上了，旁边摆着一口破铁锅，铁锅里燃着几张纸钱，边上一盏桐油灯。见了父亲，他也不坐起来，也不咧着大嘴巴笑，他直直地躺在那里，右手握着一卷煎鸡蛋，左手捏着去阴间路上打发小鬼用的香烛和纸钱。堂屋里阴晦幽暗，香火袅袅，棺材还没有准备好，阴阳先生也还没到，只有他一母同胞的老姐——一个悲悲切切的老太太守在灵前。见了父亲，巴胜的屋头人就哭："老保管啊，他走了啊！巴胜他走了啊——"

哭过之后，大家才坐下来，说起走了的人。快过年了，家家都忙着砍白菜、洗胡萝卜——头天巴胜还进城卖菜，回来打年糕，帮着磨豆腐，一切收拾停当，他又去地里砍了挑了白菜，一天都没听说有哪里不舒服。早晨起床的时候，他说胸口有点紧，到中午就去了。说起巴胜的这一辈子，落到头来连顿年夜饭都没吃上，大家都嘘唏不已。

这之前，响水坳曾经发生过一起恐怖、凶残的杀人案件：一个看守山林的民兵在簸箩屯被人杀了，一颗脑袋被斧子砍得稀烂。这件事给人们的生活蒙上了厚厚的阴影，很长一段时间里，大家都不敢大声说话，不敢一个人走夜路，不敢再去簸箩屯。

事发的那天，我在坡上挖树蔸。挖着挖着，一抬头，看见有个人蹲在不远的田坎上，悄悄盯着我，估计他已在那里看了我好长时间了。

后来，这个人咳嗽，站起，对着我走过来。赤着两扇大脚，荷着锄头，头上戴着斗篷，衣服披在肩上，后面还跟着一只黄狗。这个人"扑""扑""扑"地走上来，摘掉斗篷，甩开衣服，朝手心"呸""呸"唾了两口，便帮我挖树蔸，挖出来后，又背起背篓，将我送出山林。那天的这个人就是巴胜。

凶杀案发生，人们赶到现场，凶手已不知去向，只有倒在草丛中的那具血肉模糊的尸体，尸体旁边横着已经砍倒的树。从现场看，凶手肯定就是来山林里偷树子的人。

公安局在附近几个寨子挨家挨户地调查，查了有半个月，都没查出来。又过了几天，忽然听人说，凶手已经抓到了，就在下面大河坝的柳树林里。公安局的人从四面围上去时，他还枕着树根睡觉。被人推醒，看到抵在胸前的黑洞洞的枪口，他小声嘀咕了句："我就知道是跑不脱的！"说着，便伸出两只手来让人家绑他——一双手的指甲缝里都还有没洗净的泥褐色血垢！

我放学回来，正好在路上遇到。我看见几个荷枪实弹的警察押着一个五花大绑的人，后面跟着一大群人，有穿警察衣服的，还有不穿警察衣服的。

杀人犯跟这附近寨子中的人没什么两样：也是光头，穿一身洗得褪了色的皱皱巴巴的衣服，裤筒管高高地吊在膝盖头上，脚上是一双用半截电线系着的破解放鞋。

一群人走过好远了，我才忽然想起以前在哪里看见过他。这是个劁匠，劁猪，骟牛，医治牲口，常年鼓起腮帮吹着一把小小的黄牛角走乡串户。

看守山林的人被打死的悬崖下离我那天挖树苑的地方不远，那是省里直接接管的"国防林"。那里的山坡上、悬崖顶，漫山遍野长的都是值钱的树木，随便砍上胳膊粗的一根，扛进城里去，都可以卖个十块八块钱。

但从出了那起人命案后，大家就不敢再去那山湾了。砍柴的人不去，割草的人不去，捡菌子的也不去那里。年长日久，崖坎下草青青的，林密密的，原先能过人过牛的一条小径，茅草丛生，藤蔓密布，连撵山赶肉的狗都钻不通了。

敢去那里的只有两个新来的护林员。这是两个年轻人，整日挎着枪转悠。看见打柴割草的人，远远地便高度警惕着，如临大敌。

还有一个敢去那个地方的人，就是父亲。父亲引水看沟，每年有几百个工分的补助。水沟要从那山湾经过，每天别人下工回家，父亲都还要捎着锄头，带着老歪去那里。有时是下午，有时是晚上。

那时，队里工分都很低，劳动一天，常常才有几分钱的收入。但巴胜很会寻开心，生产队出工，大家坐在田埂上磨时间，总爱摆些龙门阵，开些稀奇古怪的玩笑，巴胜也不例外。他先是咬着旱烟袋在旁边听，抽完一袋烟，在鞋底上磕磕烟灰，再慢条斯理地装上一袋——

"说是有一家人家。"他的故事就这样开始了。大家都瞪大眼睛望着他，等待下文。

"男人爱打婆娘。"巴胜的故事同他抽烟一样，半天才吧嗒出一句。

"说是那一天，男的从坡上回来，见家里冒烟迟了，饭还没煮熟。男的就又来气了。'咋个回事情？咹？咋个回事情？莫不是你是用碓窝煮饭!?'不管三七二十一，抓过婆娘来，就是一顿打。

"隔壁家的婆娘去劝。越劝，男的打得越来劲，口口声声要打死她。隔壁婆娘也来了气，撒开手，骂那婆娘：'你这烂婆娘！烂母狗！我一看你就是个晚上挨球白天挨杠子的货——他打你，你就不会还手?! 就由着他打个死，咹?'

"那婆娘也是被打急了，哭着号着，一只手遮脸，一只手就去地上乱摸，东摸西摸摸到了挑水的扁担，昏天黑地就抡开来。还真有几家伙擦到了男人的脑门，立马就破了油皮起了青包。

"男的那个疼呀，龇牙咧嘴抽冷气，没处躲了，就一头钻进床底下。婆娘把扁担在床板上拍得震山响，边拍边哭边骂：'老娘夜里让你骑让你磨，白天还要让你拿来撒气！你出来！你给我出来！今天老娘不砍扁你不是人!'

"男的躲在床底下哪敢出来？嘴巴子可是还在硬：'不出来，不出来！男子汉大丈夫，老子讲不出来就不出来!'"

"哗啦!"周围的人都笑翻了。巴胜也笑，一张大嘴咧到两边耳朵根。望着巴胜开花开朵龇牙咧嘴的样子，人们忍不住又是一阵笑。

但从出了那件事后，就再也见不到巴胜这样笑了。他整天闷闷不乐，埋着头做活，埋着头走路，一副心事重重的样子。

刚开始，人们还不去注意他的这些变化。直到有一天，大家才开始替他担心起来。

那天生产队里组织劳动力上山砍树。队里的仓房时间长了，很多地方木板都朽烂了。老鼠从这些破洞钻进去，偷吃稻谷。一年下来，连吃带糟蹋，总要损失好几箩谷子。农闲时，大家上山砍树，锯木板，把该修理的地方修一下。

那天在山上，刚把树子放倒，巴胜就不对了。他的眼神直直的，浑身像打摆子一样，抓斧子的手也颤抖着，好几次都落在地上。

之后他便像喝醉了酒似的跌跌撞撞往山下跑。他跑回寨子，逢人就说，我打死人了！我打死人了！我打死人了！

他的眼睛绿茵茵的，望着人家，一脸的紧张："我不是要砍死他。真的！我真的不是想要他的命。"

"我只是这样，这样一磕，"他把手臂弯过来，在自己头上比画，"他就倒在地上了。"

巴胜的女人和婆娘们坐在队屋前剥苞谷，起先也张着嘴巴在人群中看他说些云里雾里的话。后来忽然就哭号起来："天爷！你没有事情，你乱讲些哪样!? 打死人是要抵命的！你发癫了!?"

女人一下子不知从哪里来的力气，冲上去，抓着他的膀子使劲就是一推，把他摔倒在地。就是这一推一摔，才把他给摔醒过来。醒了后，巴胜不再说他打死人了。他坐在地上，两手撑着地面，仰着脸，看看大家，再看看自己。后来，他就不声不响地爬起来，规规矩矩地由女人牵回家去了。回到家里，坐在木凳上，像个不懂事的孩子，女人端来热水，喊他洗手他就洗手，喊他洗脸他就洗脸。

后来，人们到底还是感到有点不对劲，于是有人又提起那件事情。说巴胜上山，大概是被那冤魂缠上了。有人说，不会吧？公家的人，不相信那些个，死了就死了，哪会变成鬼!? 怕他是落洞掉魂了吧？于是女人便去山洼里，去岩洞边烧纸钱、许愿，又买了大红公鸡来家里请法师司法驱鬼。什么办法都用尽了，但总不见好转，巴胜依然那样恍惚，那样心事重重，一天到晚缩肩弓背，没有精神。

那时候，大家差不多都已经忘记先前的事情了。凶手都已经抓住了，还有什么呢！但后来，不知道又听谁说，那个案子判错了，抓住的是个劁猪匠，祖上几代都以手艺维生。说是有一次他给人家骟一头水牯牛，他喝了酒，收了钱，但才出门没有多久，牛就死了。他知道祖传的饭碗在他手上砸了，他知道人家不会放过他，弄死耕牛轻则赔偿，重则犯法蹲监狱。为了躲祸，他从家里逃出来。

错了？不是他？那是谁呢？大家想。于是说起这件事，大家便一致认为那一定是个凶面獠牙的人，不然，咋下得了那样的死手，硬是像劈柴一样将一颗头颅砍得稀巴烂？人们无形中感到一种神秘的恐惧，惊惧不安地朝周围看，生怕那个人又抢着一把血水淋漓的斧子，从哪个角落里钻出来，走向自己。

队上的田土，除了湾里和坎上那几块零零散散不成形的地外，最主要的都在载阳坝。去载阳坝，要经过岩洞边，岩洞边的溪沟，有鱼有虾，翻开一块块的石头来，还有螃蟹。岩洞口常常有些已经燃过的香烛竹签，泥地上也常常有烧过的纸钱灰和滴落的蜡烛油；旁边的两棵大柏树，还有不知道谁缠上去的红布条。纸钱灰，蜡烛油，红布条，加之边上黑森森的岩坎和倒垂下来的藤萝幽竹……老人们说，这个地方邪气得很。早些年，娶亲的队伍路过这里，如果不停下来烧点纸钱香火，等抬到家，轿子里的新娘子肯定是已经死得邦硬了；有那带孩子的妇女，背着娃娃经过，要是在这里咋咋呼呼吆天喝地，回到家孩子肯定非死即病。就是本寨子的娃娃崽崽，到溪沟里抓鱼翻螃蟹，在水里踩滑了，打一个闪，要是不赶快摸几粒石子带回家去，压在枕头底下，也一准会得场大病。

溪沟上的小桥，是用原木架起来的。原木上铺一层竹条，竹条上面铺石子沙土。时间长了，木头朽烂，泥土坍塌，桥上一个一个的窟窿眼，低着头，下面就是水，很是吓人。因此，每隔一段时间，这桥就得重修一次。以前修桥的都是队里的壮劳力。修桥的那天，先把人召集齐了，燃上两炷香，烧几沓纸钱，拜了祭了，然后才破土动工。土地承包到户后，大家都忙着自己田里土里的活，这桥就没人管了。

后来不知道从什么时候开始，这桥的修理和维护，就成了巴胜的事情。天气晴好，路面干燥的日子，就看见他在那里，锄头，铁锹，撮箕……巴胜像只勤快的蚂蚁，一点一点地往桥上铺土铺石子。木头是架设在溪沟两边石头上的，时间久了，木头下沉，桥就会变形。巴胜就把木头移开，在沟坎上挖坑，重新填进石头。有时候，木头朽烂不能用了，巴胜就重新扛根木头来，架上去。这时候山林都分到每家每户了，巴胜用的木头是他从自家山林砍来的。

巴胜修桥，没有人去帮他。挖累了，挑累了，他就把锄头挖在地上，锄头柄的一端搭在路坎上。他坐在锄头把上，双手捧着脸，默默地休息。有人挑着担子过路，看见了。巴胜，做好事啊？唔，唔。他应答着，却并不抬起头来看人家。

修桥补路，积德行善。行善积德是不计工分和报酬的。巴胜就这样做着没有报酬的事情，一直到他不能再做为止。

巴胜也许是真的受了惊吓了，后来的日子，变化得特别厉害。

一次我从学校回来，天已快黑了，放牛的孩子、放鸭的老人也都牵着牛、赶着鸭群回家了。远远地看过去，却有一个人还蹲在水边。那里原来是一个碾坊，碾坊废弃后，先前的瓦和木料都被人搬回家了，剩下拿不走的石槽石碾子横七竖八地卧在荒草丛里。那人蹲在石头上，缩着肩，袖着手。我故意将脚步放重，一路哗啦哗啦地踢着石子。那人没抬头看我，仍然袖着手蹲在那里，默默地面对着沟坎下绿茵茵的水。我走到了那人身后，才认出蹲在这里的这个人是巴胜。他大概也感觉到了身后有人，慢慢地转过脸来看我。他变得从未有过的消瘦，脸腮上除了一张皮外没有丁点肉，两只黯淡的眼睛像磨毛了的玻璃珠似的陷在皱纹里，眉头在脑门上锁成了一堆疙瘩。

他抬起头来，呆呆地望着。从他那一脸的茫然来看，他并没有认出我。

"巴胜大叔！"我把书包往屁股后面甩，喊他。他还是怔怔地望着我，深陷在眼眶里的两只眼睛使劲地眨了几眨。"哎，是星辰？星辰回来了？"他终于认出来了。后来，他站起来，弓着腰，埋着头，朝沟里边走了。沟里边，竹林里有一条小路可以上到响水坳。

同是在这里，有一回我和父亲遇见他。大河涨水，浑浊的泛着泡沫的河水顺着小河沟倒灌进来，漫过了小桥，漫过了岩洞，漫过了水碾边，连我和父亲堆草的地方也漫了。巴胜大叔戴着斗笠，披着蓑衣，赤脚裸腿在这里扳罾。

"那贱——"他看见我们。

"扳得鱼没？"

"得！咋个会不得呢！"

"得的多不？"

"多！多得很！笆篓都快装不下了！"

父亲笑，巴胜大叔也大笑。

"是真的哩，不相信给你看啰！"他手伸进笆篓里去，拿出来，高高举起，"一条！"半条鱼露在手掌外面，"噼里啪啦"甩着尾巴；他又把手伸进去，拿出来举起给我们看——"两条！"果然又是一条手板宽的银亮的鲫鱼，后半个身子被他抓住了，鼓着两只眼睛，嘴巴一张一合；他把手再伸进去，拿出来——"三条！"这回我们看到的是鱼的头和尾巴。

父亲走上去，扳起他的鱼篓看，里面空落落的就只有那条手板宽的鲫鱼，连片多的鱼鳞甲都没有。原来他每回拿出来的都是这一条鱼，只是每次给我们看的都是鱼的不同部位！父亲绷着嘴巴笑；巴胜大叔也乐，一张大嘴巴咧到两边耳朵根。

还有一次，我跟着父亲在岩山脚赶秧田水，巴胜大叔挎着个竹篓走过来。老远看见了我们，便咧着嘴巴，悄悄地拐到另外一条田埂上。他是过渡船，走载阳坝，从城里回来。父亲看他神神道道躲开我们的样子，便扛着锄头下到田埂上，跟他面对面。他又退回去，转走另外一条田埂；父亲也转到另外那条田埂。他又转走另外一道沟坎，父亲也转到那道沟坎……看看实在是躲不过去，他才迎面走过来，抱着他的篾篓一双手夸张地捂着罩着。父亲绷着嘴笑，不作声不作气，等他走拢了，扳起篾篓就检查。原来里面放着一小把线香、一刀纸钱，还有油豆腐！马上就是七月半了，线香、纸钱、油豆腐是他进城买来，准备在月半这天祭祀祖宗神灵的用品。祭祀祖宗神灵除了线香纸钱，是还要一点煮熟的切成四方形的猪肉的，但买不起肉的人家，用豆腐或者油炸豆腐也可以代替。

他的油豆腐用半张报纸包着，报纸已经破了，油豆腐就滚出来，稀稀落落散在笆篓底。看秘密被我们发现了，巴胜大叔也就不再遮掩，向我们敞开篾篓。父亲捏起一个油豆腐就往嘴里塞，巴胜大叔自己也捏起一个往嘴巴里塞，又取出一个递给我。每人吃了一个，巴胜大叔又摊开报纸让我们再吃，父亲就笑着把纸包给他收拾起来，放回到篾篓里。总共就没几个，再吃，他过月半的都没有了。

吃了油豆腐，巴胜大叔坐下来和父亲卷烟草，摆龙门阵。我在旁边抓蚱蜢，一忽儿又去追赶一只大眼睛细腰身王者气度的大蜻蜓。

秋天来了，秋天是阴郁而多雨的。地里的花生红薯、岩山脚的稻田鱼塘都才刚刚收掇完毕，天就阴下来，再后来，淅淅沥沥的秋雨就下起来了。雨时落时止，一下就是半个月。山峰、竹林、水田、寨子全都笼罩在蒙蒙的烟雾中。这样的天气，人们上山砍柴、下地干活就只有披着蓑戴着笠了。

傍晚，我在写作业，母亲在灶房忙晚饭。忽然听见有人风风火火进了院子，我开门，走出来，进来的人是父亲。父亲湿漉漉的脚杆上糊着泥巴和草叶，后面还跟着一个人。跟着的人是巴胜。巴胜光着脑壳，全身淋淋沥沥的，像是才从水里爬起来，一身的衣裤撕扯得没有一块是完整的。

"找套干净衣服！"父亲对母亲说，"再烧碗姜汤，多摆点红糖！"

巴胜坐着，两只泥手放在膝盖上，不知是冷还是别的原因，浑身一个劲地发抖。他的脸白惨惨的，眼神直勾勾的，坐在那里望着周围的一切。从他那一脸的茫然来看，他根本就不知道自己在哪里，周围都有些什么人。

后来才知道，巴胜那天是在簸箩屯犁土。红薯收过了，地里总还会这里那里落下一些漏挖的、锄破的。将这些红薯翻出来，背回家，洗净喂猪喂牛，都是上好的饲料。好的、成形的洗干净、削皮，还可以给人吃。

巴胜扛着犁头牵着牛去那边的红薯地里，犁着犁着，不知怎么的就又撞到山林中去了。父亲担着一挑稻草，从田埂上走过，听见山林里有呜呜噜噜的声音，像是狗咬架，又像是有人在哭。父亲放下草挑，拿着镰刀走进去，才发现是巴胜。巴胜倒背着蓑衣，眼神直直的，嘴里咿哩呜噜，一个人在林中空地上转着圈子，牛和犁头都不知哪里去了，头上的斗篷也弄丢了。

"巴胜！你做哪样？"

"我转屋里去……"

两只眼睛像萤火虫一样，绿茵茵的。父亲知道他又撞上了，走上去迎面唾了几口，又在他背心猛拍了三下，一手扯起就朝林子外走。

父亲让他洗了，换上干净衣服，喝了姜汤水，又留他吃了晚饭，才送他回家去。走的时候巴胜已经醒了，"老嫂！"走到院门口，他又回来同母亲道别。同母亲道了别，他又朝我这边走，走了两步，想想，才掉头朝大门口去。

他走后，我问父亲，巴胜大叔是不是和那年被杀死的那个人有关系？小孩子家家的，莫要乱说话！父亲呵斥我，口气是少有的生硬。过一会儿，父亲又来到我写作业的房间。父亲问我是不是在外面听人家说什么了？我说没有。父亲问，那怎么说你巴胜大叔和那个事情有关？我说是我自己瞎猜的。父亲问有没有再听人家说起那件事情？我说没有，我一直没有听人再说起，凶手抓到那天，很多同学都看到了。父亲说，就是。父亲告诫我以后不准瞎猜测，在外面也不要和同学说什么。我说，知道了。

守灵的那夜，巴胜大叔的儿子女儿、孙子外孙都来了。儿子默默地上香、烧纸钱；女儿坐在灵柩前，头帕蒙着脸，长一声短一声地号啕。无论是长相、衣着，还是脸上那木然、隐忍的神情，他们都是巴胜和妻子的翻版。

这天晚上哭得最伤心的是巴胜大婶，这沉默寡言隐忍负重的苗妇伤心得都同一个小孩差不多了，不管是什么地方，不管有没有人，只要一有空她就坐下来，撩起衣襟掩着面哀哀地哭：

"阿妈唉，哦——哦——哦——"

"阿妈唉！哦——哦——哦——"

她不哭棺材里的巴胜，一声一声只哭自己的妈。她自己也已经是近五十岁的人了，妈是早在不知多少年前就已经死了。就是还活着，也是老得拖棍戳棒自己都顾不上自己了。但是她口口声声哭妈，阿妈唉，哦——哦——哦——阿妈唉，哦——哦——哦——哭得人一晃一摆，随时都要栽倒在地上。她的声音已经完全沙哑了，呜呜咽咽的像只快要断气的老猫，高音低音完全分不清楚，只有她的肩头在抽动，只有包了块青帕头的脑壳一勾一垂，只有揩不净的鼻涕眼泪一把把地往下淌。

聚在火坑周围的人都不吱声，老年人咬着竹烟杆，用火钳夹起一块红通通的炭火放到将熄未熄的烟嘴上，"吱吱"地吸几口，又默默地将火炭放回火塘；年轻的坐下来，低着头将一双粗糙的大手伸到火上去烘，烘烘暖和，又悄悄地站起来，去帮忙料理丧事。平时那些最爱热闹的孩子这时也不再吵了，缩着身子一个个使劲地朝人缝里钻，朝火堆前凑。

巴胜在临终前神智已经完全不清楚了，合着眼躺在床上断断续续只是说些令人莫名其妙的话。什么"坐牢"，什么"民兵"，什么"枪毙"……甚至有一次他还身子一挺从床上坐起来，双手像螃蟹脚一样乱抓乱舞："不去！不去！我还有崽女！崽女还没成人哪——"他的眼神绿绿的，声音嘶嘶响。挣扎着，抗拒着。看那样子似乎真有什么东西硬要拉他去哪里。

大家一看，知道他是叫那些不好的东西缠上了，知道他剩下的时间已经不多了。想他常年地里坡上滚爬，那么来叫他上路的肯定是那被砍死在树林里的人了。于是大家忙着找纸钱、找香火，朝着那个方位烧。

一阵青烟过后，病人果然安静下来，不再喊叫了，但片刻之后，也就咽了气……

5

父亲很满意二姐能够嫁到姐夫那样的人家，父亲认为二姐那里比大姐好讨喰。

大姐嫁在坡东，从那里再过去就是湖南凤凰了。去大姐家，先是要走响水坳，然后是白岩、凉水井、扒龙苗寨，再到樟桂溪，翻七星坡凉亭坳，来回六七十里路。

大学毕业那年，我去看大姐，我骑着借来的自行车，走太平营、大树湾、凉亭坳，我特意绕到盘丝营集镇称了两斤猪肉。"舅舅给我们买肉肉来了！舅舅担心我们没得肉肉嘛！"大姐接过肉，欣喜地对孩子说，两个才几岁大的外甥，躲在大姐身后，亮晶晶的眼睛打量着我。大姐在院子里打豆子，头上还包着乌黑的洗脸帕。

大姐的婚事是照老辈的规矩办的：先是媒人提亲，然后是看人家，然后才是装香、放炮火——装香、放炮火就相当是定亲了。只是在看人家之前，父亲和母亲不放心，又实地去察看了一次。

头天傍晚，一家人围着桌子吃夜饭的时候，母亲给我们说，明天她要和父亲去坡东。

"我们去看看你二姨妈，当天去当天转来，拢屋可能要天黑了……"

"你早点喊醒星辰，莫让他读书迟到了……"

"鸡鸭早上放出来，记得要拦进窝……"

"天断黑我和你爹还没拢屋，你就先盛饭给弟和妹嘛，不要等我们……"

母亲给大姐一一交代着。大姐端着碗，埋着头，听听没什么吩咐的了，才抬起脸。一双亮亮的眼睛，表明她已经知道了，并一定照办，爹妈放心。大姐听话的样子惹得母亲一阵心酸，母亲就忍不住去捏了一下大姐的下巴，大姐头发上粘着一片草叶——是烧饭抱柴火还是山上割草时粘上去的？大姐长得最像母亲，大大的眼睛，蓬松的头发，人前低着眉头垂着眼。大姐身架子虽是细细小小，但手脚伶俐，锄头、犁耙、针线活，坡上家里河沟边，样样都做。大姐已经二十三岁了，二十三岁，在农村已经算是大姑娘了。

第二天，父亲和母亲一早出门。天才麻麻亮，浓重的露水，清新的鹊噪。起得早的人牵着牛、背着柴刀朝坡上去。挑水的晃悠着一担水从水井边洒上来。

"那贱，走亲戚去？""阿雅，咋早？！"

这些都是响水坳苗寨子的人，身上是皱皱巴巴缀着补丁的衣服，只有父亲和母亲的衣服是齐整的。父亲空着手走在前面，像个没事的闲人，母亲在后面背着篾背篓。有人打招呼，他们都不像平时那样停下来。母亲脸还有点红，有点忸怩。"他爹！"到没人的地方，母亲紧走几步，对父亲说了句什么。两个人就偏离石板路，走到沟坎上。沟坎上，遇到的熟人就少了。

翻凉亭坳的时候，他们坐下来歇憩。隔夜蒸的红薯，包在包袱里。母亲从背篓里取出包袱，一层层打开来，挑出最大的一个，递给父亲。

父亲接过红薯，掰开，递一半给母亲。"不饿。"母亲说，停一会儿，又说："不想吃，吃不下！"母亲坐着，两只手塞在腰前的围裙下，缩着肩膀。

"她二姨妈真是个苦命人。"

母亲眯着眼睛，盘在头上的青色丝帕寂寂寞寞。

"嫁的是个好地方，老的年轻的都好，可半路夫妻，做不到头……"

"后面这个呢，白黄瓜，中看不中吃。当个大队干部……屋里头活路一点不做，在外面嘴呱呱，东走西逛。一屋老小，里里外外全靠她一个人。"

父亲只是吃红薯，吃吃，想想；想想，吃吃。平时拳头大的一个红薯，连着皮，三口两口就吞下去。可是，现在，父亲吃得很慢——先慢条斯理去皮，然后塞进嘴里，咬一口，慢慢嚼，两边腮帮缓缓滑动。

"那年一个人上山，羊痫风发了，背着一背篼柴就栽进水田里。要不是一个看鸭子的人，命早就打落了……"

吃完红薯，父亲去路边找水喝。路边石壁下，一眼筷子大的泉水，不知是谁将泉眼淘干净了，砌上石头，围出脸盆大小一片清冽冽的水域；又不知是谁，在水边摆只缺了口的青瓷碗。一棵草标浮在水面，草还是青的，眼见得是前面过路的人，在这里喝了水，顺手挽了投进去。水底几只比麦粒大不了多少的小虾通体透明，划拉着腿脚觅食。听见动静，身子一抖，"啵"地弹开，藏到草标下去了。

父亲和母亲其实没有去绿塘二姨妈家。两个人翻过七星坡，下了凉亭坳，走到一个叫老木坨的苗族寨子，就离开大路，拐上了旁边一条黄泥小道。沿着黄泥小道，转过山咀，前面是一座汉族寨子。稀疏的几篷竹林，两棵巨伞般的香椿树。有鸡叫，有狗叫，还有絮絮叨叨的人语。村口一座条石砌成的土地神龛，神龛砌成宝塔的形状，有成人肩膀高。石龛里有烧过的纸钱灰，外面一圈香烛残签。斑斑点点的蜡烛油，滴在地上；有红也有白。土地旁边一家，屋檐下长着一棵大鹅梨树，鹅梨树在离地面一人高的地方，分成三根权丫，三根权丫结出三种不同的梨。

前面的水田，七八只麻鸭将嘴撮在泥水里，寻找小鱼小虾和收割时遗漏下来的谷物。几只胖墩墩的披着白色羽毛的鹅，小猪一样卧在田埂上，听见响动，其中的一只抬起头，伸长脖子张望，嘴里发出"嗷！""嗷！""嗷！"的声音。一只叫了，另外几只也伸长脖子，"嗷！""嗷！""嗷！"地叫。叫声惊动了干活的人，就有人撑着锄把朝这边望。一个提着水桶洗衣服的女孩好奇地在路边停下来。

父亲和母亲走下大路，走过田埂，走向屋檐外长着大鹅梨树的人家。"主人家！主人家！——屋头有人么?"母亲喊到第三声第四声的时候，出来一个团头团脸的妇女。妇女在院子里打豆秸，头发和衣服落满了灰土碎豆叶。妇女先是看父亲，又看母亲，然后看母亲背上的背篓。看着的时候，又出来了一个二十六七岁，个子不高但长相敦实，担着一挑沉甸甸粪桶的小后生。

"主人家，我们赶远路来，口渴了，搭你家讨碗水喝……"母亲说，口气很是谦恭。话冲着妇女说，眼睛却朝担粪桶的小后生看……

……

下午回来，水田，收过的红薯地，山林，岩坡。没有太阳，天空布满一层白晃晃的薄云。父亲和母亲顺着水渠走。水渠连通七星坡下的水库，水库连着山底下的暗河。清冽冽的水，掬一捧，满口生津，一年四季不会枯竭。水渠边上的人家，洗衣洗菜，人喝牛饮，两级台阶下去就是了，用水真是方便！还有树林、柴山，沟坎上就是竹篷、茅草，满眼郁郁葱葱的松树、柏树。

母亲看眼前的水沟山林，像是在看自己家的产业。

"看样子是个实在人家……"

"水沟就在屋坎下，不用天天挑水了……"

"还有找柴火也方便！"

不管父亲回不回答，母亲兀自小声说下去。

这年的正月，就有人家来拜年放炮火了，来放炮火的就是父亲母亲进去讨水喝的人家。到阴历十月，秋粮收拾完毕，大姐就出嫁了。

迎娶大姐的队伍明天就到。我很早就醒来。窗户纸上还是一层银粉似的天光，屋后竹林中有鸟在叫。先是"叽——""叽——"两声，试探地，然后才"唧唧唧唧"放开了喉咙。一只叫了，其他的也就叫了。不同种类，不同年段，不同的叫法，吵翻了天。看看旁边，父亲躺在那里，眼睛也是睁得大大的，父亲望着头上的蚊帐，父亲也很早就醒了。

我和父亲、二哥、弟弟睡在楼子屋。我们没有说话，我们都等着天一点一点地亮起来。正房里，隔着院坝，大姐和母亲睡的房间有了动静。还没等我弄清楚是什么声音，就听到母亲在哭了。不是抑制的一点一点地哭，是"哇——"的一声号啕大哭。哭声让清寂的空气来不及提防，让我们都不及提防。屋坎下的晓哥家，东边的河大大家，还有隔壁的二妈妈家，都有了动静。鸡和鸭在窝里不安地聒噪着，不知道出了什么事。

母亲一哭，大姐就跟着哭了。母亲哭的是大姐，舍不得大姐嫁出去做人家的人；大姐哭的是母亲，是父亲，是弟弟和妹妹，是舍不得离开我们。母亲和大姐一哭，父亲也哭，父亲是不出声的哭。父亲还是像刚才那样仰躺着，睁着眼，望着蚊帐顶，一下接一下地吸鼻子。

"星辰，去劝你妈！"父亲对我说，"跟她讲'妈！你莫哭！大姐长大了，就该是人家的人！大姐走了，还有我们……'"

我爬起来，走过院坝，走到正屋。我脸贴着门缝，照父亲教的话说了一遍。我不去说还好，我一说，里面母亲和大姐反而哭得更伤心了，楼子屋里父亲吸鼻子的声音也更响了。

跟母亲大姐一床睡的寄婆也醒了。"莲芝！你快莫哭了，崽女长大了，当爹妈的不就指望这一天么！这是欢喜的事情——莲芝……"寄婆温言软语劝慰母亲，劝了母亲又去劝大姐。

寄婆那几天一直住在我家，和母亲一起准备大姐的嫁妆。"莲芝……大丫头这一出去，你就好比断了一条手膀子呢！"寄婆戴着老花镜，嘴角粘着线头。

兄弟姐妹中，只有大姐不识字，大姐没进过学堂门，大姐从七八岁起，就开始带弟妹，放牛。大姐赶着一大群黄牛上山，大姐放牛挣工分。

大姐出嫁后，父亲和母亲一直挂念她。读大学前，我去大姐家，回来的时候姐夫送我到公路边。车来了，姐夫将捏在手里的一卷钱塞给我。我不肯要，我把钱退给姐夫。姐夫又塞给我。我跳上车，赶在车门关闭的一刹那将钱丢了出去，"姐夫，钱——"我喊。

尽管我的动作已经是最快，但手还是被车门夹住了。"司机！司机——夹到人啰！"车里一片混乱，大家七嘴八舌地喊。司机连忙撤下按钮，我才把手抽出来。

父亲最担心的是大姐。大姐孩子多，负担重。

6

正月的雨，洒在瓦屋上，洒在街道上，洒在巷子深处前行的雨伞上，洒在行人冰透的面庞上。正月的雨，黏黏的，冰冰的，飘飘拂拂。正月的雨里，有我挥之不去的忧伤。

继我和二姐之后，三妹和小妹也要走了。三妹已经二十四岁，小妹也二十一岁，都到了该谈婚论嫁的年龄。

从早两年起，三妹就开始在干农活忙家务的间隙，用一本我没有写完的作业簿子断断续续写日记——

1992 年 5 月 14 日

阴转雨，星期天。在睡梦中被爹叫醒去卖菜，于是极不情愿地起来，赶快梳洗完毕，来到菜场。到处都摆满了新鲜的蔬菜，有豇豆、辣子，还有很多叫不出名字的蔬菜，我家的菜摆出了大门口。今天的菜太多了，到这里买菜的人不多。我不情愿地把我家的洋芋便宜地卖了（0.12 元一斤），回了家。

1992 年 5 月 15 日

雨，星期一。今天是大端午，按我们这里的风俗，又要包粽粑吃。我起来吃几个粽粑，吃得太饱了，连中饭都不想吃（粽粑是昨天晚上煮好的）。晚上电视没有转播，于是看了一会儿书就睡了。

1992 年 5 月 16 日

雨，星期二。今天又没有什么事做，只有看书，去挑两挑水。白天又没有电视剧，只有等晚上看《叶塞尼亚》《钻石人生》。

1992 年 5 月 17 日

阴，星期三。早上起来就去洗菜，挑了一挑水。下午看电视《三毛流浪记》。然后就去摘辣子，准备明天去卖。

1992 年 5 月 18 日

小雨，星期四。今天一早起来就去卖辣子，辣子太多了，我就卖给了二手贩子，共卖了 4 块钱。9 点多钟就回家了。

1992 年 5 月 19 日

阴转雨，星期五。今天照常去卖辣子和洋芋。早上没有卖出去多少菜，以为卖不完，到下午 2、3 点钟，买菜的人很多，大都是乡下人，不一会儿，我的菜就卖完了。因为今天是赶场天，所以我小心地收好钱。大约 3 点钟的时候，在回来的路上就遇上了雨。

1992 年 5 月 20 日

小雨，星期六。今天又是下雨，我懒洋洋地起了床。因为没有什么事情做，所以就翻书，煮中饭，后看电视，煮夜饭。

1992 年 5 月 21 日

雨，星期天。无事可做。

1993 年 1 月 26 日

阴有小雨。过年真快，转眼又到正月二十六，现在仍然是没有什么事做，一天只有挑水、煮饭，中午晚上看有什么电视节目。有所不同的只煮四个人的饭，因为去年八月二十七已同二哥分了家。回想小的时候盼望过年，现在越大越觉得没有什么意思。老是觉得时间过得太快，比如讲，我已经满了二十三岁，这个年龄在这个地方已经很显眼了。老实讲，成家倒不想，只想找一项喜欢做的事情做，每天。还有一件事：从过年初六我们每天吃了晚饭就推着单车在大桥上学骑单车，虽然摔了不少跟斗，但还是会了一点。

1993 年 1 月 27 日

雨。早上起来，又下雨了，看来今天又不能出去骑单车了。吃了中饭，看了贵州电视台转播的电视连续剧《意乱情迷》后，就用旧报纸贴壁头，又混到了煮晚饭的时间，晚上只有看电视，下跳棋。

1993 年 1 月 29 日

雨转阴。吃了中饭，就和她们去街上，其实也不想买什么，只想呼吸一下新鲜空气。买了一张《湖南电视报》，现在共两张，已经涨到 0.4 元。回来后就洗菜煮晚饭。然后就去骑单车，回来后，因为停了电，所以电视也看不成，只有睡了觉。

1993 年 2 月 1 日

阴。早上起来，只有挑水煮饭，然后等吃了晚饭去骑单车，大约七点过就回来了。

1993 年 2 月 2 日

阴。今天又没有什么事，只有等吃了晚饭出去骑单车。

……

岩脑壳的姑娘，大了都嫁往土屯、水渚坪、猫猫岩，苗寨子的则去坪浪、火连寨、扒龙……但不管是哪里，出嫁后都是背篓、柴火、猪菜、灶台和忙不完的家务活。缺少劳力的人家，还和男人一样担粪挖土、栽秧打耙……几年下来，二十六七岁的女子就粗手大脚蓬头垢面，被日子磨缠得憔悴不堪。父亲舍不得三妹和小妹像大姐那样；父亲想要给三妹小妹找个好点的地方。只是，去哪里呢?!

先是听见人说街上哪家姑娘去了广东，"妹仔仔节约得很! 工资钱一分舍不得用，全部寄回来!"没有两年，砖房子就造起来了。又有哪家女儿，去福建，先是打工，后来在那边谈得个朋友，嫁在那边了，家里钱多得"背篾都装不完!"

父亲也想到了外面，想到了沿海"发达"地区。但父亲首先想到的是二姐；父亲不想让三妹、小妹跟外人出去——苗寨子贝林哥的女儿那年跟着人家出去，就被拐子卖了。

7

贝林哥和根安都是响水坳苗寨子人，低头不见抬头见，但后来却因为女儿的事情成了冤家对头。

先是根安滚岩坎，一张脸像腊月里枝头落下来的冻柿子，开花开朵都没个人样了。

根安去大沟寨子帮人打扮毛病，打扮了毛病就在老庚家喝酒。两个人一喝就把天喝黑了，喝黑了根安深更半夜才回家。走到堰塘边——他讲，才刚刚过了跳岩，树背后就闪出一个黑影子来，黑影子往他身上轻轻一拂，他就滚下了沟坎，后来的事情就不知道了。等到他半夜醒过来，才发现自己睡在沟坎脚，头上树枝摇曳，脸上火辣辣地痛，湿漉漉的东西糊满了嘴巴和鼻子，抹一把，淋淋沥沥的血……是什么东西，连根安都防不住？土地菩萨眼睁睁看着也不管？！

簸箩屯上的茅草竹林和远处的牛场坡顶，涂上了蜜汁般的晚霞；家家户户的院子里，点燃了一堆用石头压住的青草，熏出来的湿烟在院子里袅绕，把"嗡嗡嘤嘤"的长脚蚊子驱回水沟，驱回到幽暗潮湿的竹篷里。人们聚在老生产队时期的晒谷场前。

"根安要去喊冤了，听到讲没？"

"为个哪样子嘛？"

"讲是上前天那个事情。"

"查出是哪个了？"

"不晓得！不肯讲出来……"

喊冤坐劳改，警车就要"呜哇""呜哇"开来。不晓得这回又落到哪个头上？！枇杷塘寨子的树成，那年被抓走，转来的时候屋头人改嫁，老人也撒手走了，两个儿子没人管，成了偷鸡摸狗游手好闲的二流子。树成背着铺盖卷，站在家门口，像个在外面被老板黑了工钱的人，一脸的胡子拉碴，一脸的茫然失措……根安要去喊冤？那这回不晓得又是哪个要被带走？

"那贱呢？那贱今天看到没？"

"上去了！赶水转来放下锄头，就和天宝两个上去了……"

牛场坡下来的涧水，在沟边被石堰拦住，汇成数亩宽的一口绿茵塘，汇入的溪水，漫过石堰，"哗啦哗啦"跌进涧沟里，寨子也就因此有了一个名字：响水坳。塘边一棵老香樟树，心子空朽了，枝叶依然婆娑纷披，为塘边捶衣服洗菜的人们遮风挡雨。香樟树下是土地菩萨神龛，逢年过节，大家背着刀头香烛来祭拜，烧纸钱。根安就是在这里出的事。

根安会扯草药，会给孩子打扮毛病。一个人走夜路，背着牛角，到岩洞边簸箩屯那些阴气重的地方，就拿起来，凑到嘴边，鼓起腮帮子"呜呜呜——""呜呜呜——"，号角一响，天兵天将就会来护着他。牛角是根安的重要法宝。

根安会射阴箭。"一个人走夜路你莫要慌，听见路坎上、树林里有鬼撒砂子，千万跑不得。你一跑它就撵，撵到后来，你就会打落魂，就会得毛病。你只要这样，这样。"根安手里捏着片茅草，"嗖"的一声，草叶飞出去几多远，"你这样把箭一射出去，就没得事情了！"

根安还会整草蛊婆。"草蛊婆弄死一个人，可以保三年，三年运道亨通，养猪猪肥，养牛牛壮。蛊不到人，就去蛊牛羊鸡狗和房前屋后的树和葛藤——隔三年不蛊坏一个人，自己就会死。"

这个寨子上下的人知道，大家见过那些被放了蛊的人，尤其是那些五魂没长全的娃娃，先是面黄肌瘦、不思饮食，然后是没有精神、神思恍惚。死前瘦得脱了形，一双眼睛深陷在眶里，绿森森地盯着你，鸡爪子一样的手乱抓乱舞，口里"咿咿呀呀"，又笑又哭。

"根安咋个会连这个都防不住？"

"哪个晓得呢！"

"那回巴胜在岩鹰湾出事情不是他打扮好的么？"

大家议论着，打听着，捧着饭碗，来不及盛饭的，就抓了两个红薯走出来。

"官塘河溺死人的那回，他夜里转来，就听到河滩上吁吼连天的，像有几百几千人，看看又什么都不见。迷迷糊糊的他差点就被诓过去了，一连射了好几箭才脱身……"

"好在是他，换了别个，不死也要骇落魂！"

"第二天还是死人了！"

"师范的学生娃娃，讲才十七八岁呢。"

"章满婆娘在这边河洗菜，看见学生娃下来。走到河边就脱衣服，脱了衣服就下河游，游着游着，一个就沉下去……"

"今年好像还没有死过人。"

"只怕是又要来取替代了！"

一时都不说话了，每个人心里有面鼓在敲，耳朵里也有面鼓在响。

"该不会是她吧……"过了一息，才有人小心地说。

但说法很快就被大家否认了，"看你讲的！这么多年都没见弄过谁了。"

"再讲，也不会弄自己人呀？根安又不是三岁娃娃！"

啷个离谱，啷个不可思议，啷个异古奇怪，连说话的人自己都觉得不可能。

那会不会是别的腌臜东西呢？比方说洞边崖边，比方说树林里水里……根安不是讲过么——

"在坡上做活路，碰到鬼打墙，你千万莫要乱走；你只要找到牛脚印，跟着牛脚印走，就出得来。"

"看到有人在树林里直着眼睛一转又一转圈，嘴里呜呜噜噜的，你千万莫去看他，你一看他眼睛，你也会遭手。你只要走上去，背当心上给他拍三下，冲他连着喊三声：'×××！还不快回家去！'他就会醒了。"

"还有……"根安抽一口旱烟，继续给大家传授经验，"打山的人在坡上，要是猛不三更来了个老婆婆或是年轻妹仔，找猪找鸡，唤着唤着到了你眼面前，问你有没有看见她家的鸡？你就讲没看见，讲过后立马就悄悄下山。你再不走，肯定就要有事情——那回红岩洞寨子有个老猎人，就是没有走，枪炸膛生生把一张脸炸得稀糊烂，还有上前年乌米哨那边也有个打山人，摔到岩坎下——老婆婆和妹仔其实是山神菩萨显形，嫌你杀生多，来警告你了。"

还有打夜鱼的人，在仙人借和腰滩那些地方，听到不熟悉的声音唤名字，一声声喊得急，这个时候万万答应不得。有时候没有人喊，是有个人也在对面河撒网，"哗啦"一网，"哗啦"一网，撒着撒着就拢来了，打鱼人就会不知不觉跟着他朝深水处走……等第二天家里人找到他时，人早死了，肚子胀得像面鼓，鱼篓还捆在腰上，里面一只大螃蟹张牙舞爪，背壳上的红毛几多长……

这些都是根安亲口交代大家的。根安这样的人都会着了道儿，他的天兵天将到哪里去了？根安不是在山上，不是在水边，是在土地树下，土地树下已经都快到寨子了——有哪样东西这样胆子大？

出事的第二天，有人去问他："根安！你是看见有个黑影子闪出来？"

"咋个不是!？看得清清楚楚明明白白！"

"你看见人影子有脚没得？走路是飘起来的，还是落在地上的？"

"咋个会没得脚哦？你这个人，尽是扯白！有脚的！实实在在踩在地上！还穿着解放鞋，没得鞋带，用电线扎起的！"

大家看看自己，又看看边上的人。可不，全寨子的男人，都穿解放鞋，都用麻绳用电线做鞋带！

"黑影子来推你，那你看他眼熟不？"

"咋个不熟悉！？烧成灰我都认得出来，未必我会污蔑哪个！？"

有脚？脚是落地的？那就不是腌臜东西，那就是人了。可是，会是谁呢？再问下去时，根安就咬着烟杆，不吱声了。

于是天宝大大去问贝林："贝林，你给我讲老实话：事情是不是你做的？"

"我立得稳，行得正！"贝林梗着脖，"哪个要横着来竖着来，我都不怕！闹上法庭我都不怕！"

"贝林，一个寨子住着，又都是弟兄家，好说好商量。有哪样讲不开的！？"

"讲得开？讲得开早不是这个样子了！弟兄？算个卵弟兄！"

"算了，那宝，今天莫讲这个事情！"贝林从床底下拖出酒壶，给天宝倒一碗，自己也倒一碗，"我贝林是蛮气，但好丑还是分得开的。哪个要和我搞，我就和他搞到底！"

胡子拉碴的贝林，光着个脑袋，赤着脚板。一年四季挑着副大号粪桶，荷着把大号锄头。河边坝上，沟坎土里，浇菜锄地。每回赶场，总要扯起熟人，到酒摊子前去喝两凼酒。

一个讲是，一个不讲是，也不讲不是，那这个事情就难弄了。

贝林哥和根安有仇怨，都是为了那个烂女人。有一段时间，贝林是一点活路都不做，就背着柴刀壳子到处找松英。一听人说在哪里看见她了，立马三十里四十里就赶去，赶去还是扑个空。找不到人，贝林就恼火，就咆哮，像只中了猎人套子的野猪。

贝林两只眼睛血红血红，背着那把连柄三尺多长的柴刀，里里外外骂。一句一句，骂得精巴精骨。

那天贝林到水井脑壳上的香椿树下骂松英妈！松英家妈在两间破瓦屋里，起先还装着没听见，指望贝林骂两句就走。不想贝林那天硬是铁了心要找事情。

"贝林！人是骂得转来的么？"老太太拄着竹竿，颤颤巍巍出现在门口，"骂过一回两回就算了哩，骂多了不好听咧！"

像是滚油锅里泼进了一瓢水，"刺刺啦啦"就爆开了，贝林的柴刀在石头上"咣当"就是一记，砍得火花四溅！贝林龇牙咧嘴，"咣当""咣当"，砍一刀，骂一句，骂一句，砍一刀。

"贝林！松英家妈你又喊着哪个呢？"老太太循循善诱。贝林越砍越快，越砍越用力，"咣当""咣当"，粉尘腾腾，碎石四溅。

老太太气得手脚乱颤，拐杖"笃笃笃"地戳着地面。

"你来！你来！有本事你进来！"老太太在门槛里面，抖抖索索就去扯裤腰带——

腰带解开了，鸡爪子一样的手就去撩衣襟，要冲贝林露出白花花的肚皮。

血全都涌上了贝林的头顶，手里的柴刀飞出去，差点砸在了在竹林边刨食的鸡身上。鸡群"咯啰""咯啰"叫着，跑着，蹿上墙头。贝林涨头紫脑，像头没有鼻圈的牯牛，乱冲乱撞："松英——我日你家妈！我日你家妈！松英——"

"贝林，你进来！你进来！松英家妈在这里！"

"你出来！你出来！你出来！"

娘和崽两个，一个在门里面，一个在门外面，口口声声"进来""出来""进来""出来"。

就在老太太真的要跨出门槛来的时候，根安撞过来，根安朝贝林肩膀上"咚咚"就是两拳头，贝林没提防，摔在地上。接着贝林就跳起来，擒住根安，两个人在院子里，泥土四溅，狗跳鸡飞。从那天起，贝林和根安就成了死对头。

真的不是贝林么？贝林这个人，杀气那么重，再蛮的牯牛打他身边过，都要四脚打战。有年冬天，大家去赶大坪场卖胡萝卜，遇上街上骗秤的几个二道贩子，吵起来，二道贩子本场本街，一声吆喝，满镇的人拖棍带棒就来扑他们。硬是靠着贝林的一根扁担打通街，杀出血路，大家才跑了出来。

那年寨子里连着死了两个不满十岁的娃娃，一时间人心惶惶，连夜里狗都不敢大声叫唤。有人说肯定是贝林的妈作怪，"你看看，你看看么，不是她是哪个?! 眼睛那么红! 看人那么阴!"

贝林妈那年得了病。坐在床上几天不吃不喝，就是哭，一直哭，一直哭。过了有一场的样子，起来了。自己挎只篮子，去沟边洗红薯。洗洗停下来，洗洗停下来。从那时起，老太太就变得神思恍惚，常常对着一棵树站半天，对着一块石头也站半天。一双眼睛终年水渍渍的，红得刺人。

贝林在坝上挖土，听见大家的话，扔了锄头就跑回家，一索子两疙瘩，把老太太捆了牵到太阳底下晒。从那之后就带着婆娘崽女搬出了香椿树下，自己在寨子边上另起了两间屋，只在每年地里粮食收回来，要送两谷箩给老太太嚼食度日的时候，才去一趟先前的院子。

老太太一个人住在香椿树下，几个红薯是一顿，半碗稀饭也是一顿。除了根安，平时差不多不会有人进去。年长日久，阶沿和院子里都长了一层绿茵茵的青苔，这样就越发显得冷淡和阴森了。有时候老太太端着个竹篮，"笃""笃""笃"走在下河沟去的石板道上，看见担柴挑粪桶的人过来，老远就让到路边。寨子里的孩子都躲着她，大人们也少有和她说话的。老太太像只老猫老狗，悄悄蜷缩在香椿树下的两间瓦房里，无声无息地过着自己的一份日子。

论讲起来，贝林和根安还是弟兄。老太太起先嫁给根安他叔，生下松英，根安叔叔死了，才又嫁给同寨子的贝林他爹，生下贝林。四个人，两户人家。贝林小时候，孤儿寡母活路做不出来，根安常常顾着；挖土、犁田，春种，秋收……根安像做自己的一样。后来贝林长大，成家立业，根安还是照样，不分彼此。在地里干活，常常也是一个先卷起烟，递给对方，再卷了一杆，给自己。

那年他们的妹子松英出去打工，落到了拐子手里。消息传回来，老太太先是哭，没日没夜地哭，后来就发病了。松英被卖到福建山区，三年后才得回来。回来后不打工了，介绍妹仔们出去打工。松英把妹仔带出去，十天半月就回来了，回来的就她一个人：

"走散了! 走散了! 才下火车，一阵人挤过来，就走散了。

"我找了三天三夜，找不到，回来给家里报个信。那大城大市的，苦是不会受的，享福去了！沟那大娘您就等着女儿给你大把大把寄钱回来吧！"

说得丢了女儿的父母泪水涟涟，对赌咒发誓陪着抹眼泪的松英骂也不是，打也不是。到后来，连自己侄女、贝林女儿都给带出去弄丢了。

根安也恨死了松英。"这几年，我不晓得她拱到哪里去了！我要晓得，我赶去一刀就做了这个害人精！"根安有一次喝醉了酒，红着眼睛就是这样说的。

附近十几二十里地方也常有人来找松英，可她不落屋。像只水田里的泥鳅，上午才有人看见她，穿着新崭崭的衣服，背个城里人的包包，在家门口露一下，下午就又没了踪影。

这些事情，有点哪样关联呢？根安这回要到法庭去喊冤，他要告哪个？

瓜架上，竹篷里，沟坎边，"织呀织呀织呀"，纺织娘的声音，一浪盖过一浪。载阳坝上守菜的人扯着嗓子高鼓大声说话。远一点的仙人借那边，滩水"嗬啰嗬啰"响。夜幕下显得近在咫尺的封龙坡，有夜鸟嘀咕，有小兽叫，"呜哇——""呜哇——"像是谁家嫩崽啼哭。

父亲也还没有回来，父亲和天宝大大从贝林家出来，又去根安家……

第二天大家没看见根安。第三天没看见，第四天也没看见。到第五天，有人看见了，不是去城里，是挑着粪担下地。看见的人都说，根安脸上的伤开始结疤了。根安在岩山脚锄红薯。根安那天不是像他平时那样——先东锄两行，西锄两垄，然后再从头锄过去，将锄过没锄过的连成一片。他那天不是这样，他从一开始就打地头锄起，一垄一垄锄过去，一锄头一锄头锄过去，一把使唤惯了的锄头，几多的沉重。

后来贝林也荷着锄头去到那里。中午他们都没有回家吃饭，两个人坐在土埂上，卷草烟叶子。

8

父亲不想三妹小妹像贝林哥的女儿那样，父亲想到了二姐。

在早两年的时候，三妹就准备出去了，去找二姐。只是在临出门前，又舍不下小妹。爹！三妹跟父亲说，我还是在家里等两年，妹还小，弟的亲事也还没为。

这年学校一放寒假，我就把积蓄下来的五百元钱全部带在身上。三妹小妹和弟媳年前也赶着磨豆子，做熏豆腐干；我挑着菜筐，去载阳坝上挖胡萝卜、砍白菜。豆腐干、萝卜、白菜，弟弟弟媳次日一早挑进城……这样忙了有半个月，加上我带回来的钱，终于凑足了三个人的路费。

担心路上挤，上不了火车。我跟父亲说，年初一就得出门，先乘汽车到玉屏，再从玉屏转车……动身的前一天，我又跟父亲商量："爹，是不是让她们在这边近点的地方算了？二姐已经去得那样远，我又在外边工作，两个妹要再走远，您身边就只剩下弟和玉芝了……"我话没讲完，父亲就骂我了，"留在这近边做哪样?! 这近边有哪样淘金淘银的好啷场!?"

父亲举着湿漉漉的手，手里的木瓢滴汤滴水。父亲在掏猪食，圈栏里两头猪，过年杀了一头，剩下的一头就不怎么吃东西了，石头猪槽里，天天都要剩下满槽的猪食。父亲把这些猪食捞出来，拌上米糠，去给牛吃。

"要不……我带一个出去，留一个在近边，和大姐也有个照应?!"

父亲转过去，弓着背，有好一阵子，都没有动作。到后来，手里的木瓢才又一点一点地在石头猪槽里划动——"近点也当不得饭吃，当不得衣穿……天天看她们累受磨缠也是心焦——算啦，一人一命，一人一运——让她们各自出去讨喰……"

这样，事情终于就定下来，第二天就走！两个妹一起走！路上由我护送！

出门的时候，我们跟别人都没说，只有二哥不知道从哪里得到消息，等在门口。

"星辰！妹她们今天就走吗？"二哥手里抱着一小包花生，二哥把花生递给我，"你带两个妹出去发财，一路上顺顺当当……"二哥把他能够想得到的吉祥话送给我们。

说好的弟和弟媳送我们到车站，父亲就不去了。但我们走出村口，父亲还是又跟出来。二妈妈做饭，二妈妈抱着柴火立在她家门口喊："等一下！你们几姊妹等一下，你爹在后头……"

父亲换了一套干净衣服，头上是我才给他买的呢帽。

"崽！你们到了那边，要给我写信来——"父亲垂着手，跟在后面，走两步，停一下；走两步，停一下。到最后，父亲终于停下来了，六十三岁的父亲站在村口，就这样看着我们渐行渐远……

我们到玉屏，我们不敢到怀化，怀化是大站，所有湘、黔、川三省交界外出打工的人，都得从这里上火车。一个地市级车站，一年四季嘈杂得跟蜂巢一样，什么时候去，都有没买到车票的乘客滞留。春运期间，莫说住宿，就连火车站外面的广场，广场附近的几条街道，都停满了人和花花绿绿的行囊。

但那天赶到玉屏的时候，火车站也已经是人山人海了。长长的队伍从售票室一直排到广场上，人还在源源不断从四面八方朝这里聚拢。大家都背着点简单的行李，都怀着浓浓的梦想，都想到外面去奔前程撞运气。

一列列贵阳方向开过来的车到站都不敢再上人，稍稍趴过一两分钟就又鸣着汽笛"哐啷""哐啷"开走。车子在前面的几个站就已经超载了，过道上、厕所里都已经挤满人。火车短暂停留的那点时间里，完全是听天由命让乘客自己想办法，能挤上去几个人，就捎走几个人。到后来，工作人员也不敢再朝月台上检票放行，于是人们就像蟑螂蚂蚁一样，从窗口、墙头翻进去，从火车站外面那些曲里拐弯的湿漉漉的脏巷子钻进去，从所有能够找得到的缝隙里爬进去。

买了票，我们先是背着行李，站在队伍里等，排了五六个小时，还是连站门的边都挨不到。最后我带着三妹小妹找到托运站边上的通道，通道的铁门和地面之间有道一尺多高的缝隙，我们先将行李从缝隙推进去，然后趴在地上，手脚并用爬进去。进去后我们就往月台跑，跑到了月台，就眼巴巴地等火车过来。等半天，终于来了一列，人群就像一堆堆生命烂不值钱的蚂蚁，挤着推着，跌跌撞撞，蜂拥而上。还没等我们挨拢，火车就"吭哧"一声喘息，像蟒蛇一样振动躯体，昂头甩尾，"哐切""哐切"朝前蠕动起来。于是已经贴紧车皮、正从窗口车门朝里翻的人便被抖落在地上，人仰马翻，鬼哭狼嚎，每次都有几只"蚂蚁"被踩折了腿跌破了头。不堪重负的列车，喘息着，爬行着，不管不顾，甩开昏暗的小站，钻进前方沉沉的夜幕里。

挤了几次，都没能挤上车，我就带着三妹、小妹朝月台另一端跑。月台的那头，已经接近车站的围墙。列车开过来，尾部总是像长蛇一样摆在那里，列车的后面一般都是行李车厢，这是我们唯一的希望了。

赶到月台尾端，正好一列火车喘着粗气"吭哧""吭哧"停下来。车子停稳，铁门"哐嘟"一声，被推开来，一个大骨架、方脸膛、短短的发茬有将近一半都白了的老头出现在门边。

"小伙子哎，出门呢？"老头透气，活动筋骨，在机器噪声中大声跟我打招呼。

"我说是的，叔叔，车挤，都在这里等了大半夜了。"

"是挤呢！到处都是人呢！——去哪儿？"老头大声问我。

我说"去上海！上海！"

"噢，上海！上海好啊，是大地方呢！"

老头一口普通话天南地北。

我朝后面看看，这里已经靠近外墙了，灯火稀疏，除了我们没有其他人。于是我放低了声音——"叔叔，我们从你这里上车好不好？我们上车再去补票。叔叔，实在没有办法了，您做做好事，帮帮我们吧……"老头侧着脑袋，伸长了脖子。

"你是说从我这里上车？"

"是的，叔叔，我们不白麻烦您，我们出车票钱……"老头把耳朵对着我们，"你们，你们三个？"

"是，就我们三个，她们是我亲妹妹，我送她们出去打工。我是老师，在贵阳那边工作，送她们到了上海我还赶回来上班，学校要开学了……"

老头饶有兴趣地听着我的诉求。三妹和小妹紧跟在我后面，拽着行李，仿佛看见了寨子里那些温厚善良的叔叔伯伯，眼巴巴地望着车上的老头，一脸终于找到亲人了的疲倦、纯洁而又窘迫的笑。乘坐了一天的汽车，又在车站倒腾了大半夜，小妹和三妹都已经头发蓬松，一脸倦容，眼睛也大了很多。上车！上车！上了车就有了一切，不管前面的路有多么遥远，多么险恶，只要上了车就有了希望！

老头上上下下打量我们，咬牙关，吞口水，一层松弛的皮肤包着干瘦的颈子，粗大的喉结上下滑动。老人再次咬牙关的时候，嘴角两边就现出两道深深的咬纹，原先那点和蔼的笑容再看不到了，脸板得跟钢铁车厢一样冷。

"我说，小伙子！"老头一个字一个字，咬钢嚼铁，"你就别指望从我这里打主意了！告诉你吧，我的心比铁还硬！"

说罢，"咳咳"两声，将一口浓浓的痰吐出，又补上一句："我的心比铁还硬！"再也不朝我们看了。

午夜的这最后一列车也开走了，我带着妹妹重新回到候车室……

最后，我们是坐反方向的车，从玉屏到贵阳，再从贵阳起点站买车票。反方向开去的是春运期间临时调来的货车，四壁空空，地上也空空；没有座位，没有桌椅，连最基本的饮水都没有。大家坐在自己的行李上，坐在随手捡到的石块、砖头上，更多的是直接坐在肮脏的地板上。我在车厢里摸到半块砖头，和三妹小妹轮流坐，轮流着闭上眼睛打盹。

车子从沿途小站徐徐经过，灯光从车门缝里漏进来，橘色的灯光照出车厢壁上几个白色的粉笔字——"内蒙古牛，72头！"

到贵阳已经是第二天中午，先买了次日去上海的车票。第二天从贵阳站出发，依然还是站票，依然还是挤在过道上。但毕竟还是上车了。车过玉屏，外面已经彻底的人山人海，涌动得更像一锅凌乱的粥了……

后来的日子里，我们说得最多的不是买票等车的艰辛，也不是车上一天两夜的颠簸，我们回忆最多的是那趟货车和车厢上的粉笔字。小妹和三妹"咯咯咯咯"笑，"内蒙古牛，72头！""我们都成了牛了！"

还有一件事情我们也常常拿来当玩笑说的——"吧嗒吧嗒吧嗒！""吧嗒吧嗒吧嗒！"那是坐我们边上的一个方脸阔嘴的妇女。他们是大队人马：母亲、儿子、女儿、亲戚，还有同寨子的人。大大小小的包裹，口袋，竹篮。火车上整个一格，两排座位差不多都是他们的。

他们是从贵阳附近的一个县来的，年三十就出门赶到车站买票。他们已经不是第一次出门了，他们是回家过年，过了年又出来。一路上咋咋呼呼呼朋引伴，完全把火车当成了他们寨子他们家。高声大气，聊家常，聊见闻，酸甜苦辣，嬉笑怒骂，不断有形象俏皮生动鲜活的方言俗语从他们那里蹦出来——"人穷怪屋基，饭糊怪箐箕""捅猪捅屁股——各师各教"！哪怕是吃手指大点东西都要互相敬让，"你吃你吃你吃喽！"喧闹混乱中自有一种底层社会的淳朴和生气。

唯一不好的，就是垃圾乱丢。尤其是那方脸阔嘴的母亲，简直是一停不停地吃，两片大嘴唇"吧嗒""吧嗒"，再多的东西也塞得完。好几次，小妹瞌睡里都被她"吧嗒""吧嗒"的声音吸引过去，三妹也被吸引过去。两个人看她吃，回过头来互相看，看着看着，都捂着嘴巴笑。

我们没有座位，我们被挤在中间过道上，把包放下来，垫着坐，有人过路，就站起来；每过一阵还得清理身边的花生壳、蛋壳、水果皮和食物包装袋，不清理就没法下脚。我们也打瞌睡，吃东西——出门前父亲买的两斤饼干、年夜饭时留下来的半只鸡。当我们想起放在几台上的东西，要拿来吃的时候，就已经只剩下装水的瓶子了，所有的煮鸡蛋、橘子和弟弟弟媳给买的荸荠，都不见了——"肯定是被她'吧嗒''吧嗒'去了!"小妹嘟着嘴巴。

同他们挤在一起的，还有一对三十出头的戴眼镜的夫妻。看样子也是内地人，大概是大学毕业在上海工作安家，回来探亲。男的方头方脑还算厚道，女的扬着头，一脸高傲不合群的样子。有一次两个人小声地说起我，男的说，看样子也是个大学生——"左不过就是那种什么师范大学里出来的!"女的嘀咕。一路上，我们没有搭过腔。

9

送三妹、小妹到无锡，返回途中，我联系好了调动单位，回家我把事情一一地讲给父亲听。

"你离姐她们远不？坐车方便不……"

父亲问我。

"再一个来月，这季春洋芋就出来了……"

"等卖得钱，我就去买几个架子猪喂起，帮你们准备几头猪，你们今后成家都要用钱……"

"今年粮食肯定是有得剩的，家里少了两个人吃饭……"

父亲打算着，谋划着，踌躇满志。

我们是在四方土。这里属于我们家的地只有一小块，洋芋田是每年几百斤谷子租来种的，像这样租来的田，还有几丘。冬天种洋芋，洋芋收过，又要忙着赶季节种水稻。从二月份起，父亲就开始在田间忙碌，赤着脚，赶着牛，腿上，手上，衣服上，脸上，溅着新鲜的泥点。

正是油菜开花的时节，天空明净，河水澄澈，空气清新得如同水洗过一样。地头，堤埂，山林，一层嫩嫩的绿，空气里整日一股馥郁的油菜花馨香。我坐在田埂上，看父亲和弟弟给土豆除草追肥。

在我们上面，云落屯大桥像一道长虹，从寨子后的树林跨过河。下面就是大河坝了。有人放牛，有人放鸭子，还有不怕冷的人在河滩摸鱼。但是，再没有姜老者者了。

过了清明，我离开父亲；一周之后，带着铺盖、皮箱，和三纸箱的书籍，调到了浙江。

10

这年夏天，父亲来看我们。这是父亲第二次来。回去的时候，我带他去看大运河。我们从无锡坐船到杭州，再从杭州到德清。

到了澉山集镇，我们下车，步行去学校。父亲一路走一路张望，父亲看惯了老家梯田、寨子和绿水青山的眼睛被杭嘉湖的粉墙黛瓦、河港湖泊和大片的稻花桑田映得惊奇且充满迷茫。

"崽耶，天远八路的，你又怎个晓得人家这里需要教师嘛！？"

"崽——你咋个想到要走？本省本地熟人熟事不是上好的么？你离家近点，回去看爹一回也方便。"

在父亲看来，我应该回故乡工作，我有文凭，有学历，回去就做公家人。不比得大哥二哥，大哥二哥没有工作，没有文凭，一辈子只能两腿插在泥里。

父亲一直希望我回去工作。大学快毕业的时候，父亲在写给我的信里就流露出他的想法："崽，你再有两个月就要大学毕业，就得工作了。你毕业了就要回到自己的地方来了，我也就不担心你啦……"

然而，我竟跑了这么远！

还在家里的时候，父亲就一遍又一遍地问我，你那个单位怎么样？那

里的人怎么样？"嘛哪菀瓜护哪菀瓜！到了人家那里，就要好好帮人家做
事！"最后父亲总结说。

父亲认为，当老师上班，跟干活种庄稼都是一样的，都应该把稳着
实，不能马虎，"人哄地皮，地哄肚皮"，不把稳着实，吊儿郎当的，肯
定就不得饭喰！

工作了一年零几个月，我又走了——这次是本县调动，从乡镇到县
城。这下父亲有想法了，"人家天远八路地把你要去，才得用你一年，就
又爬起来跑了！"

父亲认为，我既然调来了，至少要教个三年五年。才工作一年，就又
走了，实在是对不住人得很。

三舅听说我调到浙江，比原来又去得远了，也跌着腿巴巴地赶到
我家。

"星辰！"三舅叫我，"在人家地方上讨喰，要皮脱，要和人！松桃这
个廊场，过去也有人在外面做事，都站不住脚，都转来了……"

黑瘦的脸颊，薄薄的招风耳，短短的秋霜染过一般的发茬。三舅给了
我很多交代，才袖着手一跌一拐消失在黑夜里。

三舅是天宝大嫂的娘家叔，无儿无女，孤寡老头一个。人老了，单家
独户终不是个事。一年冬天，三舅一把锁锁了祖屋，挑着两床开花开朵的
棉絮，就来投靠侄女。三舅来了，要落户，落户就要占队上一份口粮，大
家的心情都很复杂。天宝大嫂来找父亲，父亲又去找龙满。"一个人，嘛
得了多少?! 叫花子来都还要打发点呢！"龙满说。于是三舅就在岩脑壳
住下来，成了我们队上的人。

大概是知道自己的到来多分一份口粮，扯稀大家秧子，三舅干活特别
卖力。粪桶他拣最大的挑，锄头他选最大的扛，田间地头大家坐在土埂上
休息摆龙门阵，他还在"吭哧""吭哧"刨地，刨得飞溅起来的尘土都要
把他人给埋住了。三舅干活的时候，光着瘦精精的膀子，一条玄色的手缝
大裆裤子用截布带扎在薄薄的肚皮上，这就越发显出了他的精瘦和细小。

三舅跟父亲是平辈人，年龄也比父亲大，但三舅一直顺着天宝大嫂叫
父亲"贱叔"，或者"老辈子"！父亲长得不高大，三舅比父亲还要小，
浑身精瘦伶仃除了皮就是筋骨。

三舅是松桃跟秀山交界处水源头寨子的人。那里在县境最西边了，属于山区，以前专出"巴山匪"。

"三舅，土匪凶不?"

"凶! 嘟个会不凶!?"

"有好凶?"

"烧房子，掳东西!"

"那他们掳人不?"

"掳姑娘家，掳男娃娃，妹崽不要!"

"妹崽他们嘟个不要呢?"

"不要豆（就）是不要! 还要问嘟个不要!?"

他说的大概是真的，因为二伯伯家三婆有一次说，父亲才几个月大的时候，土匪掳寨子，奶奶抱着父亲缩在衣柜角落吓得浑身像筛糠，"我这个是妹妹咧! 我这个是妹妹咧!"土匪都已经把父亲抢在手里了，听了这话才重新塞给奶奶。

三舅不止一次见到过土匪，一次土匪来掳他们寨子，大家都逃上山了，他不逃。土匪撞进院门，搜衣服、牵牛、赶猪。黑灯瞎火里三舅咬着牙，不作声不作气，躲在楼上抱起风火砖冰雹一样往下乱甩乱砸，砸得下面的土匪"嗷嗷乱叫"。天亮了，大家回来查看损失，三舅家的门槛上粘着破布一样的头皮头发，台阶上一摊血污。三舅自己也被枪子打断脚杆，睡在楼板上。

有人说三舅手狠，连寨子里的狗都不敢靠近他，队上那两头最难驾驭的牛，只要他一出现，也都四股颤颤、服服帖帖。

三舅平时在大家眼里，除了精赤膀子挥舞锄头，就是爱看热闹。苗寨子、汉寨子，有人家请神还愿、酬神谢土，他总是要拖着个腿一瘸一跌地赶去。至于像一年一回的龙船比赛、正月十五舞狮子跳茶灯，更是没有哪一次少过他。

每年端午这天，三舅早早地就吃了饭，同精壮后生们将半个月前就打理停当的龙首鱼身喜气洋洋的彩船，送到扳鹰咀前面的大河里，在岸边用酒和香烛纸钱祭过，然后顺风顺水，飞快奔往下面的水堂河。

他是击鼓坐镇的，一身没有补丁的玄色粗布裤褂，一顶崭新的斗篷。

忙进忙出，端庄肃穆，非常虔诚。"下去！下去！这个也是你们玩的!?"他挥着手，十分生气地将我们往船下撵。"喂！你讲讲，是为个哪样要划龙船，要嘛粽子?!"他叫住一个孩子，然后不等回答，就自己讲了出来，"是为了屈原啊，为了屈原老辈子，不让河里的鱼吃了他嘛！"

寨子里的二妈妈说，三舅屁股上长得有钉子。一年四季都见他在河边、草滩、树林子里转悠。他走路的姿势很是独特：弓着背，袖着手，像是抱着一个什么值钱的宝物，两只脚慢慢地有节奏地向前跌去。有时候，他会在外面转悠一整天，天黑才回来。

"三舅，你找哪样?"

"不找哪样！"

三舅的勤快只对集体和生产队，刚到来不久，他就和天宝大嫂他们分家了，一个人住在岩坎边上鳞甲树下两间瓦屋里。壁板是竹篾编的，时间久了，松松垮垮，稀窿烂壁，屋里几个坛坛几个罐罐，都数得清楚。他不治家业，风里雨里，一年四季也不见得什么病。偶尔有个头疼脑热，人们便说，完了，完了！不得毛病的人不得毛病，一得毛病可就是厉害的，这下三舅只怕是好不起来了。但没过几天，又见他出来，头上缠着一圈黑色帕头，弓着背，袖着手，在寨子里走。

"三舅，毛病好啦?"

"好了，好了！油麻籽大点点小毛病，歇一天两天就好了！"

二妈妈说他"用大棒棒都打不死"！

大家看他一个人，吃穿用度紧里紧巴，劝他："三舅，'人欺地皮，地欺肚皮'，庄户人家，种地讨喰，游逛个哪样？帮你那点自留地料理好，一年也有个好裹嚼！"

话说得巴心实意，三舅就漠漠地笑笑："料理个哪样哦，饿不着肚皮就是！"若是有嘲讽看不起，他就抬起头，脸掉朝云落屯那边："好也好，歹也好，那天一到，照样蹬腿！一辈子争强好胜，最后带得去的还不只是那个三尺宽的木匣匣！"

三舅在村中转悠，遇到熟人便搭讪，看见谁家在修墙补院，翻屋盖瓦，他挽袖裸腿，朝手心"呸呸"两下，就上去帮忙。他干起活来，一点也不吝惜力气，比起做自己的事来带劲多了。等到人家摆出酒饭来，他拍拍两手，衣服往肩膀上一搭，又咬着烟杆一瘸一跌地走了，任你在后面怎样叫怎样喊，也不回头。只有对脾气的人家，他才会饮上一盅酒，吃上几筷子菜。

三舅对别人的事情热心，但有时候也会帮倒忙。有一次，二妈妈家打糍粑，他正好转到那里，看见了，"呸！呸！"手心里唾两口，摩拳擦掌就上去帮拧糍粑。揉着拧着，看到大家都停下来，盯着他看，才猛然醒悟："拐啦！拐啦！"三舅难为情地皱着鼻梁，一双手在衣襟上又是擦又是甩。

寨子里讲辈分，三舅没有辈分，大家只是跟着天宝大大叫他三舅。年纪大的叫，年纪小的叫，三舅是上下寨子大家的三舅。

三舅活得像只老麻鸭——身上一年四季都是那层洗得发红发白的青布衣服，一只裤腿高高卷起，一只裤腿拖在脚后跟，腰间吊一根两尺多长的黄灿灿的铜嘴烟杆。

三舅编得一手好竹活。村子离县城不远，五天一集。逢集这天，四乡八寨的人担的背的，蚂蚁牵线线一样进城来。三舅总要等到其他人都出门了，才会胡乱挑着几个竹篮鸡笼，晃悠悠上路。碰见熟人，他老远就站住等人家——"赶场？""赶场！""赶场！"上面枇杷塘、红岩洞苗寨子的人，都认得他。

三舅的手艺是出了名的，每回到街上，他的鸡笼竹篮总是最早脱手，且常常还会卖个好价钱。但他下回赶场还是只挑那么几个去。

"东西好卖，多编几个啵！"父亲说。

"够吃油盐钱就是了！"三舅慢条斯理，手上填着烟丝。三舅对父亲说话，从来都是正正经经的。

三舅的侄女——天宝大嫂有三个儿子，前面两个跟二哥一般年纪。长得人高马大，精壮结实。天宝大大对崽女就像对他们家的那群鸭子，天亮了，赶到大河里；天黑了，站在院坝前招呼回家，其他的一概不管不顾，任凭它们自己去，找到螺蛳嗛螺蛳，找到虾子嗛虾子，螺蛳虾子找不到，水草烂菜叶叼两口。

三舅不喜欢天宝大大的几个孩子，三舅喜欢我。

"这娃娃嘟个喜欢书！"

"以前有个过路风水先生讲过，我们这地方要出人才……"

"这娃娃我看不像是个舞锄头把的人！"

11

小时候，三舅带着我，去苗寨子看人家还愿。

还愿有法师，法师戴脸壳子，还愿跟丧事不一样。开始，是敲锣打鼓，唱，跳。这是开戏洞，祭天地，请神灵。开洞之后，一个个戴着脸壳子的人出场，先出来的是报福报喜，两个人手执扫帚互相围绕着对方团团转，做出各种动作和奇特的造型：

三十三天云雾起，要开桃源三洞门。

何神打马来开洞，何神打马开桃源。

唐氏太婆来开洞，何氏六娘开洞门。

大法师公来开洞，小法师爷开洞口。

上洞原是金须锁，金打钥匙开洞门。

中洞原是银须锁，银打钥匙开洞门。

下洞原是铁须锁，倒爬钥匙开洞门。

三洞桃源三把锁，弟子到了开洞门。

然后出来的是斩五瘟、除邪的先锋：

先锋神来先锋神，架起五方祥云程。

然后是添财进宝的八郎和秦童——秦童是一个穿着大红袍的驼背，弯着腰摆着八字步；八郎手拿着师刀，笑眯眯的一副和气生财的样子：

先锋小姐一过后，秦童八郎随后行。

他来主家无别事，金银挑上主家门。

然后一个男扮女装的先锋身穿红衣手执绿扇，头上戴满鲜花，婀娜多姿地舞动着——这是砍五方的开山神。跟着开山神出来的是判官，判官高举毛笔专判人间是非：

秦童八郎一过后，开山大将随后行。

他来主家无别事，来与主家砍邪精。

接下来笑和尚登场，他是代表看风水的。然后是土地公公上场，抛粮下种：

和尚道师一过后，梁山土地随后行。

他来主家无别事，隔年种些早阳春。

土地公公出来的时候，常常会被其他神拿来开一通玩笑：

风今今来雨今今，土地穿的麻布衣。

风沙沙来雨沙沙，土地穿的麻布纱。

土地老来土地老，一身都被虫蛀了。

看牛娃娃不知事，香炉钵钵打破了。

然后报福就要开始唱了：

内落成来外落成，外头传报里头人。

外头传报里头事，传报打锣打鼓人。

锣鼓还要调匀打，打得齐来舞得齐。

拜上拜上多拜上，拜上两旁看戏人。

要看戏来高台看，傩堂戏子不成文。

拜上拜上多拜上，拜上酬愿主东君。

不是报福要乱讲，你家许着这堂神。

柳木雕来柳木雕，柳木雕凿这堂神。

柳木雕凿这堂鬼，看他何鬼赴傩堂。

坐坛师唱：

巧打三捶龙凤鼓，报福二师赴傩堂。

接下来就是对主家唱贺喜歌：

千贺喜来万贺喜，贺喜主家好诚心。

你家说起要还愿，常把神灵挂在心。
千操心来万操心，八月操心到如今。
男人操心买纸贺，女人操心喂猪牲。
喂个猪儿山头大，造缸美酒海洋深。
陈谷烂米家家有，哪个肯许这堂神。
别人还愿三年旺，你家还愿旺万春。
自从你家还愿后，富贵荣华万万春。
没得好言来相送，满肚金怀不住声。
你去堂前打理客，我去上方参众神。
一朵皇云扫地黄，低头参拜二君王。
二朵皇云扫地青，低头参拜二帝君。
参拜双皇两姊妹，稳坐龙华到天明。

唱了贺喜歌就要向主人家讨赏钱了：
二十四戏报得清，报与双皇得知音。
二十四戏报得明，报与双皇得知闻。
二十四戏报完了，会个东君转回程。
主东君来某先生，请出东华龙凤门。
请你堂前无别事，讨点盘缠转回程。
不是我们好贪财，一年跳坏几双鞋。

主家给红包后也要唱：
接你金来谢你金，谢你摇钱树一根。
拿在后院去栽起，早落黄金晚落银。
初一早晨捡四两，初二早晨捡半斤。
初三初四莫去捡，万担金银塞后门。
大家人家不谢多，多多谢些无处落。
你去堂前打理客，辞王圣家转回程。
报福神来报福神，报福原来不辞神。
……

这些仪式里，除了唱词，还有一些对话，这些对话简直就像是平时大家在载阳坝上干活时候开玩笑了，比如一个人问：

那一块骨头哄得了两个狗啊？怎么有两人呢？那他是请哪个哟？

答：请我。

问：他好久请你的？

答：他是去年请我的。

问：他是明天请我的？

答：他是后年请我的。

旁人说：算了，莫争了，田坎上种豆，一路啊。

问：那唐氏太婆给你说个缘故了吗？遇到哪种样子的是人，哪种样子的是鬼？

答：给我说得有，脚肚子生在前面的是人，生在后面的是鬼。

问：那你让我摸摸，莫踢脚啊？那你是鬼。

答：你摸摸你自己，看是生在前面或是在后面。

……

"三舅，他们是在做个哪样嘛？"

"做鬼戏！"

"哪样又叫鬼戏嘛？"

"鬼戏就是鬼戏！"

"那他们唱的也是鬼的事情了？"

"唱人的事情！"

"哪样又叫人的事嘛？"

"人的事就是人的事！你小娃娃家，不懂……"

后来我才知道，三舅领我去苗寨子看的还愿，就是书上讲的傩戏。傩戏，又叫傩舞、鬼戏、跳鬼脸，是一种具有驱鬼逐疫、祭祀功能的民间舞蹈，也是中国地方戏曲剧种之一。它源于上古氏族社会中的图腾信仰，是原始宗教的产物，起源与原始狩猎、图腾崇拜、巫术有关。

但那时我不懂，我只觉得这种人神共舞、鼓乐喧天的场面，和那些一句句绵绵不绝地唱下去逗下去的质朴的曲调和话很好玩。

那时候我三四岁大。

12

父亲到浙江来看我。

房间是阴暗潮湿的楼梯间，唯一的窗户对着前面人家院子，院子里关着教师家属养的鸭子。天才麻麻亮，鸭群就开始在窗下"嘎嘎嘎"地吵着要下湖漾里去了。

父亲早早地醒来，我也早早地醒来。父亲一直睁着眼睛静静地躺着，我也睁着眼睛静静地躺着。

"崽，是人家去要你的，还是你自己找来的？"

"我自己找来的……"

"我看这里的人比较讲道理！"

父亲像是说给我听，又像是在说给他自己听。

"好……有了工作，就好，安顿下来，就好！"

"嘛哪莐瓜护哪莐瓜！到人家这里就要帮人家忠实做事，本本分分让人家说一个好字！"

"还有爹在的时候，每年回去看看。等到爹不在了，兄弟姐妹就各是一家人家了……"

父亲担心我一个人不习惯，担心我不被人待见，担心我扎不下根……要站不住脚，怎么办呢？

住了一个星期不到，父亲要回去了——"屋里猪牛养生不晓得怎样了！地里的菜菜草草不晓得怎样了！没有出来么挂念你们，出来了么，又牵挂家里……"

故乡寨子，一尾山峦从远处的南屏山逶迤而下，到河边就突兀成一座石峰。石峰上的古树翠柏，出了县城老远都看得见，这就是岩脑壳。岩脑壳前面是扳鹰咀，寨子的开山老祖就葬在那里，我的爷爷奶奶也葬在那里，我的母亲也葬在那里。

父亲出来，就惦记岩脑壳，惦记扳鹰咀。在家里，又惦记在外面的我们。

工作四五年了，我一袭风衣，几册书籍，房子、个人问题、家庭……我从来没有考虑过，我不操心自己，但我担心三妹和小妹。

那次把三妹小妹送到无锡，我走的时候，三妹已经上班。二姐带着小妹到火车站送我。距离检票进站还早，我们立在广场边。

"回去路上人少，票也好买。"

"这条路线过年前挤，年后正好反过来——云南、贵州、四川，包括广西、湖南、江西，大家全走这边！"

小妹穿着二姐的衣服，几天来，生活平静，起居有规律，小妹头发梳理得齐整，人也不再那样苍白。只是神情还是那样忧郁，忧郁中带着生涩，一举一动间都是异乡人的惶恐和对家的惦记。

"先想办法让她也进厂，工资低点不要紧。"

"有合适的人家，也帮她们留意一下！"

二姐说工作和人家的事情，她都已经托人去打听了。看看上车的时间还有两个小时，我叫二姐带妹先走。二姐说不忙，反正家里也没有事情。我催到第三、第四次的时候，二姐才走。走的时候，小妹一步三回头，到了远处，隔着最后一群拥着挤着的人，还回过头来找我。

母亲去世的那年，小妹才十二岁。回天乏术，医院已经发了病危通知。但一直到母亲咽气前的最后几个小时，父亲都还在寻访草药郎中，做最后的抗争。草药郎中请来了，把脉，开药方——我从学校回家吃中饭，药方就交给我，为了能将药及时带回家，煎给母亲吃，小妹跟着我进城。一路上紧赶慢赶。抓好药，我就往小妹手里塞："快点跑！路上莫停！"小妹望着我，点头，抱着药拔腿就往家的方向赶……三妹和二姐都只读到初中，小妹文化程度比她们更低，小学都没有毕业。

小妹辍学的具体原因我一直不知道，多年来我们没有问，小妹自己也没有说。有了微信后，弟弟会不时地发些以前的事上来，我们说弟弟和弟媳的恋爱可以当成小说来读，小妹就说，我也来写个小说，写得不好你们莫笑话我啊！我们都说不笑话，不笑话！你写！你写！过了几天，小妹真的就写了一段发上来——

这个小姑娘背着书包走在回家的路上，看样子有点不高兴，一回到家，就说，爹我不想上学了，父亲问为什么不想上学，小姑娘说，没有为什么，父亲说你不上学以后出门在外，男女厕所两个字都不认识。小姑娘说我就不去上学。父亲说了一大堆的好话，小姑娘也知道父亲是为她好。她去上学，比她小好几岁的同学要笑她，这么大了还和我们一起读书，像老师。

小姑娘成绩不好，留了几级，比她小的同学这么说她，小姑娘更加不好意思，父亲还在说你以后没有文化不要怪我，小姑娘听父亲这么一说。爹我不怪你，我不怪你就这样，小姑娘就没有去上学了。帮着父母做起了家务。打猪草，洗衣服，做饭，看牛，看牛的地方很大。看牛的人有老人男男女女。小姑娘跟着苗寨的姑娘们一起做游戏。老人们说着他们的家长。牛在那里吃着草。河水静静流着。有几户人家屋顶上冒着青烟，他们在做中午饭了。看牛的人也该赶着牛回家吃中午饭了就这样一年一年的过去。小姑娘也长成了大姑娘。

有一天姑娘在地里去拿菜，走来一个女孩，姑娘你要买我的衣服吗？那个女孩看着比姑娘也大不了几岁。姑娘说我不买你的衣服。姑娘问那个女孩，你为什么要卖衣服。那个女孩说。我在广东打工。母亲生病了，回来看看。在火车上买了一杯咖啡，然后钱就不见了。我包里没有一分钱。我还要买车票回家了。那个女孩看姑娘不买她的衣服就走了。姑娘拿着菜也就回家了……

这，是小妹的经历!?

13

这个夏天，我们在无锡。

父亲把二姐家的镰刀、锄头都找出来，在磨刀石上磨，磨光磨亮磨锋利。然后父亲扛着锄头，带着镰刀走向田野——二姐家前面，有池塘、河湾，有大片的田野。

像在故乡土地上那样，我跟着父亲，看着父亲干活。父亲给我讲老家的事，讲三舅二妈妈、苗寨子的根安和贝林哥，讲今年油菜麦子的收成。

过了半个月，父亲要回去了。我说难得来，我带你们去看看运河，看看苏州杭州。

在苏州登船之前，父亲在候船室里看行李，我先带宣民大舅去码头边的街上找地方吃饭。我们找了一家店，点了两个菜，要了瓶啤酒。饭是冷的，菜里的肉也不新鲜。老板趴在饭桌上看街景，老板娘抱着孩子在旁边喂奶。是吃中饭的时候，但是小店里除了我们外，没有别的客人。

我给宣民大舅斟酒，劝菜。老板——那个三十多岁的男人——忽然扭过头来："喝！使劲喝！多喝点！别客气！"粗声粗气，口气很是不好。宣民大舅是个厚道人："够了！够了！嚇不得了！"嘴里一个劲地客气谦让，像跟我说话一样。两口啤酒下肚，宣民大舅的脸和脖子都泛出了酒红。我埋头扒拉饭粒，不去接茬。老板娘用当地话说了一句什么，大概是在阻拦或者是劝男子莫要生事。

男子趴在桌上，下巴埋在臂弯里，手指去挖桌子缝里的污垢，挖了一会儿，又转过脸来："你们是哪里的人？"口气算是平和了点。我本来不想回答他，但宣民大舅老搭老实地说出来了。"你们那边的人敢到我们这边来，我们这边的人就不敢去你们那边了！"

接下去就掉头用当地话和门口桌子边的那个圆头圆脸一团和气生财的老头说起一件事，大意是他的一个朋友，去内地做生意，车子在当地撞伤了一个人，结果整个寨子人都涌上来，拦住他们不让走……老头大概是他父亲或者丈夫，在门口柜台边接待兼收账。两个人用吴侬软语说着，感叹着。年轻的老板忽然回过头来又朝着我们，下了个断语："你们那边的人都不讲道理，一个个都像土匪！"

我心里的火也起来了："哪里的人都有好有坏，比方说江苏浙江这边，经济发达一些，房子修得好一些，街道也干净一些，但是照样还是有不礼貌的人，甚至还有地痞流氓拖鞋板！"说罢，我放下筷子，冷冷地注视着他。

像是一只挨了几竹竿却又找不到机会还口的狗，男子悻悻的，猬猬地，转过头去看街景，"看看像是听得懂，看看又像听不懂……"嘴里不干不净嘀咕。

老板娘抱着孩子——孩子已经睡着了，老板娘带点警示地说了句什么。男子就趴在桌上，下巴埋在臂弯里，百无聊赖地又去挖桌子缝里的污垢去了。

吃好饭我们就离开。回到候船室，换了宣民大舅守行李，我带父亲到街另一边一家看上去客人比较多老板也比较面善的店里吃饭。

那天的这件事，我一直没跟父亲说。

还有一次我去无锡，我等到小妹三妹下班后，三个人骑自行车去二姐家。阡陌纵横，土地辽阔，我们骑着车子纵横驰骋。在田野里的机耕道上，我们跟一个当地小伙子相撞了，相撞的是小妹的自行车。小伙子从对面奔过来，一辆崭新的山地车，小伙子将当时还很稀奇很时髦的山地车蹬得飞快。到了近前大家都来不及减速。我把车笼头往旁边一偏，避过去了，三妹也将车往旁边一偏，避过去了。小妹跟在最后面，躲避不及，两辆车擦上了。

面相看上去还算斯文清爽的小伙子气急败坏："你眼睛瞎啦！你怎么不看路！这车撞坏了你赔得起吗?!"一连串得理不饶人的叱责。跳下车，又是检查龙头，又是看链条。还好车子没大碍，只是车龙头撞偏了一点，倒是小妹的脚腕上，给蹭破了一层油皮。

我们忙着道歉说好话："对不起！对不起！都怪我们车技不熟……对不起，对不起，实在是对不起……"小伙子扳正龙头，嘀嘀咕咕地又连说了几句"外地人"，才骑着车走了。

类似的事情我自己也遇到过。刚调来没几天，我去集镇上买蚊帐。供销商店里冷冷清清，守在柜台里的是个年龄比我还要轻的小伙子。"你好！请问蚊帐多少钱一顶?"我一连问了好几遍，小伙子都是脸掉朝旁边爱理不理。后来还是另外柜台的一个女的实在看不过去了，提醒他。小伙子才冷着个脸心不甘情不愿地挪过来："噶些个'开裆宁'，口袋里有几角铜钿!? 能够买点阿子东西?! 开裆宁……"嘴巴里像个女人似的一直碎碎念。

仅仅只有一次，我得到了一次倾心倾情的接纳，那是在当时的杭州火车东站。

那年从开春起，父亲就说要来——"得有两年没有见到你们几个了，有点挂念你们了。"父亲写信说，"到夏天，油菜苞谷收好，谷子才在甩籽的时候，来看你们一回。"

父亲定下来，说好的是七月底来，但是这一年夏天雨水特别多，父亲从家里出发的头一天已经给我发了电报，但当他乘了大半天的汽车赶到怀化的时候，才知道由于山洪暴发，去往杭州上海的火车已经有几处都塌方且铁路中断了。

父亲在怀化火车站等了一个晚上，到问询窗口问了几次，得知起码要一个星期火车才能通车，不得已的情况下，只能打道回家。

但我却不知道这一切，我按照父亲电报上讲好的出门时间，算了一下，父亲最早也应该是第二天七点钟才能到杭州。头天下午，我消消停停赶往杭州，在几家书店看了看，又一个人去西湖边上走了走，傍晚才赶往车站。到了车站，我去找住宿。以我当时的情况，不要说高档的宾馆，就连中低档的旅馆我也根本不敢问津，我直接走向那种自己家里居住，同时兼营几间客房的私人旅馆。好在当时的杭州火车东站本身就是在郊外了，这样的私人旅馆还算多。

我找到了一家，就在附近的左首的一条公路边，走十几分钟就到车站出站口了，很方便。"不要单间，最好跟人家拼一间，越便宜越好，我对住宿不讲究！"我对老板娘说，"我也就临时住个一夜，也没有什么贵重东西！"

老板娘是个五十多岁的女人，生得慈眉善目，弯着腰往热水瓶里灌开水，又重新接了一壶水，放到门前的煤炉子上去烧："有的，有的。我们这里都是拼房住得多！"

老板娘给我安排的是一楼靠楼道的一间，进去时同住的人已经睡觉了。我轻手轻脚地开门，就着门外边过道上的灯光摸着往里面走，"来啦!?"床上的人却没有睡着，听到动静，同我打招呼。

人家这么热情，我自然也不好冷漠："吵醒您啦，不好意思哦！"

"没事没事，我也是吃了饭没有事情干，躺床上磨时间！"

房间不透风，全靠一只电风扇"呼呼"地在那里摇摆着吹，老板娘给点了盘蚊香，蚊子倒是没有。我把自己放倒在铺着一张草席的单人床上，四仰八叉摊开休息。

天热，两个人都没有睡意，我们就有一搭没一搭说话。他问我哪里人，来杭州办事情么？"工作好！大学毕业好！当教师好！"他一迭声地赞叹，"父亲来了，应该好好带他玩玩，到处走走，杭州这地方么？上有天堂下有苏杭！"

我问他哪里人，在杭州做什么。他说不做什么，也就做点小生意，糊糊口，混日子。我说做生意好，打拼几年，有点积蓄了，今后自己当老板，现在不是很多人都不要工作了，自己下海当老板么？他说那是，那是，不过那是人家，自己么，糊糊口就不错了。我问他哪里人？他说不远，几十里路，西边靠近桐庐的地方，也属于杭州地区……

他睡得不太安稳，在对面床上老是翻身，一晚上都不时地大声咳嗽，每次咳嗽，都抬起头往地上吐痰。

第二天一早，天才麻麻亮，他那边就"窸窸窣窣"响。他那里一有动静，我也就醒来了，"这么早啊？""噢，没事情做，早点起——吵醒你啦！呵呵！"

我说没有关系，要接父亲，也睡不着的。"是啊！老人家在车上呢，你们几年没有见面了吗？"

我说差不多两年了。"两年啊？两年不容易！出门不容易！"

他说我昨天晚上睡得很不安稳，老是翻身，叹气，还说梦话，好像在梦里还哭来着。

说话间，天色渐渐地明朗起来。我看他收拾东西，昨夜他的行李都塞在床底下：一只破旧的旅行包，一只鼓鼓囊囊的编织袋，还有一根竹竿。他跟我道了别，用竹竿挑着这些东西，朝外面走。

他是个残疾人，一只手膀子是翻转的，一只脚也是扭曲的，大概是小时候得过小儿麻痹症。

他的身体很单薄，好像除了手脚不便外，还有什么病的样子，难怪他夜里老是咳嗽，大声吐痰。

那天后来我似乎还见到过他，在车站出来的一个路口。

我没有接到父亲，等到下午最后一趟贵阳方向开来的火车到站，也没有见到父亲出来。我独自一个人朝外面走，正是吃晚饭的时候，灯火氤氲，都市的街头，一切都是倦倦的，慵慵的。夏日的傍晚，我看见他在一家饭店的门口，那只旅行包，编织袋，竹竿，畸形的手臂和腿脚，他坐在地上。他大概也看见我了，一张黑瘦的苍白的脸使劲朝旁边扭，使劲扭，躲过我的目光。

　　我不担心自己，我担心三妹小妹。她们在无锡，无锡是人家的地方，她们过得惯吗？

　　越是想起在外面的艰难，我就越是对家人牵肠挂肚，我希望三妹小妹早点有个归宿，有个属于自己的家，有了归宿有了家就不用再漂泊无依了！

亲　事

1

三妹小妹出来的时候，弟弟已经成家。

弟弟跟弟媳，两个人第一个月认识，第二个月就结婚。

弟媳是汉族，但他们的婚事有点像苗族：赶场天姑娘小伙子对歌，彼此中意了，姑娘就到男方家，不用媒人，不用定亲，也不用彩礼。只是，弟弟跟弟媳没有赶场天对歌这个环节，两个人是由对门河的一个女子介绍的。

"那是一九九三年农历六月初四，玉芝来我家，她在云落屯秋英家外面的马路上。

"下午四点多钟等到我卖菜回来，两个看见的时候满脸笑容，我叫她到我家来玩，她就和我到家里来了，好像是十七那天请院子这弟兄至（侄）子奇（吃）了一次饭，有满舅，和青姑爷，还有九龙坡姑爷都送得有床单。

"我们是对门河秋英介绍的。那是一九九三年五月十五日，她们先是下来看龙船，叫三姐传话叫我过去见面，见面的那天好像是十七的晚上。十八早上我去卖菜，到下午三点过钟的时候，玉芝和嫁到表叔他们寨子的那个叫子花的姑娘去街上赶场，到街上大十字遇到我，我拉着人力车到大十字卖菜，她问我，你去卖菜啊！嗯，你来赶场来了，我边卖菜边和她讲话，我又问她，奇（吃）点东西去，她讲我不饿，我讲倍（陪）我去奇（吃）一碗粉吗？好，每人奇（吃）了碗粉，还胜（剩）一点菜每（没）

卖完，我就叫她和我一起回来了，走到秋英那里，她准备去秋英家去，我豆（就）讲过我家去玩，她答应了，就到我家来了，奇（吃）了夜饭，玩耍，两个讲天话，说故事，妹和三姐两个打得点菜回来，好像还有刚（豇）豆，第二天早上我又去卖菜。玉芝也早，和我一起拖着人力车去卖菜，走到云落屯屯脚，她看中巴车走街上过，她讲我坐车回去了，你自己去卖菜吧，我讲你身上有坐车的钱吗？嗯，我有钱，我丛（从）河（荷）包里拿得三十元钱送她，她没要，她讲自己有钱，回去看看爹妈，几天每（没）回去了让他们单（担）心，啊（那）那你去吧，有空下来玩，哦！事情吗就是这样。

"她下来那天就是九三年的六月初四那天来的。九三年的这一年六月中间涨了一次大洪水，我们的菜，辣椒，太接（结）得好了，可惜一次大洪水，辣椒全死了，太可惜了。本来想卖菜给玉芝买几套好衣服，没钱了，没有办法，只能江（将）就了。农历七月上旬我和玉芝走路去看她爹妈哥嫂，我当时不知道是哪里，只能根（跟）着她走，边走边聊，从松桃经过土屯、烂桥、长里营、农头营、大平。到大平场我买了几斤肉几瓶酒。经过三个多钟头，才到她们家，我还有点害羞，生怕她老妈骂她还有我。岳父岳母看我们去了，心里面好高兴说不出的那总（种）高兴。到了晚上她父亲才骂她，哭得好伤心哦，我只是说你们二老放心我会好好滕（疼）她的，你们放心吧，玉芝和她妈睡。边说边问，过候（后）我不知道了，第二天吃了早饭我和玉芝说要回家，她爹妈哭成一团，她妈抱着哭得太伤心了，她满娘满叔听到了之后，走下来劝，说姑娘家长大了是一家人家，留不住的，她自己喜欢由她去吧，我听着也很心酸，然后她满娘叫我先出来了，我就先出来了，她们一家人好说说心里话，我出来在马路上等了一个多小时，她父亲送她出来了，和岳父大人玉芝一起走路往我家来了，事情就是这样的。

"玉芝才来的时候，和我一起穿我的衣服呢，过几天爹才从外面借了两百元钱给我们去买衣服。

"那时我做的一架床，你们还记得不？是放到底脚屋三姐和妹睡的，帐子是三姐自己做的后来玉芝来了才给我们的。后来请长乐那个叫见林的表哥来打几台家具——我也帮着一起做。"

……

时隔多年，弟弟在微信群里才给我们说他和弟媳认识的事情。

2

三妹小妹在厂里宿舍，没有开水供应，要喝水只有去向人家讨，或是自己烧。为了省钱，她们经常是合买一份饭，还舍不得买菜。遇到厂里放假食堂不开，两个人就用热水瓶泡面条当中饭晚饭。

我过无锡去，找到厂里没看见三妹小妹。我只看到一群用毛巾将头发和脸捂得严严实实的分不出性别的人，一群从头到脚都落满粉尘的劳动着的人在隆隆机器声音中，坐在那里挑选建筑扣件。

见我走进来，一个浑身上下灰塌塌的四十多岁的男人过来，问我找谁，我说了妹妹的名字，他说没有听说这个人。我说外地来的，是在这厂里打工。"哦，是了，是她们……"男人就带我进去，朝里面喊，喊了两声，人群中靠门口的一个站起来，拉下头上包着的毛巾，冲我一脸桃花般的灿烂，是小妹！小妹的脸腮、眉毛、鼻窝都是尘灰。紧接着，三妹也立起来，也是脸腮、眉毛、鼻窝都是尘灰。

工作环境和生活条件差，工资也不高，可她们还记挂我。

"三哥，我们现在进厂了，有工作了，你不要再担心我们。"

"三哥，我们在这边，有二姐，你一个人在那里，要用钱的地方多！"

发的劳保用品，她们都给我留一份。有一回厂里给职工发衬衫，她们领了两件男式的，一件给我，一件给了二姐夫。她们还给父亲寄钱回去。

父亲也牵挂我们——

"不晓得你妹她们，在那边咋个样了！?"

"二十几岁的姑娘了……有合适的人家，也该找了。"

"莫要挑剔人家，人老实忠厚就行！"

……

三妹转眼就要二十五岁了。我自己也还没有成家，但是我却想先给三妹找个归宿。

这是杭嘉湖平原西陲的江南小镇。两条古旧斑驳的石板巷子，边上七八家店面。一个只有十来个摊位的农贸市场每到下午两三点钟就空空荡荡买不到东西了。

地方小，也没什么娱乐。到了周末，大家除了聚在一起打打扑克牌，就只有守着电视机。我常常一个人待在自己的单身宿舍，我的宿舍是二楼西面的一个单间，外面是公用走廊。我将床横搁在房间中间，罩上蚊帐，面朝走廊的一侧拉上窗帘布，这样以床为界，里面就成了卧室兼书房，外面是厨房兼"餐厅"。

开始几天，常常有老师过来，聚在门口，站在走廊上。"也出去同他们一起玩呀，看一个人多无聊的！"这是学校的一个女老师。清秀的瓜子脸，精致的五官，透着灵气却又总像是含愁带雾的眉眼，二十七八岁年纪。她跟女儿就住我的东面。丈夫在县城一家中日合资企业，任个什么部门主管，去过几次日本，回来动不动就感叹"中国人素质真差！"那作风，那气派，比日本人还要日本人。先前还常常看见他开着轿车回来，带母女俩去县城。开始她去，后来就不去了，再后来男的就来得少了。她独自带着女儿，女儿六七岁，刚上小学一年级。

"大学里的书还没读够么！？"

"反正也没什么事做。"

"出去找小姑娘玩呀！"

"找谁呢？都挺陌生的！"

她在过道上，隔着窗子看我炒菜。有时也走进来，看我码在竹子书架上的那些书。我的房间里除了一张单人床、一张书桌，墙上两张中国地图世界地图外，数得出来的东西就只有那只竹子书架了。其他的家什就是枕头边上那只"星宝"牌收录机、夹在床头栏杆上的台灯。几件换洗衣服挂在墙壁的衣钩上。平时不大会看的那些书我全都用纸箱装着，塞在床底下。

"现在读书的人可真是不多了！"

"以前我也喜欢看书……"

我不跳舞、不打扑克，下了班就关在房间里看书、写字。漫长冷清的冬夜里，我常常是裹着一件袖口和衣肘都已经磨得露出了棉花的草绿色外套，往稿纸上涂抹着一行又一行的文字；有时候我蜷缩在床上，用被子裹着脚，读李泽厚的《美的历程》和朱光潜的《西方美学史》。

"亲人不在身边，洗涮也都没个人！"她劝我，"找个女朋友么——有合适的在这边找一个！"

她不光这样说，有好几次，她还托人给我介绍。那些女孩一水的温温婉婉眉眼清秀身段苗条，典型的江南闺秀。她们有的在村小代课，有的在镇上单位上班，但都没有下文。一次，她又带来一个瘦瘦挑挑的女孩子，说是远房表妹。

"你有空么？等会过来玩！"她邀请我。女孩在她后面，低着头，手里拎只布袋，布袋里两本书的轮廓。

女孩有点黑，手臂、头颈、下巴、嘴唇周围，都呈现一种茶褐的黑；像一只还没有完全长开的柿子，又像是一朵尖头上才露出三五瓣生红、还裹得很紧的花骨朵。一对小巧的乳房在素净连衣裙下翘翘地挺着，就像玉雕石刻，尚未开始荡漾。问多大年纪，说十八岁了。后来才知道她说的是虚岁，其实才刚刚满十六岁，去年初中毕业考上市里的中师班。

过了一会儿我过去，说中午青豆炒肉丝，叫我一起吃饭。我跟女孩坐在走廊上剥豆子，有一句没一句地说话。女孩很生涩，低着头，垂着眼帘，问几句，才回答一句，回答的时候，眉毛颤动，都不敢抬头看我。女孩的眉毛很黑，眼睫毛也很长。

过了没几天，女孩又来了；女孩第三次来的时候，我没有过去，后来渐渐地也就不再来了。

"你要主动啊！女孩子么，就是胆小，矜持。你主动点，脸皮厚嘴巴甜，再矜持的女孩子都会动心的！"

她教我，眉心又皱成一道竖纹——说的是自己当初的事情么？

说两句，叹口气，眉头却又无端地展开来："感情的事情，也是要看缘分啰！"

我仍然每天下了班关在宿舍里，看书，写字；周末、节假日则一个人骑车去湖边、去附近的集镇。她也仍然是在我放下书开始做饭的时候，过来看看，立在外面走廊上。

我把三妹的事情托付给她。"要找个什么样的？"她问我。我说人实在、勤快就行。她帮我去打听。过了几天，还真打听到了一家。"年纪稍稍大了点，三十多岁，家里只有一个母亲……"我说行，寒假里安排见见面。

寒假到了，我去接二姐和三妹小妹到杭州西湖玩，然后到我工作的地方。进进出出的老师都看见我们，都和我们打招呼。"姐姐和妹妹都来了啊！""来了好！热闹！多玩几天，假期么！"

她站在走廊上，看我们做菜，做饭，但是没有提起我托的事情。"嫌你们是外地人！"她说，"其实，他们又有什么了不起的，三十多岁的人，要手艺没手艺，自己也不是农村出身么！"言下之意，很为我们抱不平。

过了年，姐姐妹妹住几天，要回无锡了，我送到车站。二姐在车上，隔着车窗看我。头天夜里，我和二姐有过一次谈话。我说姐，两个妹的事情看来在这边还是有困难，再说你也看到了，同样是农村，这里和你那边还是没法比，两个妹的事情可能还是得在那边考虑。二姐说，这个我知道，回去我就托村子里的邻居和你姐夫的亲戚，再帮忙访访……

"人才和家境我们也不去挑剔人家，只要勤快、忠厚就行！"

"这个我晓得……你自己也要抓紧，有合适的，也该考虑，过了这个年，你也二十八岁了……"

3

一九九六年初，三妹和小妹都成家了。

五一期间，我去看她们。走的时候，妹妹妹夫要送我到车站，我说不用，这条路我都跑熟了。到车站，我买好票，看看时间还早，我走到运河边，走进公园，坐下来，想二姐和妹妹，想她们的归宿和工作，我心满意足。后来我在草地上睡去，醒来时太阳已经偏西，我跳起来赶往车站。

初夏的太阳将我的影子拖得长长的，长长的影子投在人行道上，投在机动车道上，投在穿梭的汽车上。影子起起伏伏向前伸展，伸向对面，单薄而又孤独。我走着，心底下一种异样的感觉渐渐滋生，先前的轻松和知足蜕变成了无限的空虚和凄惶。

我想，妹她们的事情终于落实了，我不用再牵肠挂肚操心了，接下来我应该考虑自己的归宿了……可是，我的归宿在哪里呢？

在这之前，我从来没有考虑过自己，我只想到妹妹弟弟，想到父亲。每次回去，都发现妹妹弟弟又比以前长高了，手腕脚腕又长长了，身上的衣服变小了，变短了。

我外出读大学的时候，二哥二十三岁，二姐二十岁，三妹十六岁，弟弟十四岁，小妹才十三岁。到我大学毕业，二姐已经二十四岁，三妹二十岁，弟弟十八岁，而小妹也已经十七岁了。然后，二姐去了无锡，我留在外地。弟弟是必须得留在老家的了，那么三妹小妹呢?!

成家，是一笔不小的费用，就是不算上我，弟弟妹妹三个的这笔费用从哪里来？经济总是捉襟见肘，一家人的生计在父亲的省吃俭用下总算勉强不成问题，但是经济零用、日常开销……地里出产的粮食，只能保证一家人吃饭，还得要精打细算，细水长流。种菜得看天气、季节，而且还得看市场行情。即便是老天赏脸，菜长势好满畦满坝，一角钱两角钱一斤的白菜、胡萝卜又能够卖得多少钱？

有一年秋天，母亲想啊想，终于想到了一个找钱的法子——头天先去地里把红薯挖好，洗净，鸡才叫头遍的时候起来蒸，蒸熟了天麻麻亮，母亲背着热乎乎的红薯去学校门口卖。第一天母亲卖完了，而且很早就回来；第二天也是很快就卖完了。

母亲回到家，将洗衣粉袋子做的钱包从怀里掏出来，把零零散散皱皱卷卷的硬币纸币倒出来数。我们围在边上，我们都很兴奋，我们都想这下好了，这下可不愁钱用了。但到母亲第三天去卖，情形就两样了，不想吃红薯的学生是不会花钱买它当早点的，想吃红薯的人连着两天也已经吃厌了，母亲一背篓红薯出门，照样一背篓红薯背回来。

真正要算是大宗收入的，是喂猪。喂大一头肥猪，能卖两三百块钱，起房立屋、红白喜事，经济亏空就不会太大了。但是喂猪得看运气，运气好，一年两班肥猪出栏，运气不好猪生病发瘟赔得个本钱都不知道去找谁要。

4

小时候我跟着大哥、二哥去找钱。

时间是在正月底的样子。龙灯舞了，茶灯也跳过了，空气中弥漫的香烛、酒菜、鞭炮飘香，已经变薄变淡。先是大哥对二哥说："岩生，我们明天去乌米哨挖沙！"

"去啵——"

"大正月的，不歇几天？"母亲在灶房里听见了。正月里，人们都还围在火塘边煨板栗、烤糍粑呢。

"去找点钱，给星辰做学费。"大哥勾着脑壳。

母亲举着两只湿漉漉的手，看看大哥，也就不说什么了。

第二天一早，母亲在灶房烙糍粑，"哧啦""哧啦"的声音和菜油香弥漫在院子里。

大哥和二哥装好沙筛铁锹，准备出门。"我也要去！"我爬下床，揉着眼睛。"你就去啵。"二哥看我一眼。

母亲把装着糍粑的包袱递给我："记得早点转来……"

天空阴沉沉的，像日子过得不顺心的老人的脸。湿漉漉的公路蜿蜒在山峦间。沿途裸露的岩山、稀疏的枯草、瘦骨伶仃的柏树，走十几里路，到了乌米哨。从这里望下去，县城里那些高低起伏的楼房和鸡肠子一样的街道差不多是在盆子底了。但现在除了一片白茫茫的湿雾，什么都看不见，连云落屯，连岩脑壳河坎上那几棵倒鳞甲树，都看不到。

大哥支好车，找了个避风的岩洞，让我坐进去。"莫到处乱跑！"大哥说。"好生守在这里！"二哥也把装有糍粑的包袱递进来。

离得最近的一个寨子，也在一两里路外。六七户人家傍着山脚，不规则的水田，镜子似的散落在寨子前面；一条溪流生怕人家逃走了似的，"潺潺"地将寨子环绕着，贴心地叮念着。有鸡鸣，有狗吠，有碓磨响。人家院门上的春联，在暮色般的季节里，新崭崭的红。

公路上半天才有一辆车子过，"轰隆""轰隆"的声音老早就听到了，好不容易爬到跟前，车身、挡板、驾驶室的两边都是人，密密麻麻的人……车子像是一个挂满蠕动活物的蜂巢，被一只无形的手牵引着，一点点地往前挪动。

"滴滴滴——"看见我们，司机揿喇叭。车上挂着的人，都偏过头来，看我们笑。

"这车子，开的!" 二哥放下锄头，抹汗水。

有时候，也会有放羊的人。先是羊从路坎上探出头，然后才是披着蓑衣、戴着斗笠的老人。老人悄悄蹲在岩坎上，看我们。老人身边还有一只狗，一身湿漉漉的黄毛，立在边上，也朝我们看。过一息，老人和羊不见了，狗也不见了。

我靠在大哥用蓑衣给我搭起来的垫子上，先是翻看两本带来的连环画，看腻了，就捡石子玩。过一会儿，石子也不想玩了，就跑出去，看大哥二哥挖沙。

沙筛支起来。二哥抱着鹤嘴锄，专心专意刨石头。大哥将二哥刨松的沙石一铲一铲用力抛到沙筛上，泥土和粉末从筛眼里漏出去，能够卖钱的碎石就随钢筛滑到旁边。大哥的脚边已经积了一堆这样的沙了。

"硌!"

"扑!""扑!""扑——"

不知什么时候起，天空又飘起雨来。黏黏的，稠稠的，针尖般的冻雨。

"这天，又下，又下!" 二哥头上一层亮晶晶的雨星。

"下他卵的!" 大哥仰起脸来，大哥的头上也是一层密密的雨星。

"回去! 回去! 没淋过不是⁈!" 看见我，大哥就吼。

我跑回岩坎下。隔一息，忍不住又竖起耳朵——

"赶场天，再去看看啵……"

"看也没得卵用!"

这个冬天，大哥脾气大得很，跟犁锄、铁耙和周围的人都有仇似的。

初中毕业，大哥回家务农。十八岁那年，参加民兵团，跟人到乌罗修水库。大哥一去就是两年。一直到去年秋天，谷子打完了，才转到家里来。大哥转来，给父亲买了件皮背心。还没等到冬天，父亲就把背心穿上了——"妈拉个私的，这个东西套身上还真是暖和!" 父亲穿得一脸的皱纹里都是幸福。但大哥带回来的心思，父亲却没法穿上。

进城的路上，经过一个叫板板桥的地方。那里有老太太在屋檐下拣豆子，孩子在院坝上玩泥巴，一早一晚，还有拎着公文包的男人进出。

我常常在那里看到一个文文气气、长着一张好看盘子脸的姑娘，短发扎在脑后，整个人清爽又干净利落。"过来，莫到那马路上去……"姑娘弯腰淘米，拣菜，每当弟弟妹妹跑得远了点，她都要喊，声音清冽冽的。见了我，她抬起头来打招呼，"毛弟，放学了？"

直到有一天，吃过饭，一家人坐在桌边，父亲、我、大哥，还有二哥。母亲在灶房里给猪弄吃的。"你金生伯伯去问过了，"父亲用根竹签挑牙缝，"人家说姑娘还小，还得过几年……"

大哥在旁边埋头看书。大哥还保留着读书时的习惯：干活回来，要看看书。有时候，活路中间休息，也会拿本书看。遇到赶场天，大哥会从街上买本书回来——家里的《水浒传》《铁流》《敌后武工队》……都是大哥买的。大哥喜欢书。大哥还去河边砍竹子自己做箫做笛子。

"人家是什么人家，我们又是什么人家！？"

"他爹……"母亲在灶房门口。

二哥抬起头，朝院坝看。院坝里，是歇着的锄头、犁笆。靠水沟的地方，摆着鱼篓大小的磨刀石。磨刀石是父亲从坡上扛回来的，已经磨得平平的，矮矮的，像是秃子的头顶。磨刀石边，家里的那只花公鸡，带着母鸡在寻觅虫子。偶尔扬起头来，屏神静气听。听听，不明就里，又低头觅食去了。

"我看还是算了……"

父亲和大哥去街上拉酒糟，酒厂里的酒糟，买回来给猪吃，还可以拌在米糠里喂牛。父亲在整理箩篼索，大哥在院子里，一遍一遍地检查板车，板车检查完了，又去检查车轱辘。

"友——"母亲立在灶房门口，"嗛点东西再走！"

大哥接过母亲递上的红薯，带皮一起塞在嘴里。母亲转回去，一息息工夫，又抱着个包袱出来："再带点嗛的去！弄不好要等一天咧……"

这个冬天，最要操心的人，是母亲。

"崽，你攒劲读书，读出头了，去做城里人！"

"做乡头人，人家看不起……"

我们在四方土捡红薯藤。初冬若有若无的毛毛雨，细如针尖，密若牛毛；淋不湿人，但却会将头发濡上一层晶晶亮的珍珠一样的雨星。雨把天空濡湿了，把土地濡湿了，把草地、河水、枯树和远远近近的寨子濡湿了。

我和母亲戴着头篷，在地里艰难地挪动，像两只鼹鼠。泥土糊满了鞋跟，我们拖着越来越沉重的、越来越笨拙的脚。母亲的手背上，又开始出现皲裂。每年冬天，母亲的手都要皲裂，手背上，手掌上，手指头上，横七竖八，一道道的口子。有时候，这些口子会渗出殷红殷红的鲜血。

有一回，母亲来仓屋边找我，"星辰！"母亲叫我，"你的那个麻性子药给妈用一点！"冬天的夜晚阴冷，我裹着毯子在煤油灯下写作业。母亲洗脚，手沾了热水，又出血了。我把装雪花膏的贝壳找出来，母亲坐在灯光阴影里，摊着双手，让我给抹药膏。我细心地一处一处地给母亲抹，半盒雪花膏都抹完了，母亲手上的皲裂还没有全部涂到。

现在才刚刚入冬，母亲的手又开始皲裂了，一道道刀痕般的长长短短的口子布满了母亲的双手。我们在空旷荒凉的地里。下面就是大河坝，大河坝对面，就是板板桥。那里的人家全都是"居民"户口。那个文气端庄的姑娘，父亲是乡干部。她和大哥是初中同学，初中毕业，她上高中，高中读完，也参加民兵团到乌罗修水库。

"毛弟——"最后那天，我背着书包放学回来，姑娘脚步噔噔地从台阶上跑下来。

"你哥他这几天咋个没看见赶场？"

姑娘往我手里塞了几粒水果糖。我握着糖，仰着脸，我不说话，我只是摆脑壳。

"大妹——"一个年纪不轻的妇女声音。

"这个赶场天，叫他到街上的书店去……"

"大妹！大妹——"女人的声音变得锐利起来。

"你别忘记哦！"

噔噔噔地跑上台阶去，白色的运动鞋，扎起的短发，整个人像清晨的朝露。我闻闻手里，一股香气——不是糖果，是一种清清的、淡淡的味道，像玉兰花，像河里的水草。我举头，空气里也是一股玉兰花和水草的气息……

外面冷，岩洞里面却很暖和。我迷迷糊糊，思绪像天空的冻雨，飘飘忽忽，粘在每一个相干不相干的残片上。

“搭在身上，坐着不动要冷的。”

我睁开眼，是二哥。二哥热了，进来脱衣服。二哥从口袋里掏出一支皱皱巴巴的香烟，又给大哥也掏一支。然后才从出门时妈叫带的包袱里掏出一个糍粑，掰下半块，塞在我手里：“饿了吧？叫你莫来偏要跟来！”

二哥将另外的半块糍粑放回包袱，就又出去了。

我抱着二哥的衣服，吃着糍粑。吃过糍粑，身上更加暖和了，我听着大哥二哥在外面挖沙。听着听着我又迷糊过去了。

不知过了多久，我忽然醒来。

外面越发地暗，锅底似的天空，要扣到人的头上来。

“硿！”“硿！”“硿——”

“沙——”“沙——”“沙——”

“歇歇啵——”

“歇歇！”

大哥二哥猫着腰进来。两个人的额头、脸腮都是泥沙。“睡着啦?”大哥含着一口糍粑，看我恍惚的样子。“嗯！”“冷不?”二哥又撕了半块糍粑，递给我。我默默地摇头。吃过东西，大哥和二哥就又出去了。

“硿！”“沙！”“沙！”“沙！”

大概是在午后时分，外面忽然传来大哥的声音：

“我日死你个烂娘——”

那时我和二哥都在岩洞里，我抱着膝头，看二哥卷烟。二哥用一片报纸卷烟，二哥卷的烟又粗又长。二哥的烟还没卷好，外面就传来沉闷的响，接着便听到大哥的声音。

二哥站起来朝外跑，我也跟着朝外跑。大哥摔在泥水里了。车也翻倒了。挖了大半天，大哥二哥已经筛了有高高的一堆沙。大哥用推车把沙运往公路边。大哥一个人推着车时翻倒了。

我跑到时，大哥已经爬起来，大哥捋着裤子管。裤子磕烂了，膝盖头也磕破了，鲜血混着泥水淌下来。大哥坐在那里，一只手去捋草叶上的水珠，往伤口上浇。我也去捋草叶上的水珠，帮着往伤口上浇。

过一息息，二哥从岩坎后跑出来，嘴里含着一包东西，嚼着。二哥将嚼成糊糊的树皮草根吐在手掌里，小心地给大哥糊上去。

"痛不？"二哥边敷边问。

"不痛！"大哥皱紧了眉头，抽冷气。

二哥抹抹嘴巴。二哥的嘴角还淌着绿色的草汁。二哥比大哥要矮半个头。二哥这年十四岁还不到。

那天我们挖到很晚。一直到暮色笼罩下来了，才动身回家。

天本来就阴，加上又是雾气，又是暮色。灰线似的公路、岩山、茅草，和冻得缩头缩脸的柏树，全都变成了黑乎乎的一片。

"走得不？"二哥问。

"走得！"

"走不得和星辰坐车上，我来推……"

"走得！"

我坐在板车上，二哥推着车。大哥挽着受伤的裤腿，在旁边一瘸一瘸的。

回到家，母亲早就在等了。

"嘟个晏才转来!？"母亲说。母亲立在门口，身后是蛋黄似的灯。屋子里，父亲已经烧起了一堆旺旺的树根。"要嗛夜饭了咧……"

菜是鼎罐煨猪肺，猪肺是跟腊肉一起用柏树枝熏过的。才进院子，那股混合着大蒜叶的香气，就已经伴随母亲的声音，伴随着家的温暖扑鼻而来，沁入周身每一个细胞。

在火塘边吃饭的时候，我捧着饭碗，我常常停下来。

"星辰今天走得累了！星辰今天要多吃点！"母亲往我们碗里分着饭菜。说着，又往我碗里加了一小勺肉。都分到了，剩下给母亲自己，就只是一勺肉汤了。

母亲喝着肉汤。

"今天我去街上卖那几笸莴笋……转来的时候，板板桥武家那个妹子——她喊我伯妈……"

母亲就着剩下的那点肉汤，吃饭，吃得很香。大哥埋着头吃饭。二哥和父亲也埋着头吃饭。"胡噜""胡噜"的声音。大家都吃得很香。

我跟着大哥挖过沙，捞过鱼。但到大哥娶了亲，生下第一个孩子，就跟我们分家了。

　　大哥娶亲，大嫂不是那个身上散发着清清的、淡淡的玉兰花和水草气息，脑后扎着"短刷子"的姑娘。

5

　　因为二嫂的原因，三妹小妹还在家的时候，二哥就已经不跟我们往来了。

　　二哥分家出去的时候，父亲给我写信：

　　崽，我们这个家眼看是箍不到一起的了，你能不能抽个空回来一趟？

　　没多久，父亲的第二封信又到了：

　　崽！家，我们已经分了，你有事请不了假，一切便由我做主，我请了村里的干部和苗寨子你贝林哥他们来。你二哥和我们这些年，走到今天这步也不容易，田、土、山林给你两个妹留了一点，家里的房子家产，全部由你二哥和兄弟平分，没有给你留……

　　大哥大嫂分家出去的时候，我们都还小。二哥跟着父亲，挖土，挑粪，犁田，下河沟抬石头……凡是大人做的活，他都做。那时二哥才十七岁，刚刚初中毕业。二哥还是孩子，做的却是大人的活。

　　二哥长得又瘦又小，每天干活回来，都累得垮了架，衣服、裤腿、手，连脸上都粘着泥水和草叶。进得屋来就狼吞虎咽吃饭，吃了饭就松松垮垮瘫在凳子上。二哥的头发乱蓬蓬的，一张眼睛很大的脸黑瘦缺少血色。二哥全没有一点十六七岁青头小伙子的朝气，二哥像一个过早衰去的小老头。

　　我们不懂事，大人不在家，便觉得空空荡荡的少了点什么；父亲和二哥从外边回来，我们便围着又说又笑。我们爱和二哥玩，二哥坐在凳子上合着眼睛一晃一摇打瞌睡，我和弟就悄悄走拢去，凑在他耳朵边"呔！"的一声大叫，惊得他瘦小的身子一激灵。看他眨巴着眼睛惶然四顾的样子，我和弟弟躲在远处乐不可支。有时候我们会在二哥捧着碗狼吞虎咽吃饭的时候，悄悄地去扯他的衣袖，或是在他的头发上放一把谷糠。

　　二哥长得瘦瘦精精，又总是愁眉苦脸没有生气的样子，寨子里的人都叫二哥"干豇豆！"

我们也跟着外人"干豇豆""干豇豆"地叫。每当我们捉弄他，每当我们跟着外边人一起这样喊，二哥都说——"莫嬲我喽!"

一句"莫嬲我喽"二哥说得倦意十足，愁眉苦脸。"莫嬲我喽!"二哥从来不骂我们，就是在最苦最累、心情最不好的时候他也只会这样说。

二哥有一架板板车，是在修云落屯大桥那年买的。每天，二哥瘦小的身影，同村里的成年人一起，挑土方、拉石头。二哥破衣烂衫、赤膊露腿。

二哥拉着板车，跟贝林哥他们去城里打工。二哥拖着泥土、石头、水泥板在街上走。二哥埋着头，弓着腰，细细瘦瘦的身子几乎趴到了地上，脖子、脸上的汗珠大颗大颗地往下掉。二哥像一匹忍辱负重的牲口，拉着装满泥土的板车。拉着装满泥土的板车的二哥是街上一道沉重的风景。

二哥顾家，顾弟妹。每次领了工钱，都一分不留全部交给父亲。二哥是家里唯一在外面挣钱的人，二哥自己却穿得破破烂烂，二哥唯一的一件毛线衣只有袖子、领圈和前襟，后背上被汗水沤得绽开了线，全是一片拳头大小的窟窿。正月里，二哥穿着他的这件毛线衣去走亲戚，再热再出汗外面的衣服他都是紧紧地裹着，扣子扣齐脖子从来不敞开。二哥挣来的钱都交给父亲，拿给我交学费，给弟弟妹妹买衣服，给家里做零用开支了。

二哥才十七八岁，就加入了进城打工的民工行列。

二哥笨嘴拙舌，别人到我家，二哥就只会说那句话："你嗦饭了没?"

人家说嗦了，二哥便找不到别的话说了。若是正在吃饭，他就仍然捧着碗吃饭；若是在编竹笼或是忙其他活路，他也仍然皱着眉头忙活。人家找话同他说，若是一本正经中听的，他便"嗯""嗯"点头；若是打趣人拿他开玩笑的，他便一声不吭。

二哥脸上不大见得到笑容，二哥的脸是一张愁苦的面具。晓得的，说二哥人老实，生就个闷葫芦脾气；不晓得的，说二哥为人"硌骨"，看不起人。

二哥蹲在路边卖菜，苦着脸，皱着眉的样子像一个尝尽人间苦辣的老头。二哥默默地蹲在菜挑后面。

偶尔一个人过来，用脚踢踢菜筐："菜咋个卖?"

"一角!"

二哥喊的价钱总比别人要高出一分两分。

"切——"买菜的人轻蔑地瞟了二哥一眼，扬长而去。

二哥蹲在两筐冰雪凌渣的萝卜白菜后，冻僵的手从袖筒里探出来，揩一把流到嘴唇上的鼻涕。

有好几年，一家人见面都不讲话。

其实，我们和二哥没什么冲突，我们连脸都没有红过一次。大哥分家出去我才十一岁，二哥才十五岁，三妹、小妹和弟弟都还小，父亲那时已经是年过半百的人了。

家里的日子一直都是紧紧巴巴的，一年里有半年都要靠粗粮和各种菜蔬度日子。全家人身上的衣服也都是洗了又洗，补了又补；只是因为母亲勤快，破处都细细地缀上补丁，我们才没有像人家那样露胳膊露腿。

至今我还记得母亲的钱袋。那是一个装洗衣粉的塑料袋子，卷了又卷，裹了又裹，拿出来的时候热乎乎还带着母亲的体温。

大哥分出去了，母亲也不在了，家里的水牛又病死了……二嫂来我家时，整个家庭好不容易才刚从深渊里爬出来。

二嫂要分家，父亲和二哥不答应，二嫂就自己掏钱去买了几只小鸡，农村里这叫"私房鸡"。二嫂也不像刚来时那样勤快了，每天都很晚才起来，起来后自己烧饭吃，然后抱着孩子去寨子里串门。家里月冷风清，常常父亲二哥和妹妹下地回来才自己生火做饭……最后，终于就闹到分家了。

我们仍记挂着二哥，炒点带荤味的菜，父亲都要叫二哥过来吃；家里买酒，父亲也要倒一杯给二哥喝。那时二哥和弟弟妹妹没有什么隔阂，喊他，他便来，吃了喝了坐一会儿再不声不响回去。后来再喊他，他不来了，不是说吃过了，就是说有事。再后来，想到可能又要喊他吃饭，他就掮着锄头躲出去了，一直到天断黑才悄悄息息回来。

从那时起，二哥就和父亲、弟、妹渐渐生疏了。

暑假里我从学校回到家，我卷起裤筒，掮起锄犁，同父亲、弟弟去下地……暑假结束，要回单位的那个早晨，我去跟二哥告别。

"二哥，"我说，"我要走了。"

二哥在院坝里理菜秧，二嫂也在理菜秧。两个侄儿默默地蹲在旁边盯着看。

"要走了，不多住几天了？"二哥抬起头。

"要开学了……"

"二哥……爹老了，弟和两个妹都还小，有些事你别朝心里去……"我说。

二哥仍埋着头，但我分明看见他的手颤了一下，有一刹那，他的动作凝住了，握菜的手停在胸前，但他终于什么也没说，埋着头又去理菜了。

二嫂低着头，始终没有吭气，两个侄儿陌生人似的朝我看看。

我站了一会儿，掏出二十块钱。我把钱塞在两个侄儿手里，强忍着眼泪出了门。

就是这次回家，三妹告诉我，二哥在今年春上出过一起车祸，那天夜晚他拖着板车进城拉粪肥，回来的时候走到板板桥，车子翻到岩坎下去了。亏得他撒手快，才没被带下去，但那辆车却摔得稀巴烂……二哥后来一个人躲在山上哭了好几回。那车还是修大桥那年买的，二哥用它拖过泥巴，拖过水泥板，拖过菜；分家时，二哥别的都不要，就要他的那辆车！

二哥小小年纪就跟着父亲挣钱养家，我读书的每一分钱，都浸透着二哥和父亲的汗水。

那年回老家，我去看二哥，我给他五百块钱，他不要。"星辰，"二哥手里捏着那点钱，"你娃娃也上学堂了，你们自己也缺个钱用……"二哥两只裤腿挽在膝盖上，一只高，一只矮。二哥蓬乱着头发，二哥比我记忆中的更黑更小了。

二哥的亲事，是父亲一手帮为的。二嫂能挑能抬，做起活路来风风火火。其实二嫂也只是脾气躁，性子急点，大事小事，常常扯着喉咙朝二哥吼，二嫂有时候吼二哥像吼孩子一样。二嫂和寨子里男女老少都不和睦。

二哥的日子中，也有过阳光灿烂的时候。

那是一个跟二姐同年出生的女孩，比二哥要小三四岁，我们叫她姐姐。如果不是后来的那些事情，她本来应该成为我的二嫂。

农村里，即便是定了亲，男方也是很少会到女方家去的，除了农忙的时候去帮着干活，和逢年过节和去拜年祝寿。女孩到男方家来就更少了。

但在才刚认识不久，还没有定亲的时候，他们就常常来往了。一般都是她来找二哥。我们家在南面，隔着县城有四里多路；他们家在城北面，出了北门坳过去还有三公里，中间隔着一个县城，来去二十里路。但是她常常来我家——赶场天，拉着村里的几个女孩，说是逛街看热闹，然后就出城来了。然后女伴们就回去了，将她一个人留下。

她很喜欢和二哥在一起，二哥去井边挑水，她会抱着个热水瓶跟着一起去。二哥去地里薅苞谷，她也扛着一把锄头。二哥去山上挑柴火，她就背着个背篓。两个人一起下地干活，可以说是形影不离。到了夜里，一家人都上床睡觉了，二哥和我睡在楼子屋上面，她和二姐睡在楼下另外一个房间。

她很爱笑。家里，井边，去载阳坝的路上，常常能听到她银铃般的笑声。天黑了，上山干活的河坝放牛的都回来了，一家人围着桌子吃夜饭。因为她的到来，那些日子的饭菜就变得特别香。就连家里墙上的那盏遍布油垢的煤油灯，都要比平时亮堂许多。

除了跟二哥，她还喜欢和二姐在一起。她叫二姐是"二妹"——

"二妹！你到河沟去洗菜？我和你去！""二妹，你做饭了？我帮你烧火！""二妹，水缸里还要水吗？我们一起去！""二妹，我来帮你切菜！""二妹……"两个十八九岁的少女的身影在暮色下的农家灶房，银铃般的声音一串串。其实她和二姐是同一年的，就只大点月份。

二哥朴实木讷，只会埋头干活、做事情。别人开他玩笑，他也只是默默地不声不响，最多只是抬起头来，无声地冲你笑笑，手上的活依旧慢条斯理，有条不紊。二哥在院子里编个竹篮修个农具什么的，她就蹲在旁边，手捧着脸腮，看二哥忙活。看着看着她就"咯咯"笑起来。赶上二哥手上的活路正紧，没有时间理她，她就会嘟起嘴来。她嘟起嘴，蹙着眉尖，盯着二哥看，看着看着，自己又先"扑哧"一声笑出来。于是连平时不善言辞的二哥也忍不住咧开嘴笑。那些时候，我家院子似乎显得特别宽敞，特别富有生气。我的童年生活也变得特别有生机。

我从河坝看牛回来，我把水井边上有玻璃碎片的事情讲给大家听，"今天水井边，不晓得哪家卖了个热水瓶！"我说。还没有用上自来水的中西部农村，水井还是非常原始的。在寨子前后一个有水源的地方，围着一眼"汩汩滔滔"的泉眼，三块条石——左右各一块，顶上再盖一块，一口井就成了。井底和井背都是天然的石壁，井壁上覆满绿森森的青苔。一泓长流水，终日"汩汩滔滔"，井荡里满了，就从井口溢出，"淙淙淙淙"流到下边的溪流中。数丈高的青石壁上，常常长着那种被当地人叫"倒鳞甲"的古树，有成年人合抱大。树根遒劲扭动如同一条条巨蟒，沿着石壁爬行，探进石壁缝隙里去。一棵树，枝叶纷披，如亭如盖，将一眼古井遮得阴凉无比……

"是我咧！"话还没说完，她就"咯咯咯咯"笑，"我不知道热水瓶里前面装了开水，开水用完了里面还是热的。我才一瓢冷水倒下去，它就'砰'的一声……"她捂着嘴。原来家里人早就已经知道了，她刚刚才和二哥井边挑凉水回来。一只热水瓶七八块钱，担一挑白菜去街上卖一天也才有三四块钱。如果是我们，父亲肯定要骂几句败家子，不知道爱惜东西，不晓得钱有多难找……但是父亲什么都没说，父亲坐在旁边修锄头，锄头用的时间长了，锄头柄有点破损，父亲用锯子锯掉一截，再重新装上去。父亲埋着头，修得很专心，父亲绷着嘴巴，两边眼角的皱纹深了起来，成了两张扇形，那是他悄悄乐的标志。

因为有了她的存在，家里的情景也不像从前那样黯淡了。母亲去世的时候，她也来。按说还没过门的姑娘是应该含蓄点的，但是她没有，她把自己当成了母亲的二儿媳。大大方方地穿上伯母婶娘给她准备的孝衣。她和二姐守在母亲的灵柩前哀哀恸哭，她趴在二姐肩上，二姐抱着她，两个一身白色孝服的十八九岁姑娘哭成了一双泪人……

那时我刚上高中，我跟父亲要钱从书店买了几本白话文的《聊斋志异》。做完作业我就抱着书看，连放牛和吃饭的时候我都书不离手。我看到《青凤》《小翠》……"聊斋"中一对善良孤苦的母子，一个连媳妇都娶不上的穷书生，恓恓惶惶，落魄潦倒。忽然之间一个聪明伶俐心地善良的姑娘从天而降，原本破落凄惶的人家立马就光亮起来，儿媳有了，孙子有了，欢声笑语，其乐融融。

我真觉得是从天上掉下来的这个狐仙姐姐，我真觉得是老天爷给二哥、给我们家送来了这个姑娘。

她的名字中有一个"荷"字，二哥二姐都叫她"荷妹"，我和三妹弟弟小妹则叫她"荷姐"。

6

先前心里装着那么多事情，还不觉得日子的空虚与悲凉。现在弟妹都已成家，剩下我一个人的时候，万般无奈与寂寞全都袭上心头。

五月的阳光，我走在无锡街头。弟弟成家了，父亲在家里，衣服浆洗，一日三餐，有弟媳料理；三妹、小妹，也有了归宿，这下父亲一颗悬了多年的心，终于可以松缓一下了，这下我也可以去寻找自己的归宿了……可是，你在哪里，此生注定将和我相依相守的女子!?

小的时候，母亲给我说到娶媳妇，我就哭。我想娶了媳妇，妈就会不要我了，妈就只要媳妇了；我站在院坝中间，抓着石子和瓦片，哭得很伤心。

大人看见我哭，都笑，尤其是春花大嫂，飞红着脸，手捂着嘴"咯咯咯咯"笑得直不起腰。只有母亲放下活，来抱我，哄我。

那时春花大嫂才是个刚过门不久的新媳妇，头发上系着红头绳，讲话时总喜欢往亲事上扯，等到别人认真地说起"媳妇""男人"这些话时，她就害羞地垂下眼帘，手捂着嘴巴笑。有一回，苗寨上的巴胜大叔教我几句话，吩咐我回来念给春花大嫂听，我不知道那是不好的，我冲她可着嗓子喊："叮叮咚咚响，大嫂屁股痒；哥哥闹新房，听到架子响!"结果春花大嫂听了笑得花枝乱颤："哪个烂背时砍脑壳的教你的!?"拿着鞋底板满院坝追着我跑，要拧我嘴巴。

河坎上的倒鳞甲树开始掉叶子，一早起来，院坝里的落叶上也已经有了一层浅浅的白霜，鸡鸭从上面踩过，留下一个个清晰的爪子印儿。要等到太阳出来，阳光照到的地方，才变得暖和起来。

中饭吃过，父亲和二哥挑着粪桶去了载阳坝上。母亲看看日头偏西，就把衣服抱出来洗。母亲烧一锅水，把衣服在木盆里浸，然后在搓板上一件一件地搓。母亲用油茶籽饼，油茶籽饼粗糙，不小心就要将衣服搓毛搓出洞。母亲用破布将菜饼裹起来，浸湿水，用的时候很小心地在衣服上抹两下。

河水开始剌手了，我和母亲背着背篓去官洞。官洞在寨子下面。瓷实的岩壁被河水冲击成一道道天然的石级。石板光溜溜的。女人们在这里清洗蚊帐、洗床单、洗被盖。

"这个绿莹塘哎，硬是怕人得很！"

"原来你太婆讲的就是这里！"

"'我死了你们不要去买棺材！连木板都不要用！就扳鹰咀砍两根毛竹，拖我甩下河里去！'"

"真的把太婆甩下去了？"我瞪圆了眼睛。

"哪能真丢！再苦再穷也得给她找副薄木板，老人家活了一世人呢！太婆埋在沙坝咀——你和你爹不是年年清明都去给她挂青么？"

母亲说的太婆是父亲的奶奶，距离我已经有八九十年了。好些事情都没亲眼见过，她也只是听寨子里上岁数的老人讲起。母亲嫁过来时父亲就只有一个叔叔一个婶婶。奶奶是在父亲四岁的时候死的，爷爷死得更早。奶奶是秀山梅江那边雷家寨子的人，太婆是哪里人母亲没说。

母亲手揣在围兜，缩着肩膀，望着眼前的河水。洗好的衣服，连同棒槌都装在背篓里，衣服滴答滴答淌水，水流到地上，又顺着石头上的沟痕印子淌回河里去。

"星辰！长大了去给你讲个哪样媳妇？"

"听妈！"

"找个苗族，苗族妹妹！？"

"也听妈！"

"那就给你讲个苗妹妹，天天唱苗歌给你听！"

母亲笑了。母亲自己也有苗族血统。舅舅家在响水坳上面的红岩洞，舅舅他们都是苗族。苗汉杂居的地方，上下寨子，山林坝上，大家朝夕相处。农闲时节还聚在火塘边摆龙门阵、煨板栗、喝米酒，谁个家中有了红白喜事，不用招呼，大家都赶来帮忙。但苗族和汉族之间正式通婚的却不多。

"梆！""梆！""梆！"河那边洗衣服的人，棒槌声音此起彼伏，从岩山回应出来，听上去都是冷清。

母亲对我的亲事很上心，但每回有人来提，她都要说"我得问我星辰……"

那年春花大嫂说她娘家弟媳妇九江那边有个姑娘，硬是长得好看得很！年龄也和我一般大。"人白白嫩嫩的，一根乌油油的大辫子快打齐脚后跟了！"春花大嫂连说带比画，"家里就只有个爹，三个哥也还没为亲事，家务都是她料理！"

春花大嫂的话让我想起了几年前我和父亲去九江吃喜酒时见过的一个女孩。女孩十一二岁，和我差不多大；瓜子脸，尖下巴，拖着两根小辫子。

客人围着火坑，大人说着他们的话题，孩子也说着孩子的话题。

"你穿哪样衣服？"

"你读几年级了？"

"你们决基坳那边有苗族娃娃，你怕不怕？"

有个小男孩（大概是她弟弟）总是不停地问我这样问我那样。我不好意思不回答，总是耐心地跟他说了一遍又一遍。

"鬼打死你了？问！问！问！就晓得问！"女孩使劲打了饶舌的小男孩一下。

打断了弟弟，她自己却又在黑暗中一双大眼睛忽闪忽闪地看我。

现在春花大嫂说起，又让我想到了那个女孩。距离那时已经好几年了，她也应该长大了吧？

读初中的时候，我们班上有个鹅蛋脸圆下巴、个子高挑的女生。初中的两年我们一直同班又同桌。

三四十人的班级，农村的孩子占了差不多一半，她是城里的干部家庭出身，她不像我们这些农村出来的孩子胆小见不得人。她的脸上永远都是一种坦诚、信任的微笑。

每次我要借橡皮或是铅笔什么的，问旁边同学，就有人说："找杨芷苹好了，杨芷苹有。"那时候，她通常都是在埋头做作业，或者是看书。不等我开口，她就会从文具盒里找出我要的东西。我用好了，一声不吭地还给她。她接过去放好，看我一眼，眉心微微一皱，一下下就又舒展开了。我们同桌两年，总共说的话加起来也没有超过十句。

班级里有一位外号叫"哑巴先生"的同学喜欢她。"哑巴先生"是个面孔清瘦额头高高的男生。他有一本与语文书配套的教学参考书，凡是老师布置的作业我们都能够在上面找到答案，按照这样的答案写上去，比语文老师课堂上讲的都还要标准。这本书先是他自己用，后来是我们几个同学一起用，再后来几乎是全班同学都在用。因为这本参考书，他也成了全班最受欢迎的人，尤其是在女同学那里。但后来不知怎么的，这本书就被班主任老师给拿走了。不过这也没有影响他在班上的地位。他有一本新华字典。每次写作文、看课外书，有大家都认不出来的字，他就会把那本宝贝字典拿出来："问问哑巴先生！问问哑巴先生就知道了！"然后我们几个小男生就脑袋凑在一堆手指沾上唾沫开始向哑巴先生请教。

他嘴巴贫，不管是男生女生，他都找得出话来搭腔。每次做作业，总是他最先完成。但每次考试他都得不了高分。他喜欢她，按照他自己在我们面前的话说是"爱死了！爱得这辈子是非她不娶！"否则，就永远不当男人了！听了他的这些话，我们都笑他，当然只有我自己才知道我的笑有多么难看，只有我自己才知道心里是怎样一种酸溜溜的感觉。

他给她写纸条，写信，给她买东西。但是她无动于衷，写去的纸条她拆开来看一眼，就给撕碎轻轻地放进垃圾箱里；送去的东西也常常不打开就原封不动给退回来。于是他就又得垂头丧气一段时间，但过不了多久，他就又开心起来。

"我伯伯说了，女人都是祸水。成事不足，败事有余。没有女人的日子也好！没有女人影响才可以成大事！"

问他伯伯在哪里工作？说就在我们学校呀。问长得什么样？矮矮的、胖胖的，有点秃顶！"这样！这样！这样走路！"他站起来，双手背负在背后，腆着肚子，翘着下巴，朝前踱方步。因为动作太夸张了，不像是迈方步，像是鸭子在一拐一拐走路了。我们这群围观的同学笑翻了。

她在上初二的时候已经出落得亭亭玉立了，头发是很耐看的童花式，像山口百惠的样子。额头边靠右地方的那绺头发，永远斜斜地用只蓝色的发夹夹着，不让它垂下来遮住眼睛。

初二下学期的时候，我遇到了一件大事：学校要我补交整个初二全年的学杂费。一起被通知到的班里还有几个同学，我们都记得已经交了，而且是在第一个学期就已经交齐了。矮矮的、胖胖的，有点秃顶的副校长将手掌到我们眼皮底下——"交了就拿来！拿发票出来看看！"

另外几个同学回家去，果然在第二天就将发票带了来。秃顶的副校长接过，看一眼，一声不响地将他们的名字从本子上划掉。然后抬起头来，恶狠狠地对准我——"你的呢?!"我说发票没有保存，找不到。但我真的交了，和他们一起交的，他们可以为我做证……"找不到？找不到就行了?!做证？这样的证随便找个人都可以做！欺骗学校是不是?!"副校长一下子变得异常的高大，两只镜片，一个苍白的鼻尖，嘴角两道深深的皱纹，嵌在那扇小小的窗口里。

两个学期的学杂费，加起来十多块钱，妈背一背篓菜到街上，守到下午也只能卖到两三块钱……我不敢想下去，我也不敢回家去说。我躲在学校角落里哭。

后来不知道是哪位同学的主意：捐款！每个人捐一点，班会费里老师拿一点，加在一起帮我交上去。说干就干，有几个同学马上就从衣服口袋里摸钱了。

大家讨论的时候，她坐在位子上，这个看看，那个瞧瞧。到有人往外摸钱的时候，她马上就站了出来，拉起另外一个女同学主动地当起了保管员，把同学们捐出来的钱一角五角地收集起来。

"给他！给他！给他这只四眼狗拿去买药吃！"

"哑巴先生"很心疼他的钱，一元钱他存了好久才存下的，这下全没了。他将钱狠狠地砸在桌子上，转身拉起我："你别怕！等哪天老子们去教育局告他……"

她皱起眉头，咬着嘴唇，看了他一眼，捡起揉成一团的钱，摊开，抚平，把它和其他的钱放在一起。

后来有一天她忽然请假了，后来又来了，来过几天然后又不来了。到这个时候，我们才知道她生病了。

她得的是白血病，去铜仁治，去贵阳治，都没有治好。在从贵阳回来的时候，她先是拒绝，不肯，她说她要治病，要把病治好了回来读书。可是她的病是治不好的，她得的是绝症，家里人一直瞒着她。

她死了，按照成年人的葬礼，棺材，土葬。有挽联挽幛，挽联很多，惨白惨白的一片。出殡那天，挽联花圈摆满了他们家门前的公路。其中的一副挽联写得异常的刺目：

如此天堂生活怎忍离去，

而今地下安息何时归来……

字是写在一副白棉布上。惨白惨白的棉布，墨黑墨黑的字迹，淋淋沥沥的墨汁还在往下洇着渗着。看见的人都说这副挽联写得好。

这年我十五岁。

小时候我跟着父亲去苗寨上晒谷子。队里的仓房、晒场都在苗寨子，父亲是保管员，稻谷、小麦、油菜、花生……一年四季的作物收回来，都要先在晒谷场上晒干扬净，然后先交公粮，然后再按人头人户分下去，剩下的就装进仓做来年的种子和储备粮。这些都是父亲的事情，父亲一个人忙不过来，队里就给他派了个叫阿莲的苗族姑娘打下手。

父亲和阿莲大姐在晒场上翻谷，我就和苗寨的孩子玩，秀金、淖伙、岱戈、桂梅、荷妹……我们玩泥巴、玩过家家，也玩请客人吃喜酒。玩请客人吃喜酒的时候，我们捡些破瓦片来，在瓦片里放上泥土和草叶草梗。我们将这些放了泥土、草梗的瓦片摆在一堆，再从谁家的扫帚上折下一些竹签。然后我们就围坐在一起吃"饭"。一般情况下我都是当来走亲戚的客人。

"嗛啰——你嗛啰！莫客气！"他们会拼命朝我"碗"里夹"菜"，劝我使劲吃。

"你嗛啰！莫客气，没有像样的菜！怠慢你了……"

有时候我们还喝"酒"。我们从地上捡些大人们扔了不要的锯短的竹筒来，每个人面前摆一只，在里面倒上水。

"来，来，来——喝！喝酒！"我们端起竹筒，学大人的样子，先用筷子蘸点酒，洒在地上，表示已经敬过神灵祖先了，然后把竹筒凑到嘴巴边，做出喝酒的样子。

大人们挑着担子扛着锄头从旁边走过，看见我们，都咧着大嘴巴笑。

学得最像的人是岱戈，他用竹棍把那些草根夹到嘴巴边，鼓起腮帮子做出吃菜的样子，嚼几下，端起竹筒还假装喝一口酒。"宴席"散了后他还要学大人喝醉酒的样子，摇摇晃晃地走路，讲酒话。而且一定要拉我到他家去歇"夜"。有时候还真的被他拉去，在他家那铺着稻草、竹席的床上装模作样地去睡一下……

响水坳二三十户人家都是苗族。男女老少都会讲汉话，只是口音都很重。他们和父亲很熟，看见了都喊"那贱"。

"那贱！吃了么？""那贱！去赶场？""那贱……"

"那贱"在他们就是"贱哥"的意思，是对平辈男子的尊敬称呼。

给父亲打帮手的阿莲是个大眼睛的姑娘，和所有的苗族姑娘一样，她也爱唱歌，干活唱、走路唱，一个人坐着绣花、纳鞋底的时候也唱。

"弟，你大了到我们寨子来好吗？"

"弟，你来给我们当女婿——你看翠萍姑娘长得好不好看！？"

翠萍从来不和我们玩。她帮着大人洗衣服、拣菜，还学会了织毛衣和绣花。每回我们玩，她都在旁边看着我们。

阿莲大姐说给我讲翠萍做媳妇，大家就看着我们笑。岱戈还站起来，把我朝她边上推。其他孩子有说要叫她给我做布鞋，有说要我正月里背腊肉、糍粑来她家拜年。说得她笑着跑开了。

后来到了读书的年龄，这些儿时的苗族伙伴也大都和我一起上学。只有岱戈——岱戈在我们上小学的头一年，到仙人借下摸鱼，被湍急的河水冲下官塘溺死了。

老爷岩三叔家的翠萍，已经不再是当年那个瘦瘦小小的编着两根小辫子的黄毛丫头了。十六岁的女孩，身上该突的地方突，该收的地方收，头发在脑后扎成一根利索的"马尾巴"，已经是一个标标致致的大姑娘了。

风里雨里，坡上河边，一只竹背篓不离身。竹背篓有半人高，稀格子，青丝篾，背柴草背猪菜。上下寨子的姑娘差不多都有这样的一个背篓。但她的背篓和人家的不一样，两条背索虽然也是用细竹篾编织，但她在竹篾外面又用布条把它给缠了一遍——不是潦潦草草地缠，而是像编辫子一样一道一道地绕，缠得很精致，也缠得很好看；不细心看，还以为那是两条绣花带子。半截裸露的小腿，紧实健康的手脸，脚上一双绿色的塑料凉鞋……

大了，懂事了。河边路头看见我放学回来，一群背着背篓，无忧无虑唱着笑着的苗族姑娘就远远地望着，一起静下来，埋着头，咬着嘴唇，有两只眼睛悄悄打量我。等我走到了近前，大家一起抬起头来，一齐盯着她，"哄"地嬉笑打闹，像是惊起满地满坡的麻雀。这些时候，她的一张额头高高的鼻子翘翘的典型的苗族血统的脸，就红到耳垂下，连那圆润的下巴颏都是一层绯红，红得她使劲地低着个头。

我的亲事是母亲的盼头。但母亲还是没有等到那一天，母亲甚至连我高中毕业都没等到。母亲不在了，三婶有时候会来我家，三婶教二姐和妹缝补衣服、绣花、做布鞋。

三叔也来。三叔来了就和父亲坐在火塘边，父亲将留着待客用的草烟叶子拿出来，摆在旁边的矮凳上。两个人撕我的旧练习本卷烟，粗糙的大手，笨拙的指头，卷出来的烟像两截木棒。卷好了，用火钳夹起烧得通红的炭火点烟，一个点燃了又给另一个点，都点好了才将木炭放回火堆。

"四方土今年挖得几挑红薯？"

"不多，才十一二挑。"

"办洋芋可能要多得点！"

"娘猪还喂不？上一场街上仔猪好像涨价了！"

两个人坐着。说话。抽烟。暗红的火星，半天才会红一下，闪烁进乡村的夜深处去。

我考上大学，三叔对父亲说："那贱！毛弟现在是公家人……今后是要做大事业的了……"

老爷岩三叔的意思是，我天宽地宽，要到外面去闯荡，小时候大人们半真半假说的那些话，都不要去当真了。

后来，她也就嫁人了，在上面太平营的一个苗寨，听说小孩都已经三个了……

7

父亲一直牵挂我。

我在贵阳，父亲的牵挂化作书信寄往贵阳；我在乌江边上，父亲的牵挂飞往乌江边上；我到浙江，父亲的牵挂又一路千山万水追随我到浙江。

父亲在信里给我说庄稼收成、猪牛养生和一家人的身体；父亲嘱咐我在外面为人要和气，学习工作要用心。

读书时，父亲担心我在学校吃不饱；毕业了，担心我和同事、领导处不好；等到我工作稳定之后，又开始操心起我的婚姻。

还是在上大学的时候，父亲就开始有意无意跟我提起这方面的事了。

"你前次来信于9月3号收到，知道你一路平安无事，放在学校的一切东西已（也）没有发生什么问题。我收到信后很放心，才没有给你回信。你来的第二封信9月30号收到了，知道你一切都很好，我一点没有担心你，希旺（望）你记住在家平时我教你那话，好好记在心头……"

父亲这里说的教我的那些话就是指的个人问题。

父亲担心我考上大学就不再好好读书就开始找对象谈恋爱。父亲一直要求我好好学习，不要过早考虑个人问题。亲戚中，有一个我叫"四叔"的长辈。在县城食品厂上班，因为年轻谈恋爱找了个没有城市户口的乡下姑娘，刚结婚时两个人手牵手在街上赶场，感情好得不得了。等到第一个孩子出生，家庭开销大，各种琐事家庭矛盾就开始了。先是为一些小事情三天两头吵，吵到后来是打，打到后来是闹离婚。离婚当然不是那么容易的，十几年就一直那样拖下来，家不像家，屋不像屋，去到他家，连张完整的凳子都找不到。

父亲怕我也去找一个没有正式职业、没有城市户口的女朋友。

"样子生得好有哪样用?! 当不得饭吃，当不得衣服穿！"

"还是要找个有工作的，两个人都拿工资，将来你们各人得好处！"

亲戚中还有个表哥，考上中专，毕业后分到县财政局。也是找了个没有城市户口没有工作的姑娘，到后来落得酗酒赌博、意志消沉的下场。表嫂就是那年带二姐去无锡的凤英姐——自从那年带二姐出来得了姐夫家五百块钱的好处之后，她就开始经常从老家往外带姑娘了，后来终于有一年不再看到她回去，听人说是死在天津了，至于是生病死的还是被人打死的，不知道，反正是活不见人死不见尸，家里留下一个没爹没娘的两三岁女孩儿。

毕业了，父亲觉得我可以考虑个人方面的问题了，但要找个有工作的，最起码是要有城市户口的："你的来信9月7号收到了，知道你平安地到达单位了，现在你得工作那（了），我已不担心你，并旺（望）你在外面好好工作，在家爹对你所说的话，你要记在心头中（终）身大事是一辈子的事，千万不要忙……"

工作的第二年，父亲写信提醒我，关于对象的问题"已（也）应当谈得了，不要择选过于（余）得很"。

最好是找个"她家爹妈都有退休工资全家都有工作的"。

另外就是"故（姑）娘一定要本分忠实"！

大学毕业那年，我去到黔北高原的乌江边上。那里江声浩荡，群峰林立。

每到夜色降临，蛰伏在大山褶皱里的红墙砖楼和上坡下坎的街道上，树影婆娑，鸡鸭声在耳旁倦倦地流淌，三三两两的闲人聚在街上橘黄色的路灯下打扑克、下棋……我在那里，差点就邂逅了一个知冷知暖的女子。

那段时间我总是会收到些不明不白的信：

杨老师，你们是大学生，和周围的人不一样，有文化有素质。我很羡慕你们，要是我也像你们那样读过大学就好了。我没有多少文化，但是我也喜欢看书，自从看见你们，尤其是你——杨老师之后我就更喜欢书了。不仅看书，我还准备学画画，以前我上小学初中的时候，可喜欢画画了，我画的画还在县里获过奖。可是，后来……现在好了，认识了你们，我要向你们学习……

杨老师你虽然不认识我，但是我认识你，我天天都看得见你，看见你上班，看见你下班，看见你晚上一个人在房间里看书写字。

杨老师，才是早春天气，晚上还这么凉，你就穿衬衫了，你不冷吗……

不贴邮票不署落款，有时候夹在门把手上，有时候直接就从门缝里塞进来。信封上一律写着我的名字。

集镇不大，每天总是那些面孔。街上走一圈常常有人同你打招呼："杨老师——"有的是家长，有的不是；有的认识，有的不认识。

春天，树叶的清香和油菜花的馥郁弥漫了集镇。傍晚，路灯下，大家聚在一起下象棋、打扑克。同宿舍的另外两个人也去那里消遣去了，我一个人在灯下看书。

"笃笃笃"，外面有人敲门，我走出去。

一个二十六七岁的女子！长头发，细腰身，鹅蛋脸。住在同一幢楼，我们四楼，她三楼，只是不共一个楼梯。平时没有接触过，但偶尔在路上遇到，一般都是她刚买菜回来。每回都是很不自然地偏过头朝别处看，走到近前来，才抬头："杨老师——"声音出口，一张精致的鹅蛋脸已经红了，一直红到耳朵根。

"你好！找我们有事？"我打开门，问她。嫩绿色的针织衫；秀美的刚洗过用条手绢松松地扎在后面的长发，头发还没完全干；嘴有点大，但是不难看。歪着头，咬着嘴唇，肉感的下巴扬起，一双水盈盈的眼睛无所顾忌地笼罩着我。立得那样近，连那颤颤巍巍的鼻息都能听到。

"杨老师……"她立在门口窘急地笑，"我来给你道歉……"

走廊上没有人，但是两边的人家都亮着灯，电视的声音和洗碗的声音传来。我生怕此时有人突然走出来："你进来！你进来说……"

在我的再三邀请之下，她才走了进来。坐下，声音打战，双颊通红。语无伦次地介绍她的名字，再三再四地说"对不起！打扰你了……"，又感到莫大幸福与满足地立起来，打量我的住处……又是语无伦次地解释。

三个单身汉的住处，常常有家长来串门。为了孩子的学习，为了孩子的座位，为了别的七七八八的事。有时候是学生的父母，有时候是学生的爷爷奶奶，有时候是学生的哥哥姐姐抑或是表哥表姐。

"杨老师，我们在这里住的时间长，也还说得上话，今后你有什么事情摆不平，尽管讲一声……"

"小杨，空了也要出去走走，不要整天关家里！"

"刘姐……"

"你们一起来的，教物理的那个老师，我就好几回看见他从你们书记家出来，打扑克，打麻将……你怎么不去你们领导家走走？"

"小杨啊，刘姐下次给你带点水果来，家里都吃不完，全是老高他们发的，这次忘记了，下次给你抱一箱来，下次！下次一定！你可别不好意思啊——要不，你自己到刘姐店里来拿？！"

"小杨，这两天刘姐就帮你介绍一个女朋友！"

有两个伶牙俐齿的女人一坐就是大半个下午。每次都说给你带点水果来，给你带点水果来，下次，下次，下次你记得提醒你刘姐噢。

但像她这样来，而且选在这个时候的，还是第一个。

我的房间在最靠里，除了衣橱书架和一张单人床，就只是一张写字台和椅子。

"杨老师，其实……我天天都看见你的……"

"哦？我走路不大看人……"

颤颤巍巍地出了一口气，又去看衣橱、书架、墙壁，低下头："杨老师，我就是给你写信的人……那些信……你都收到了吧？"抬起脸，歪着脑袋，圆圆的富于肉感的下巴，楚楚动人却又毅然决然的样子。

"收到了，都收到了！"我说。房间里唯一的椅子让给她了，我自己只好坐在床沿上。

她脸"腾"的一下子红起来："杨老师，对不起！真是对不起！是我不好，请你原谅……"

低垂头，胸脯起伏，深深地吐气。又抬起手去理鬓角，其实鬓角一点都不乱："杨老师，对不起真对不起！打扰你……"

我偶尔"唔""啊"一下。更多的时候，是一声不响。

住的地方离学校不远，下班出校门，朝左走两三百米水泥路，再爬十几级石阶就到了。但是我常常绕着走，我先走过一段乡下人卖鸡鸭卖竹器卖瓜果蔬菜的街道，然后爬一段曲曲折折的石阶，到十字街口，然后再走一段铺有青石板的田埂道。这条路要多出十几分钟，遇上赶场天还得和乡里人的担子背篓磕磕碰碰挨挨挤挤，但是这样就避开了从正面上楼。

最初是在那个下午，将近五点钟的时候，我下班回宿舍。还在前面的街道上，我发现她立在楼上，额头抵着窗户玻璃，朝下看。我抬起头，她便藏到窗帘子后面去。在窗帘后面，影影绰绰的，也还是朝下面看。一直到我走完这段短短的水泥街道，拐上台阶，走得看不见。几乎天天如此……

我"唔""啊"有一搭没一搭地回应。我坐在床沿上，双手插在裤兜里。这样相对坐着，差不多有半个小时的样子，同事看电影回来。

听到走廊上的声音，她小鹿一般惊跳起来，"杨老师，我回去了……"走到门边又回过头，妩媚地笑："我还要来的……"和进来的两个同事迎面相遇，窘迫地冲他们笑，手捋脸腮边的头发，算是打招呼。

后来又是纸条、信。有一次是一本书和一幅水粉画，说是自己画的。端午节还送来几个说是自己亲手裹的粽子……伴随这些东西的还有那血痕般的丝丝缕缕一厢情愿让我心惊肉跳的倾诉。

那次之后，她又来过不止一次，只是我不在，室友让她吃了闭门羹。回去之后她肯定想了不止一个晚上——

我虽然心里喜欢你，但那不过是自己的幻想，我不能毁了你的一生，你应该追求你的幸福生活。

我想好了，请杨老师放心，我今后再也不会打搅你了！

这里每年都要举行书画展，到时请杨老师和其他老师去看看，我要在今年画上自己所要画的画！

每次都是这样说，但过几天，信和纸条又从门缝里塞进来……

苗条，秀气，容貌也姣好可人。但不知怎的，对这些信，对这种被人强行惦记着的状况，甚至对她本人，我都有一种发自内心的不洁和厌恶。所有的纸条和信件我一概都没有回，送来的粽子和小吃我常常不打开就连同袋子扔进垃圾箱。

这是一枚深秋的果子一样熟透的女子。但她是别人的妻子，一个有夫的少妇。

同我们一起分去的一个同事，刚工作没有多久，就有了女朋友。那也是一个有夫之妇。两个人不管不顾同进同出，俨然一对理所当然的小夫妻。只是因为当丈夫的不肯离婚，两个人才没能走到一起，一直只能做有实无名的野鸳鸯。小伙子像没有笼头的马儿，不久又结识附近厂矿的一个女孩，见面半个月不到，就定亲结婚。又过了一个月不到，就离婚。不过有先前那少妇时刻在等着陪着，小伙子也不觉得有什么欠缺，整日里牵手揽腰，卿卿我我，其乐融融。

然而我不是他，我缺少这样的洒脱，而且，骨子里我也不愿意有这样的洒脱；我，该有我的活法！

早先，这里曾经是一个三线厂，后来军转民，主要机关都迁往省城，这里就又重新退回成一个地方集镇。因为有着先前国有企业的老底子，倒也还算得上热闹。

地方紧邻乌江大峡谷，群山起伏，沟壑纵横。夜深人静，江水在峡谷间"呼啦""呼啦"奔泻，分外醒目，分外激越。一年里大多数日子云山雾罩，但偶尔云雾退尽，天空就碧净得纤尘不染，到晚上钢蓝色的夜空罩在头上，更是显得繁星闪烁，幽邃无比。

我常常一个人坐在窗前，坐在暮色里。天还没有黑透，楼房、街道、山峰都还看得见。山脚下，收割了的稻田裸露出空旷的田垄，没有收割的还立在沟沿上，等待着迟早降临的镰刀。路灯下，下了班的职工三三两两，坐着的、站着的，闲聊、打扑克。一群水鸭子在沟水里，扁扁的嘴喙在污泥中嗫，看能不能找到点意外的收获。嗫了一下，失去耐心，走到稻田里，继续嗫。两只大白鹅高高地举起头颈，"嗷""嗷""嗷"叫着，在人群中穿梭。

晴朗的傍晚，晴朗的暮色，无论是玫瑰色的晚霞，还是周围的红砖楼房、水泥街道，以及饭后闲人，都是那样嘈杂、疲软，同时又无所事事。这样的情景，常常让人惆怅，让人想起生活中那些最灰色、最无奈的成分。

书桌，旁边的一只竹书架，都摆满书，墙上还贴了一幅苏轼的《卜算子》：

缺月挂疏桐，漏断人初静。谁见幽人独往来，缥缈孤鸿影。惊起却回头，有恨无人省。拣尽寒枝不肯栖，寂寞沙洲冷。

字幅是叫一个同事帮写的，是少见的指书。

下了班我就常常一个人在宿舍里看书、写日记。这年我二十一岁，不比讲台下的学生大多少。在课堂上，我有时会给学生介绍点自己大学里读过的外国文学名著：《永别了，武器》《红与黑》《钢铁是怎样炼成的》……我还会拿自己的照片给学生看。

有时候也去街上，去那些幽静的、树影婆娑的小径，一个人漫无目的地走。

天空明净得像水洗过一样，杏花、梨花、杜鹃、油菜花次第开放，空气中流溢着一种山野特有的勃勃生机。我去街上做裤子的裁缝铺子。

第一次我不知道这是学生家长，我抱着自己在摊上买来的一块布料，老板娘忙不迭地放下手里活计，又是给倒水，又是让座。

"杨老师来了?! 本来我们是不收外面布料的，杨老师来了我们是一定要收的!"

不几天，叫女儿带话给我：杨老师，你的裤子做好了，有空你来店里拿!

下班后我去，做好的裤子不是一条，是两条。除了我自己的布料，还另外给我做了一条。

"不要，这个不要!"我窘急得要手足无措了。

"杨老师哎，你是我女儿的老师。别的事情我们帮不上忙，给你做条裤子穿还不应该么?"

"这样不好，这个真的不好!"

"有什么不好的? 我们别的东西拿不出，就这点手艺。只要杨老师不嫌弃就是了……"

"就是嘛，就是，这个一定是要的，这个是我们这地方的讲究!"店里闲谈的几个女人也说。女儿在里面，面朝墙壁抿着小嘴笑。

"杨老师哎，你今后要做裤子只管来我这里。你没经验，不会买东西，你看看这个布，被人家骗了! 哪里像是布，硬邦邦的像纸板!"

看着手上的包裹，又看着人家。我走也不是，不走也不是。

"杨老师你不是本地人吧? 家在哪里?"

"杨老师，我留了你的尺码。今后你要穿裤子不要自己去买，商店卖得又贵又不合身。你来我给你做……我家小婕也很会选布料的……"

每次去店里，母亲都喜笑颜开，问这问那。"杨老师，你习惯我们这里的生活不?""杨老师，你放了假要回家去吗?"

一家人，就靠着个布店。长年累月伏在缝纫机上，母亲的一双眼睛已经很近视了。

出了集镇，是乌江边上的断崖和浩浩漫漫的莽林。三四月间，总有鸟彻夜彻夜地在林中长啼："归归阳——归归阳!"叫得人心尖战栗、发搐喋血。这是书上记载的子规，又叫杜鹃，而当地人习惯叫它"阳雀"。这种鸟似乎主要生活在江南中西部，尤其是两湖和川黔一带，"子规夜半犹啼血，不信东风唤不回""其间旦暮闻何物？杜鹃啼血猿哀鸣"都是讲的它。

有很多关于它的传说，其中一则说有一对兄妹，父母早逝，哥哥娶了亲。妹妹倾心倾力，尽自己的本分维护着哥嫂的这个温馨的家。但不知道从什么时候开始，寨子里开始传起一丝流言，流言无影无脚，又似乎起自自家的嫂子，说女孩在外面有不规矩的举动，说女孩这样那样……羞怒之下，哥哥不分青红皂白就举刀刺向嫡亲妹妹，少女的血抛洒冰冷的土地，一缕冤魂飞向碧空……从此，人间就多了这种鸟。阳春三月，在山上，在林间，房前屋后，迷离泪眼凄楚地凝望人间灯火——"行不得也哥哥——""行不得也哥哥——"声声唤唤，昼夜不息，一直到啼尽满嘴鲜血，气竭而亡……这种鸟常常让我想起弟弟妹妹，想起母亲的早逝和父亲的心愿。

缠绵悱恻，辗转难眠。夜深人静，我独自一个人走出房间。

街道两边，隔着墙和窗户的零星絮语，电视机梦呓般的声音，路灯下，还有稀稀的几个打扑克的人。一阵夜风吹过，幽寂的空空荡荡的街道，月影几多婆娑。

铺子里，母亲在收拾布头刀尺，已经是准备打烊了。

女儿在窗户前，一把熨斗在手中"嘶嘶""嘶嘶"响。有时候，把手里的熨斗放着，低下头去看烫出的线缝直不直。

"杨老师来了?! 杨老师这么晚才来!?"母亲抬起头。

女儿低着头忙自己的，似乎没有听见，也没看见，铁熨斗"嘶嘶""嘶嘶"响，烫出一缕缕袅袅娜娜的蒸汽。熨好的裤子，带着潮湿的甜腻腻气息，服帖地挂在竹竿上。母亲朝女儿看看，又朝我看看。

在布店里站了一会儿，我退出来。两边的墙和窗户，人语和电视机的声音，似断时续，时续似断，先前的嘈杂已渐次平息。夜色自星汉倾泻，逶迤的群山，散落的楼房，蜿蜒的街巷，沉落进一张无限深邃、无限厚实的网中。

我走穿集镇，独行的脚步量遍每一处角落，最后又走回到铺子里。

门口水汽氤氲，母亲坐在阴影里，"杨老师——"立起身，去提炉子。

炉火已经烧过了，剩下一团暗暗的红。铺子前的炉子，一年四季坐着白铁水壶，坐着大肚子的陶罐。壶嘴里"嘶嘶"地冒着蒸汽，陶罐里煨着喷香的红薯、芋艿或是猪脚炖黄豆。

我帮忙拎起炉子。"杨老师！怎么好劳烦你！""没事！我顺手么！"炉子放进店里，我转身准备离去。"杨老师——"母亲从屋子里端着一碗蒸熟的山芋。

他们住在山腰间，靠近电视塔的地方还有两间屋子。那是厂里的棚户区。他们是这厂里的"半边户"，只有男的上班，女的算是个个体经营者，开着这家布店。

女儿才在读高一。眉眼秀气，头颈、面庞和高高的额头象牙一般细腻俊白，一根辫子拖在腰间。放学回来就写作业，写完作业，帮母亲熨烫衣裤、打理布料、拣菜做饭。

放学路上，一帮女孩子呼朋引伴，说着，笑着，叽叽喳喳，像欢快的麻雀。老远看见我，手指竖在嘴唇前"嘘——"的一下，顿时就鸦雀无声了，挤在一起，埋着头走路。等到了跟前，约好了似的一起抬起小脑袋："杨老师好——"走过去，又是"哄"地笑，像是街面上刮过的一阵带着青草花朵馨香的春风，忽然又一齐回过头来。

跟同伴走在一起，她书包挂在右边瘦削的肩上，一本厚厚的《现代汉语词典》抱在胸前——那是怎样紧紧就就的起伏的胸……有时候在讲台前展着一手的粉笔灰给哪个女生多讲了道题目，就会耍起小性子，垂着头，脸沉得要浸出水。过了两天，就又好了，垂着头，抿着小嘴儿，偷偷地注视着你，不好意思地笑。

十六岁的少女，心思是秋天的云……

只有在戴着眼镜的葛洁老师那里，才能感到一点理性的静稳。

在后来对葛洁老师的回忆中，我想得最多的不是一起吃火锅一起打扑克一起去附近山上游荡，而是她的那间情调独特的居室和那盏发出祥和朦胧光的灯。

建于 20 世纪五六十年代的红砖楼房，房间在楼边上紧靠楼梯口。房间比我的大，单人床、书桌，几只装书装衣物的箱子也是塞在床底下。因而也就显得空空荡荡。葛洁老师的生活除了这几件东西似乎无须其他多余的东西。她不是个讲究摆设的姑娘。

书排列在一头紧靠着床的那张桌子上，有《鲁迅全集》，有《新英汉大词典》，还有几本小说名著和美学读物，高高低低的，排列得不是很齐整。书阵的上面还常常摆放着闹钟、镜子、笔筒和一两本她新近正在阅读的杂志书籍。台灯底座是个大夹子，可以横着就夹在床头栏杆上。房间凌乱、朴素，却又总给人一种刻骨铭心的感觉，似乎里面除了戴眼镜的她之外还生活着一大群深刻隽永而又无比纯洁的思想和灵魂。

许多年后我还常常想起那些心绪茫然、心境沮丧的夜晚，那样的夜晚我常常像一只迷途的羔羊，蜷缩在她的房间。我想不会有人相信这样漫长寒冷的夜晚，两个二十一二岁的青年男女待在一间房间里五六个小时而能够不发生点故事。

葛洁老师不是那种忸怩和拘小节的姑娘。我在那里，她常常就那么斜斜地靠在床头叠起的被子上，眼睛在镜片后凝望着，双手抱着头半倚半躺和我说话。靠得久了她便将一双脚从拖鞋里抽出来，平放在床上。那些时候她的眼神和脸上的表情都很专注。她这样斜靠着跟我说话时似乎从来就不会想到，她的一双小巧结实的乳房在白色的毛衣下显得格外惹人注目，而我那时常常就是坐在她床前唯一的那张椅子上。换了是别的任何一个女孩也许我准会立刻站起来扭头走掉。但是我没有。

仅仅只有一次。那是一个月色迷人幽花飘香的仲春夜晚，天气已经十分暖和了，葛洁老师脱了她的那件款式新颖大方的猩红色带黑色方格子的外套，只贴身穿了件黄色的薄薄的羊毛衫。我忽然发现她原来是那样的富有女人气，她衣衫下的那双小巧而丰满的乳房是那样的迷人和充满诱惑，恍然之下我不觉产生一种想探出手去触碰一下的渴望。

整整半分钟的时间，我呆呆地一句话不说。她一定也察觉了，装着不经意的从床头拉过一件衣服来，"天有些凉了！"边披衣服边说。那之后整整有一个星期我都没有再去她那里。

刚毕业的葛洁老师处事要比我成熟，尽管她的实际年纪比我还要小一岁零三个月。她是我走出大学和219寝室之后的唯一一个心灵依傍。如同看一片青翠的树叶在潮湿天气，怎样将湿气慢慢变成水星，最后凝成一滴晶莹的水珠，挂在叶尖上剔透晶莹、摇摇欲坠。葛洁老师看着我稚嫩的思绪在现实的泥土上水蛭一般地探索、爬行，曲折起伏。

"你的生活有坚定不移的目标，你还有很深的潜力。"

"你能守得住你自己，你太不像这周围的男生了！"

最后那个傍晚，我去找葛洁老师。我将报纸包着的东西往她书桌上搁，没头没脑地就是一句——

"你能帮我把这东西退给人家么?!"

葛洁老师望着我，眼睛从脸上转到书桌上，又从书桌上转到我脸上。"咦？咦？咦?!"枕着的手从脑后抽出来，人立起，打开报纸，一一地翻检，查看，"哪里来的这些东西，你?!"

"这个你就别问了，反正你就帮我还回去得了——就是你们以前下面三楼的那个女的，高高挑挑、头发长长的、经常穿条碎花色白连衣裙的那个！"

葛洁老师眼睛从桌上的东西回到我的脸上，似笑非笑："明白了！保证替你做好！"不易觉察地咬了一下嘴唇，笑。低头当着我的面，将所有的信件和纸条又用报纸原封不动给包起来。

离开之后，我们还通过信，说工作，说生活。仅仅只有一次，葛洁老师在信里剖露过她的心迹：

其实我有很多种选择，但我却在很多种选择中选择了如今的这一种，所以我才相信这是命。命中注定了我总也不能轻松，不像你，总那么洒脱。

我想就算是我能去你那里，也该是半年之后的事了，其实主观上我很愿意去你那里而不是省城。果真能如愿那我们又可以经常在一起谈点文学谈点教学再谈点别的感受了吧，而且那感受一定又有很多是相通的，毕竟同是异乡人又共识了那么多年——真能如愿么……

这时候的葛洁老师，生活中已经有了一个闯入者，她选择离开那里去了省城。

8

其实那时候，我也有过一个女朋友。

刚毕业，领导怕我们生活不习惯，工作不安心，专门召开了一个班子会议，决定工会里几个上年纪的老师，分头帮我们牵线搭桥解决个人问题。

给我介绍的是一个瓜子脸尖下巴的姑娘，比我小一岁，父母都已经退休，高中毕业接替母亲进了公司的实验室，各方面都符合父亲说的。

但是人家也有自己的标准，除了看书兴趣爱好谈不到一块儿外，更主要的还是——

"我们单位有一个女孩，上回跟着男朋友回去，人家父母给了她一个888元的红包！"

"我们单位的人都说，找对象不能找农村里考出来的，找了农村考出来的一辈子就掉进无底洞了，结婚后七大姑八大姨的都来，整个一个填不满的坑……"

我俩很少能够平心静气交谈，从认识直到我后来调走，相互间的距离也没走近多少……

而这一切，父亲都不知道。父亲在千里外的老家，胼手胝足，披星戴月，巴心巴肺地望我找个"父母都有退休工资全家都有工作的又善良又本分的姑娘"，今后"各人得好处"！

调到浙江，又过了几年同乌江边上差不多的日子。到一九九七年暑假结束，我结识了后来成为妻子、成为父亲儿媳的姑娘。关系确定下来，我才写信给父亲。父亲高兴万分——

儿：你来信阳历10月11号收到。你们几个在外面都好。现在你又谈德（得）一个，又有工作又是一个大学生，爹看到信很是高兴。爹又想到你这些年来到处奔波，又是贵阳又是德清，又是你的两个妹，又是你爹我，把你等到30岁了。儿只要女方不择选你，你莫选人家，只要她工作好品格好各方面好，不要择选人才，古话说凡人不可貌相，海水不可斗量。爹希望你把你的事落实好给爹来过（个）照片和信爹都高兴及（极）

了。儿不别（必）担心家里一切……

接下去买房，结婚。父亲问，你们房子多大？装修要花多少钱？我把家里猪卖了，给你们汇钱来——我才大学毕业的时候，父亲就说，今后你结婚我给你们喂两头大肥猪；你转来办，带回来给叔伯婶娘亲戚朋友看看，喊大家拢来喰一顿饭……

那时父亲身强力壮，天不亮就从山上割一担露水草回来；饿了啃几口红薯，渴了掬几口溪水，一根扁担担平山川，一柄锄头刨起日月。

父 亲

1

在父亲眼里，岩脑壳周边都是"我们的"——我们沙坝寨，我们四方土，我们瓦场屋基头，我们渡口边，我们载阳坝……

父亲称大哥、二哥、姐、我和弟弟妹妹也是"我"——我屋里头的崽女！

小时候跟着父亲去赶场，父亲总是叮嘱了又叮嘱："拽紧箩篼索，跟在后头，莫走打落了！"

父亲敞衣露怀担着箩篼"呼哧""呼哧"在人群中走，我在后面拽着抓着高一脚浅一脚跟着跑。

那情那景，在人家看来，就像是父亲身后衣襟或箩篼系索上吊着一只跌跌撞撞西晃东摆的小蚱蜢。

2

载阳坝的菜畦还笼罩在静谧的雾岚里，河坎上的寨子还沉睡在钢蓝色的晨光中。公鸡叫第三遍了，房前屋后竹林里有鸟雀开始喧哗，先是一只，后来是两只，再后来"啁啁啾啾"的一片。

柴门"吱扭"一声，父亲去割牛草。父亲担起草筐，挽着绳子，拿起镰刀，去瓦泥田，去包家岩坎。等到隔壁天宝大大家院子才开始有人声的时候，父亲已经一身露水回来了。父亲把草篓放在牛圈边，然后过仓屋边叫我。

"星辰！星辰！起来得了呢——"

父亲的声音低低的，急急的，从幽邃幽深的梦境外切入我的耳际。

"爹……几点了？"

"只差两分钟就五点半了呢！"

"噢——"我揉着眼睛，坐起来。窗户纸上才是一层银粉似的青光。为了我读书，家里特地去买了一个闹钟，闹钟放在父亲床边柜子上。

父亲看着我舀水洗脸。父亲又披上了蓑衣，挎上了鱼篓。

"爹，你还出去？"

"昨夜有人在塘库闹鱼，我去看看……"

"莫去，爹，河坎上滑！"

"不去又咋个得鱼吃呢！？不要紧，我看着点就是。"

"等一下你喊醒星富，让他早点赶牛出去啃草……"

"爹，今天你到哪里做活路？"

"沙坝窠……"

父亲下地做活路，一早就把牛牵出去。傍晚放学回来，我才去接牛回家。

通常是过了渡口湾和大田坎上，才走到娃娃坟，就看见父亲，父亲在沙坝窠的红薯地里。父亲薅红薯，出汗了，衣襟敞开，露出里面猩红色的绒衣，这件绒衣不晓得是哪年买的，只记得从我很小的时候起父亲就在穿了。原先的扣子掉光了，母亲重新用针线缝上去，总共五颗纽子，红的，蓝的，黑的。父亲敞着衣服，挥着锄头，一担粪放在地头。三舅和苗寨子的"三鸭客"蹲在田埂上。三鸭客家的牛，我家的牛，在坡上啃草。

家里建房，需要瓦，我跟着二哥和父亲去响水坳拖瓦。土地承包到户后，队上的窑就没人管了，只有响水坳的四队寨子还在烧砖烧瓦。

我们买了满满的一车瓦。回来的时候，车子停在路边，父亲和苗寨上的熟人说话。二哥坐在那里低头剥脚杆上的泥巴，我先是看风景，在旁边等，我忽然想，板车……胶轮胎……也许，我一个人也可以将车拉到家？！

这样想着，我就上去动车子。是下坡路段，停车时已经将车把手扳起来，又捡两块石头，塞在轮胎下。但我刚把手匣压下来，不堪重负的车子就碾过轮胎下的石头，往下溜，眼看着越溜越快，我拼尽全身的力气要把把手往上扳，但还是扳不动。我只有拼命地撑着，抬着车把，让车子推着我往下跟跟跄跄退走。车轮越滚越快，我的脚步越来越凌乱，眼看就要被车压趴下了……父亲，奔着跑着扑上来，肩住车杠，咬着牙关，果断发力；二哥也扑上来，扳住车子。

大沙田的谷子熟了，父亲带着二哥、二姐、我，还有弟弟，我们推着板板车上寨丙割稻。

上寨丙要走渡口边，渡口边上去一点就是仙人借，几十丈高的悬崖陡壁，半中腰神龛似的岩洞里横陈着方的圆的物件。老人们说那是仙人的碓和磨。

载阳坝上做活路的人，常常会听到碓磨的声音，"哐当！哐当！呜呜呜——""哐当！哐当！呜呜呜——""噢，仙人又在舂碓了！"大家说。仙人的碓和磨常常响常常响，从远古时代一直响到现在。大概是仙人也晓得人间不易，才常常在那里操劳，预备救苦济难。

遇到荒年饥年，附近寨子的人家都到岩壁下去借粮借米，等到来年粮食丰收，再去还。只是后来有一户人家，借了白米，第二年去还的时候，一挑米里掺进大半箩的谷糠。仙人生气了，从此再也不向人间粜粮借米了。故事一代代传下来，人们在载阳坝上干活，偶尔抬头朝那边河望一眼，心情几多的复杂。

仙人不再过问人间疾苦，人只得自己管自己。我们上寨丙割稻，一早就出发，忙一上午，回家吃饭。吃过中饭，坐着打个瞌睡，就又去了，然后一直到太阳落山才能回家。一天两趟，湿漉漉的出田谷子，板板车垒得高尖高尖，二哥和父亲在前面挽着套索弓着腰，我和弟弟、二姐在后面使出吃奶的力气帮着推。

有一次回来的路上，走到仙人借，我忽然就觉得天旋地转起来，脑袋里有千百面锣鼓同时在敲响……我放开拌绳，跟跟跄跄奔往路边，靠在堤坎上。仰着头，闭着眼，大张着嘴巴，像落在旱地上的鱼。"爹吓坏了！"二哥后来告诉我，"你脸像纸一样白，一点血色都没有！"是父亲给我又是掐人中，又是按太阳穴，我才慢慢醒过来。

仙人借上面没有碓，也没有磨，那是古人的一处悬棺遗址。

一天过完，太阳落山，别人都收工回家了，父亲还在莲晖峒峒。父亲要赶在天黑之前，带一捆草回去，青草撒在牛圈里，就是牛一晚上的零嘴。

支着左腿，曲着右腿，紧咬牙关，父亲在田坎上割草。手里镰刀"嚓嚓嚓""嚓嚓嚓"，割过的地方光光的，平平的，干干净净。割了有一把草，挽起，抛到路边上。

为什么叫莲晖峒峒，从来没有人问起，也没有人给过解释。那里不是起屋住家的地方，以前农场的冬宝将家迁到那里，背时得很，又搬回去了；后来老七家又在那里住，也是不顺得很。听老人们说，这里以前有个庙。

鼓一样的一个石头山包，下面是滔滔汩汩的河水，后面连着下大田、坎上，再后面是曾家峒峒和封龙坡的松树林，松树林一直蜿蜒到簸箩屯、牛场坡、火爬岩，再上去是七星坡，再上去再上去就是武陵山的主峰梵净山了。

火爬岩和七星坡在县城东南二十多里的地方，一道蓝色的屏障遮住了半个天空。梵净山肉眼就看不到了。苗寨子的石六斤，跟柑子园的一个草药医师上梵净山采草药，回来给大家讲，在天气最好最好的时候，站在莲晖峒峒上，看西南方，一直到半天空，隐隐约约似有似无浅浅淡淡一堵墙一样的东西，就是梵净山。我好几次踮起脚看，像是看到了，又像是没看到。莲晖峒峒下是瓦泥田、沙坝咀，沙坝咀下是大河坝。莲晖峒峒有天宝大大家的两丘梯田，有我家的一块红薯土。

"爹——"我从河坝赶牛回来，"爹！"牛也停下来。路边黑黝黝的树林里，鸟雀安静下来；大河坝的草坪、柳树和滩水，也沉浸到逐渐湮灭下来的落日余晖里。一切都沉寂下来，要等到明天的露水和清新初阳，才会在鸟的婉转鸣叫中，随着翅膀被露水濡湿了的蚱蜢的蹦跳，醒过来。

"爹，早点转来……"

"我割完这两把！"

我朝牛扬起手里的竹条，"嗷!"牛硕大的脑袋，晃了两下，玻璃球一样的眼睛，朝父亲望。"嗷——"小牛也朝父亲唤。

在青草气息里，我们朝竹林后橘黄色的灯光走，那里饭菜香味散开来的生动撩人的傍晚，是父亲给我们的家!

溪水潺潺，银河璀璨。深秋的傍晚，我跟父亲还在岩洞边码稻草。

草树越垛越高，我要仰起头才看得到父亲。悬崖上垂挂的藤萝竹篁黑乎乎的；夜鸟、秋虫在呢喃；小鱼小虾打着"啵""啵"的水花；月亮在岩洞顶上露出了半张脸。

我抓着稻草，用力朝上扔。父亲左手抱着树干，右手探着，我每抛上去一束，父亲右手往旁边一捞，便稳稳地接住。

"饿了不?"

"不饿……"

"还多不?"

"还有两捆……"

其实我肚子早就"嘀咕""嘀咕"叫唤了，估计父亲也和我差不多，但父亲不说。父亲只是在树上，几次将裤带往紧里勒。

寂寞的冬夜里，一家人围着火塘。倒鳞甲树上的夜鸟"咕咕咕咕"呢哝，远处寨子有狗叫，昏暗的煤油灯下，我们听父亲讲他小时候在"大坝"给人放鸭子的事，讲书上看来的故事。一壁之隔的院角，鸡舍鸭圈都显得出奇的安宁与静寂。鸡们鸭们在沉沉的冬夜里，也同我们一样竖起耳朵怀着好奇神秘和不可思议的心情，听父亲的故事。

父亲有一册唱本——《梁山伯与祝英台》，是毛笔小楷抄写、用锥子和麻线装订起来的。每回在煤油灯下读这本书的时候，母亲都和我们一起听得津津有味。父亲读得笑眯眯的，母亲也听得笑眯眯的。然后父亲就给我们讲祝英台女扮男装和梁山伯一起读书，然后母亲就要说起父亲小时候要饭的事情。

母亲说，父亲第一次跟着媒人去她家，她和大姨、二姨、满姨就隔着一层壁头躲在里面偷看。媒人带着父亲刚出门，母亲就对外公外婆说，

"这个人我看到过，那年到我家来讨过饭……"每回母亲说起，父亲都是绷着嘴，笑得一张黑瘦的脸上开花开朵。但是父亲始终不承认，父亲说母亲认错人了。

"来过！你肯定来过！"母亲一口咬定。我想母亲说的应该是真的，因为有一次给我们讲小时候的事情，父亲自己说漏了嘴。父亲说他跟天宝大大和刘妈妈出去讨饭，在响水坳，人家门口晾得有衣服，刘妈妈看边上没人，就把衣服扯下来塞在裤腰里。其实当时主人就在屋后山上砍树子，他们的一举一动人家全看得清清楚楚。

"那个男的几多凶！舞着这么长这么长一把砍刀，从后山上吼着撵着奔下来！"父亲双手比画着，"高高地抡起刀子，轻轻地落到你刘妈妈肩膀上。"

"你刘妈妈把衣服扯出来，气呼呼地往旁边一甩，人家收了衣服，也没怎么样，骂了几句，就放我们走了。"

"晓得阿个扛着砍刀的人是哪个不？就是你三叔他爹啊！"

父亲说他出去讨饭也就是那几回，后来满公就不让他去了。满公说，讨嚒讨口，没有出息，要靠自己的一双手找饭吃，人家才看得起。

3

上下寨子，苗族汉族，父亲都熟悉，父亲苦得、耐得，心肠好。

小时候，一家人围着桌子嚒夜饭，吞咽声和筷子扒拉饭碗的声音都是倦容，春花大嫂常常在外边火燎火烧地喊："星辰！星辰！快点出来！快点出来！你家家婆来了！"边喊边笑，边笑边喊。

等我端着碗出去，春花大嫂在那里已经是笑得拜天拜地的了。春花大嫂还在拜天拜地笑的时候，父亲已经领着人进来。来的不是外公外婆，外公外婆早就不在人世了，来的是要饭的叫花子！这些都是失火遭灾天旱水荒生活无着出来求告的老人，也有一些手脚残疾身上淌脓流血的年轻人。这些人就只背着个背篓，或是一个口袋，口袋里装着一个碗一双筷子，还有乞讨来的一点米、面、苞谷，和已经放得发馊发酸的剩饭剩菜。容颜哀切，蓬头垢面，有的腿上还留着被恶狗咬下的已经结疤或是还没结疤的伤口。站在人家门口，等着一口饭一口菜的施舍，有时候手捧着人家给的一勺剩饭剩菜立着就那样吞下去。父亲将他们领来家，给他们饭吃，又抱出棉被在屋檐下打地铺让他们睡。

对这些人，老一点的，春花大嫂就说是我的家公家婆，年龄差不多的，是我的大舅、大舅娘。家里的一个土黄色陶钵，就是一个曾经在我家歇过夜的老人留下来的。老人无儿无女，去投靠侄儿。老人的侄儿在外面跑车，要从渡口边经过，托人带口信叫老人等他。老人一路要饭赶到这里来，夜里宿在岩洞里，饿了到寨子来讨口饭吃。父亲从载阳坝上干活转来，看他可怜，就领他来家，给他吃给他住。过了几天，侄儿到了，老人对我家是千感谢万感谢。老人说，我没有哪样值钱的东西，我身上最值钱的就是这个讨饭钵子，我跟着侄儿去，也用不着它了，就留给你们做个纪念……那个讨饭钵子，后来母亲拿来盛糨糊粘鞋底，小时候我还用它给母亲捣过魔芋糨糊。

父亲和母亲过日子节俭。新稻谷收回来，最多连着煮两顿大米饭给我们吃，到第三顿，就又开始掺杂小麦粒、苞谷糁、青菜了。这样才能保证一家人到明年新粮出世都有饭吃不会饿肚子。赶场天，背着菜进城去卖，寄婆和大姨看他们空着肚子守一整天也舍不得买点吃的，就给他们端来送来，如果是面，两个人就吃了；如果买的是包子，就一定留着带回家，掰着分着给我们每人一口尝。

父亲看不得讲话有天无日的人，父亲叫这样的人是"扯破天不补"。

父亲和天宝大大从太平营回来，路上遇到一个人扛着木方在前面"呼哧""呼哧"走。"宝满满——"那人听见天宝大大的声音，在木方下喊，"宝满满——"

一路上大家高声大气摆龙门阵，"讲么，"扛木料的人说，"背后坪一个上山捡菌子的妹仔，上个月收到王母娘娘的一封信，叫大家六月初三那天都不要出门……"

"还有，上回岩上寨子有个人去赶秀山，在水源头听见岩头说话，说的是'今年阳春好，明年阳春光篙篙'……"

"我们大树湾寨子，头个月也出了件几多稀奇的事情——讲是有个人，到水库边去钓鱼，刚开始没有钓到鱼，钓到后头，就钓起光有脑壳没有尾巴或光有尾巴没有脑壳的半截鱼，再到后来就钓起了一只水草鞋。钓起了水草鞋他还不走，后来不晓得咋个，人就溺死到水荡荡头去了……"

扛木料的人为了证明自己讲的都是真人真事千真万确，还几次赌咒发誓，"真的呢！""硬是这样说的呢！""我和你赌一百块钱！"

父亲和天宝大大只是听他说，只是笑。待他说到钓出半截鱼的事情时，父亲终于忍不住插了一句："哪有哪个怪里怪气的事情啊！"

那人的话遭到质疑，感到人格受到莫大侮辱，从木料下探出蒸汽腾腾的光脑袋："嘿！我讲你这个人，真是！我是在和他摆，又没在和你摆！"

后来好久了，父亲想起来都还要笑——"这是个哪样样子的人嘛?!白话客，扯谎三，一天到晚扯他的白搭筋！呸——呸——呸——"

又一回，父亲一个人走坡东大姐家回来。父亲沿着公路走，希望能遇到有过路的车，希望能搭个便车。走啊走，一直走到了那个叫长平的苗寨，才终于遇到一辆拖拉机。拖拉机司机是个苗老庚，看见父亲老远立在马路边上招手，就将车子停下来。坐他旁边一个乡干部模样的汉族男人却是一再阻止："开走！开走！莫理他，莫理他——"苗老庚没有听那个人的，苗老庚笑着把拖拉机停下了，让父亲爬上后面的车斗里。

后来说起这件事情，父亲说"世上三只脚的狗难找，三只脚的白话客硬是有！"

4

不管日子怎样拮据艰难，父亲总会想方设法尽力地把它过得像个样子。

过年了，家家户户都做豆腐，熏豆腐干，炸豆腐果，遇到哪年收成不好，就只能做菜豆腐了。这样的菜豆腐，连水带渣，放上青菜，用盆装着。正月里待客，要一直吃到大年十五。这些事，从来都是父亲和母亲张罗。

母亲围着花围裙戴着袖套，锅前灶后忙得不亦乐乎。父亲张着两只手，跟着转。父亲做这些事情的时候很不在行，就像他有几回捏着针线自己缝补衣服，一双抓惯锄头和犁耙的大手，笨拙，有力使不上，甚至还会帮倒忙把豆浆洒在了灶台上。后来这些事情就是母亲和大姐做了。

但每回母亲在忙碌，父亲都要来灶边转转。母亲会铲起一块刚做好的白嫩嫩颤巍巍的豆腐，递到父亲面前，父亲就像个孩子似的直接张着嘴巴接。如果这一年只是做菜豆腐，母亲也会先盛上半碗，端到父亲手里。父亲就捧着碗，蹲在灶边，吃得津津有味。吃了，把空碗递给母亲，用手抹一把嘴巴，笑眯眯的。

过年要打糍粑。打糍粑是个一家人都得参与的系统活——同样是在年前的几天，就得先把糯米浸好，等到米浸软了，才放上甑子里去蒸。打糍粑都是安排在傍晚，卖菜的、挖胡萝卜砍白菜的、上山捡柴火的、河坝放牛的，都回来了，夜饭也吃过了。

白天里，母亲跟大姐二姐洗甑子、洗木槌、洗粑槽——我家的粑槽是一块厚墩墩的赭红色石头，中间开凿出一个四方形的凹槽，平时不用的时候覆在堂屋壁根下，要用的时候才翻过来。准备了粑钻、粑槽，还要洗压糍粑的门板。父亲和大哥二哥在早上出门之前，已经把木门板卸下来，把粑槽翻过来了，院子里的灯也接好了。煮夜饭的时候，母亲和大姐开始把糯米蒸上甑子，我和弟弟通常会不吃夜饭或者只吃很少的一点，我们要留着肚子，吃糯米饭和糍粑。

开始打糍粑了，父亲和大哥一人一把木槌，母亲将蒸熟的糯米饭倒在粑槽里，父亲和大哥就开始捣，刚开始只是轻轻地，捣到后来糯米饭烂了，发黏了，就开始挥起木槌，"嘟嚷嘟嚷"一槌一槌用力砸，打到后来，每一槌拔起，都会带出长长的黏糕线。一槽打好，用木槌搅起成团的年糕，我们上去帮忙，齐心合力把黏黏的一团转移到预先抹了清油的门板上，开始揪（扭）糍粑。揪出拳头大的圆圆的糍粑，一排排一行行摆满门板，就把另外一块同样抹过油的门板压上去，我们就爬上去，站到上面，小心翼翼地来回走。通常压糍粑是我们的事情，大人不能上去，大人一站上去，凳子会受不了，还会把糍粑压得过于薄了，不好看。糍粑压到一定时候，成形了，就捡起来，五个五个一摞叠好，全部做好后叠在一起再压一个晚上——这个时候不用人了，用磨刀石、磨盘等重物。这样压了两三天，糍粑彻底冷却变硬了，浸在水桶或者坛子里，放到正月底都不会坏。

　　还有杀年猪——这个没有屠夫做不了，大哥二哥一起帮忙也做不了。杀年猪一定得找打岩场的老河，到后来，老河老了做不动了，大家就找玛伟。

　　过年这天，我一定是被天宝大大家的鞭炮吵醒的，先是"毕毕剥剥"的一阵，然后又是"毕毕剥剥"的一阵，像打机关枪。接下去就是混合着酒菜香气的硝烟和香烛纸钱燃烧味道飘过来。人家放炮火，我们在被窝里张着耳朵干听，我们的鞭炮要等到中午父亲从城里卖完菜才给买回来。

　　差不多从进入腊月起，家里就要开始天天卖菜，胡萝卜、白菜。头天下午挖好砍好，在河沟边洗净，第二天一早就送进城去。过年前几天的菜都是成车成篓卖，天才麻麻亮，家里的胶轮车就"吱吱呀呀"碾出院门，板车装满蔬菜碾上去城里的大路，傍晚时分板车轻快地载着空菜筐空竹篓回来——回家吃点中午的剩饭剩菜，父亲就又担着菜筐带着大哥二哥去了载阳坝。

　　年三十这天，一早还要进城去卖半天菜。"有些人家今天早晨还要买过年货！"父亲说，"叫花子都有个年呢！"这天的场散得快，中午不到，街上就逐渐空寂下来，人都回家过年了。父亲和大哥二哥也带着买来的香烛纸钱和花花绿绿的年画回来了，一起买回来的，还有我和弟弟的鞭炮。

　　这天，不管送多少菜进城都卖得完。后来我才知道，原来卖到最后，他们就开始半卖半送了，"哪家不要过年！"父亲说，"有些乡头来的，硬是可怜得很！"几多人家，过年没有猪杀，就只能称个两三斤肉，买上几斤胡萝卜切成块，掺在一起炖，这样就算是过年了。父亲把剩下来的菜，半卖半送给他们；送的不光是菜，还有滚烫滚烫的祝福："老庚，老庚！过闹热年啊！"父亲把菜往他们在街上转了半天依然只是一小把香烛、一小沓纸钱外加巴掌大的一块肉和两块白豆腐的背篓里装。"过闹热年！你们也过闹热年！大家都过闹热年——"买菜的人也祝福父亲祝福我们家。

　　"我们可怜，有几多人家比我们还可怜！"父亲抚着手掌上的老茧。吃过年夜饭，父亲同所有的当家人一样，背着手，慢着脚步。在屋檐下，阶沿上，院子里，这里走走，那里看看，满足而又自豪地，然后才过来坐下，一家人围着喜喜旺旺的树根火。

　　三十夜的火，十五的灯。神龛下，院坝里，台阶上，畜栏旁，包括房前屋后的果木树下，都插着香火燃着蜡烛。父亲以他的淳朴和虔诚祈求来年六畜平安、五谷丰登。

临近午夜，是亘古已久的除夕。没有钟表，没有时间，完全是凭着直觉和古老的记忆。先是"毕毕剥剥"的爆竹声音，然后是香烛的闪烁；这家开始了，别的人家也跟上来。同所有古老的习俗一样，这些事情女孩子是不能插手的。第一回父亲带着我和弟弟，我们出家门，到寨子头上的土地菩萨那里，再到水井边。水井在下面小河沟，一眼清泉"淙淙淙淙"涌流，条石围成的井坎靠着岩壁，岩壁覆挂下森森的青苔和藤蔓。水满了就溢出来，流到下边的溪沟里。后面的岩壁上一株合抱粗的古树，树根钻进石壁缝隙里，遒劲扭动。旁边一个半人高的岩洞，岩洞口积着厚厚的纸钱灰和香烛残梗。

我们背着刀头酒礼和香烛纸钱，父亲示范着，将古老的习俗声口相传。一次之后，我们就学会了。下一年的除夕，我和二哥、弟弟出去，在岩洞边燃烧香烛纸钱，舀井水，再捡几根枯树枝。我们往家走，端着水瓢一路小心翼翼。还没有走到台阶下，弟弟便扯着嗓子喊："爹！爹！我们回来啦，我们带得柴（财）回来啦——"

"好么好么，崽！你们空手出门，抱柴（财）归家！空手出门，抱柴（财）归家！"

父亲立在台阶上，立在灯影里。然后就把我们端回来的水，倒在锅里，母亲燃起柴火，一家人煮酒酿年糕吃。

我们在这样的祈福中送走了岁月，迎来了希望，度过了童年。

5

过了年不久，就是惊蛰。

窗户纸才透出一层银粉似的光。朦胧中的我，听到父亲在房前屋后，一边走一边念念有词：

"惊蛰节！银蜇节！蛇虫蚂蚁到坡上去歇！"

"惊蛰节！银蜇节！蛇虫蚂蚁到坡上去歇！"

一边还撒着什么东西"沙沙沙沙"响。

清晨起来，才发现，家里比平时亮堂了许多，堂屋里，台阶上，院坝头，大门口，猪圈边牛圈边，凡是能够通向外面的地方，都出现了一个白色的图案，就连院子角落关鸡关鸭的棚栏边，也都有。图案是用石灰撒出来的，有的是一个圆圈，有的是一张弓，弓上搭着朝外面射出去的箭，而大门口的，是一个阴阳八卦图……

惊蛰一到，沉睡了整整一个冬天的土地，就要开始舒展手脚，万物复苏，春暖花开。而蛰伏了整整一个冬天的毒蛇虫蚁，也要苏醒过来了。人们不希望毒蛇虫蚁爬到家里来，人们希望毒蛇虫蚁都去到山上坡上、岩壁缝里和寨子前面的竹林中。于是头天夜里，大家悄悄起来，用白石灰在屋前房后画上图符和祈愿，也给毒蛇虫蚁和这世上的其他生灵指出它们该去的地方。

惊蛰过了，接下来就该是清明。

树叶清新得像才裁剪出来。屋前房后，树梢上、竹林间，鸟儿的"啁啾"声像竹笛般悠扬婉转。

父亲带我们去"挂青"。浊酒、香烛、纸钱和一两挂鞭炮，是给先人们准备的一点祭礼。一年四季，故去的祖先就等待着这一季；三百六十五天，祖先就等待着这一天。

背着背篓，荷着铁锹，带着开路的柴刀。对先人的祭奠是那样朴素，思念却如刚出窖的醇酒。一切，都随着坟头的纸幡迎风飘展。

纸幡都是父亲自己亲手做出来的。一捶一錾，一錾一捶。白色棉纸早在十几二十天前就已经买来了。下地回来，一有空，父亲就坐在院坝里，挽袖裸腿，一捶一錾地敲。父亲不想买人家裁好的现成纸幡，大概是觉得不是自己亲手敲出来的，挂上去对不起列祖列宗。

于是，钢錾、槌子、木磴，"噗""噗""噗"的敲击声在农家院子回荡。父亲每敲一槌，我的嘴巴就张大一下。我蹲在跟前，两只小手摆在膝头，看父亲咬着牙关，绷着腮帮，将满腹的思念一点一点敲进棉纸；我看着父亲将对爷爷奶奶的抱憾怎样变成了一条条成形的纸扉。每錾好一幅，我就接过来，抚平叠好，放进竹篮，然后又等着錾出第二幅……

每次我们总是先去大沟。大沟寨子后面的牛场坡，又叫"辣岩形"，寨子里的二代、三代老祖，就长眠在那里。我们一早出发，从那里回来，才到"沙坝寨"、扳鹰咀。这些地方，爷爷、奶奶、太公、太婆、曾太公、曾太婆，还有寨子的第一代老祖杨再连……一丘丘的土坟在油茶山，在松树林，在竹篁里，摆出了生命的传承。父亲指着爷爷的土坟给我看——"这个，就是你公。""他老人家去得可早了，死的时候才二十岁……"其实我早就晓得了，第一次跟着去山上，父亲就告诉过我了。但一年一年还是要这样给我讲一遍，"这个，是你公……"父亲没有看到爷爷，父子一场，无缘无分。

每次到爷爷奶奶那里，父亲都拿过我手里的柴刀，芟砍坟头上那些蔓生的荆棘和杂草，砍了坟头上的荆棘杂草，又拿起铁锹加土。我去砍枝条，我总是挑选那些最直最长的树条，似乎不这样，就不能够表达我对爷爷奶奶的全部虔诚。砍来树条，我跪在地上缠清明纸，缠好后，我爬到坟头，将树条插上去。然后我们就开始烧香烛纸钱、燃放炮仗。

寂静的坟堂就又一次弥漫起后人的祭奠和袅袅的青烟。

每年的"七月半"也是一个重要的节气。"月半"是阴历的七月十五，这天死去的人都在另一个世界等着收活人给寄去的钱锭。

人死了不说死，说"去了"。"苗寨上的巴胜昨天晚上去了！""龙满去了两年了，想起来那年我们两个还去大树湾一起买板子来！"似乎巴胜和龙满只是暂时去了某个地方，不久定会赶回来，饥年荒年风里雨里，还会同家人厮守在一起！

父亲总是在那一二十天前就买好香烛纸钱；接下来的半个月，抽空将纸钱折成一个个方方正正的"包"。叠好后，再给外面封上一层白纸，再碾墨理笔，写上老人的名字——"中元之期，虔备冥财，故曾祖杨××老大人收……"

刚开始，封包上这些字，都是父亲自己写。后来，我们读小学了，就开始带着我们一起写。写的时候再三交代老人的名字一定不能写错——"写错了，你太公太婆他们都收不到了，就要被人家捡去了！"曾经有一家人家，因为不识字，请别人帮写，但帮写的那个人在封包上全写上自己老人的名字，结果那家的老人在阴间一文钱都没有领到，硬是凄风苦雨中破衣烂衫恓恓惶惶熬过了一年。

七月半这天家家的夜饭都很早，蜜一样的太阳还在倒鳞甲树梢上，蚊子还躲在房前屋后的竹林里，湿柴湿草还没有熏起来——平时这个时候干活的人都还在载阳坝上锄草挑水泼菜——家家就开始摆桌子吃饭了。吃过饭好久，天才慢慢暗下来，蚊子开始在手边耳边"嗡嗡嘤嘤"飞舞，人们把准备好的"包"拿到门前院坝上，拿到水沟边，烧化。

那样的时刻，气氛是异常的庄重、肃穆。连孩子，连家里的狗都不再奔跑吵闹。一个个依在当家人的身边。眼见一摞摞钱锭连同柴草烧成了灰，最后连那点暗红色的灰烬也终于熄灭了，一家人才松一口气，似乎大家对故人的思念也随着那缕袅袅的青烟升上了天，进到了另外一个世界，似乎故人终于已经领到了今晚烧给他们的纸钱了。于是一切又都得到了补偿，一切又都淡了，远了，又可以继续庄稼人追风赶月的生活。

每每这样的夜晚，父亲都在院坝上做着同样的事情，只是常常在纸钱化过青烟散尽了，父亲都还会守在那里，他在等爷爷奶奶和母亲的到来，他要等着看他们今夜现身的样子。

6

父亲对家里的鸡、鸭、猪、牛也都有感情。父亲叫猪不叫猪，叫牛不叫牛，叫鸡鸭也不叫鸡鸭，父亲叫它们"养生"——"养生，咋个你不长肉，你不还债哩！唵?!"有时候也会骂它们"发瘟的"——"你个烂发瘟的，米糠你都不要嗦，你是想下汤锅了?!"

每次从外边回来，父亲都被鸡鸭围住。猪在圈栏里，走不出来，急得"哼啊哼啊"直拱圈板，仿佛在说"还有我哩，还有我哩！"父亲也从来都不会让它们失望。父亲的菜筐里、箩篼里、粪桶里，有时候是衣服口袋里，总能摸出几块锄破的洋芋、干瘪的苞谷或是几个在地里已经捂得带了酒味的红苕。这些都是鸡和鸭的零嘴点心，这些零嘴点心，连圈栏里的猪和牛也都有份。

家里的牲口生灵和我们一样，就只差不会开口喊"爹"了。好多回，半夜里醒来，总是听见屋后传来父亲的声音，"养生，先将就点，等新红薯下来，再给你们饱顿子嚎！"父亲端着煤油灯，披着衣服。才听见板门"吱扭"响，圈栏里的大黑猪就"哼唧哼唧"爬起来，颤着肥膘，一步一摇，抬头"嗯嗯啊啊"向父亲讨消夜。父亲把剩下的半桶潲水倒进猪槽，猪扑扇着两只大耳朵埋头"呼哧""呼哧"吞食，吃得一点都不斯文，吃得汤汤水水都从嘴角洒出来，边吃还边不时朝趴在圈栏上的父亲说："好吃！真好吃！再给添点，行么？"

照料了猪，又去打理牛。牛早就从散发着热烘烘草气息的栏里站起来。牛不像猪那样"嗯嗯啊啊"，牛只会睁着两只玻璃球一样的眼睛朝父亲看。"哞！""哞！"牛一遍又一遍地叫。等父亲把两笼稻谷草扔进去，牛就慢条斯理地很文气地扯着一点一点吃。

每回牛犊出栏，父亲都像是卖崽卖女。"养生，你去人家，你去人家享福！"父亲对快要长得和大牛一般高了的牛犊说。牛犊已经被穿了鼻环，在买牛人手里，四只脚抵着地，一声一声唤，不肯上路。"养生，莫说是你们，就是崽女都不能守在爹妈身边一辈子！去么！跟人家去。到了别人家，自己要听话，做活路要着实……"父亲跟着牛犊，一直送出寨子。

每回杀年猪，父亲的心情都复杂得不得了。"养生唉，你们自己生就是这么个命么，活多少年也都躲不脱这一刀！"父亲摆着脑壳，长吁短叹。屠夫上门了，水烧开了，木盆也准备好了，父亲又一次去到猪圈边。

等猪被放倒，颈子上的刀口还在淌血，四只脚一蹬一蹬动弹，父亲用早已准备好的纸钱给猪把脖子上的热血擦拭干净，然后把沾了血的纸钱和线香拿到院子前面点燃。口里喃喃地祷念、嘱咐，打发猪上路，祝愿它来世重生，最好是去投胎做人。

人家的牛住草棚，我们家的牛住瓦房。冬天到来，父亲会把牛栏修葺一遍。巴胜大叔来我家，皱着鼻梁，像只狗一样围着牛圈使劲嗅："啧！啧！啧！整得好！啧！啧！啧！硬是整得好！——那贱，今夜晚就抱起铺盖，睡这里了！"

巴胜大叔龇着牙，一张嘴巴笑得咧到两边耳朵根。父亲也笑，绷着嘴，嘴角和眼角扯出一面面扇子似的小皱纹。父亲骑在屋梁上，身上粘着草屑。三舅也在旁边，三舅从一大早就来了，父亲干活，三舅坐在下面看。有时候，三舅会给递根篾条，递把斧子。但是更多的时候，他就是那样坐着，摊手摊脚。到中午了，三舅晃回家吃饭，吃过饭又来。似乎他自己的事情都忙完了，似乎他再没什么要忙的。

巴胜大叔来，母亲就去水瓮里摸糍粑，又去舀甜酒酿。母亲煮甜酒粑，盛来每人一碗。父亲才从牛圈屋上下来，抓一把稻草揩手，三个人坐在牛圈屋边吃甜酒粑；吃了甜酒粑，又卷烟叶子抽。巴胜大叔才从衣袋里掏出一张纸条来——"那贱，你看我这个储备粮……"

二妈妈说，我家的牛油光水滑硬像是穿了一身的缎子衣服，二妈妈说的是父亲。一有空，父亲就会给牛收拾。父亲把牛带到村口大树下，端一盆清水，细心地用铁篦子给牛梳毛、篦虱子。每篦一梳子，就手臂一挥，篦下来的虱子就抖到脸盆里。落进脸盆里的牛虱，有的当时就沉下去，有的浮在水面上，细小的脚像划龙船一样地划，划了不多久，也沉下去。牛身上的虱子都篦下来，连虱子卵也篦干净了，牛就轻松了。牛就睁着两只亮晶晶的玻璃球似的大眼睛望着父亲，牛对父亲说："老伙计，我们两个还有哪样好讲的！老伙计，下辈子咱还在一起，唉!? 你说可好? 唉!?"

等到再给牛抹上煤油，再一梳理，牛就真个像二妈妈说的那样油光水滑像穿了一身缎子衣服了。

还有我家的狗。大沟寨子有个帮牛打扮毛病的人，叫"麻歪"；对门河寨子，有个放鸭子的人叫"歪嘴"，我家的狗，也有一个同人一样的名字——老歪。

老歪一点也不歪，老歪长得腰细腿长，精神十足。一身溜溜顺的黑毛，只在脚关节部位才找得到几处小小的白点。老歪是父亲的跟班、伙伴，甚至可以说是他的又一个儿子。老歪形影不离跟着父亲——赶场、理水、割草、走亲戚，连父亲跳到土坎下去解个手，它也会眼巴巴地站在边上等。凡是父亲脚步走到的地方，老歪没有不到。

有一回，生产队里去寨丙坝上收稻谷，老歪也跟着去。回来的路上，一辆大卡车开过来。司机手忙脚乱，只顾得避让路上的人了，没来得及避让狗。汽车冲着老歪一头压了上去。巴胜大叔急得又是甩手又是跺脚："那贱，完了! 完了! 那贱，老歪这回肯定要下汤锅了!"父亲挑着两箩一百四五十斤的出田湿谷，敞着胸，追着汽车大脚大脚跑。头上、脸上，连脖子上都是大颗大颗的汗水。高脚大步，父亲跟着撵了好长时间也没看见老歪的一根毛，龙满队长喊："完了！完了！那贱，汤锅都下不成了，老歪肯定是碾得骨头渣子都不剩了！"

父亲没有停，父亲咬着牙，歪着下巴，肩上的担子忽闪忽闪，头上，脸上，胸膛上蒸腾一片。赶着赶着，就看见汽车屁股下露出一撮黑黑的像是头发似的东西，过一会儿一条完整的狗尾巴露出来了，过一会儿狗的身体也露出来了，再过一会儿，整只狗也出来了……父亲甩下担子，拿出抱崽女的气力，一把箍住了老歪，大家伙也围着上上下下察看。没有一处伤口，连毛都没有少一根！老歪偎在父亲怀里，"呼哧""呼哧"喘气，肚子一起一伏鼓得像是铁匠铺里超负荷的风箱，舌头拖得几多长……老歪跑得差点虚脱了，父亲也追得差点虚脱了。

原来山一样的汽车罩上来的时候，老歪不知道是慌了还是吓傻了，竟然不晓得躲闪，不晓得退避，就在汽车下面一直朝前跑。一直跑到汽车速度加快慢慢超过了它之后，才得脱身出来。

还有那次，老歪跟着父亲去对门河打米，对门河寨子的狗追着它咬。一寨子的狗大大小小，十来只，追着赶着。老歪被咬得遍体鳞伤，腿上最重的一处，连肉都撕开了，露出白生生的骨头和筋腱。全仗着父亲一条扁担，才把它救出来。回到家，父亲抓起烧酒瓶子，朝老歪伤口"噗！""噗！""噗！"喷，消毒洗伤口，又把捣烂的草药裹在布条里给它包扎。在稻草窝里趴了两天，爬得起来了，老歪就一颠一跳自己挣扎着去到大田埂上，找那些它们自己才识别得出来的野菜野药吃。又过了半个月，腿上的伤居然好了，老歪又可以跟着出门了。父亲挑着粪担，两扇大脚，牛鼻子草鞋，"扑嗒""扑嗒"往地里去。老歪在前面，东跑西颠，西嗅东嗅，又抬起一条后腿，树干上，荆棘上，草丛边，一路的记号留过去。

老歪在狗类中算得上高寿，老歪活了十五年。老歪是老死的。老歪老到后来走路都走不稳了。再后来就站不起来了。老歪站不起来后，父亲找了只旧竹撮箕，里面垫了一件大哥穿了二哥穿，二哥穿了我穿，我穿了弟弟又接着穿，穿到后来破烂得实在是再没法穿的棉衣。父亲用这堆棉花布条给老歪做了个窝。每天吃饭的时候，盛上半碗锅巴稀饭给它端到嘴巴边，有时候是我们端给它，有时候是父亲自己亲手端给它。

那天，父亲从外面回来，老歪听见声音，挣扎着要站起来。父亲很少有在亲戚家过夜，这次是去大姐家，父亲在大姐家住了一晚，第二天才回来。老歪听见父亲走进院子，挣扎着，颤巍巍地立起，刚摇摇晃晃走了两步，就一头栽倒在地上。

老歪死了，父亲不忍心把它炖给我们吃。父亲用那只竹撮箕和布片棉花装着它，往扳鹰咀走。父亲端着老歪，捐着锄头走到土地岩边，天宝大大看到了，"是口肉呢，贱叔！"天宝大大吞着口水，"是口肉呢！贱叔！贱叔！是口肉呢！"天宝大大跟在父亲后面。

父亲就把老歪连同那只破撮箕给了天宝大大，但父亲要天宝大大把狗端到寨子外面去打理，莫让我们看见。

7

尽管这样勤快劳作和起早贪黑，日子总还是窘迫。

记不清那年是弟弟还是妹妹了，母亲想尝点肉，我和父亲去买肉。买肉要到屠宰站，还得要有肉票。城里人才有肉票，我们家不在城里，我们家没有肉票。但为了母亲能吃到肉，父亲还是带着我去屠宰站碰运气。

是那种天上有一层云，庄稼收割干净，土地一片素洁和光秃的冬日。父亲领着我，我们一大早就出门了。屠宰站在坪块，我们没有过渡船，我们走河坝、包家岩坎、田洲坝，过水堂河。

到了屠宰站，工作人员都还没有上班，我们在门口等。等了有一顿饭的工夫，才见几个肥头大耳身上衣服油腻腻的工作人员懒洋洋地走来。然后我们就守在旁边，看人家把一头一头的猪放出来，宰杀，褪毛，开膛破肚，割成红的白的肉块。

屠宰站的人低着头理着热气腾腾的猪下水，瓮声瓮气问父亲来这里干什么，父亲说，孩子妈坐月子想吃点肉……屠宰站的人问有肉票吗？父亲说没有。没有不能卖，一定要肉票。父亲说我们多付点钱，你卖点猪颈根猪肚皮上的肉给我们吧。屠宰站的人说猪颈根猪肚皮的肉也不行，得要肉票，这是上级的规定。说完人家就不再理我们了。

我们不说什么，我们也不走，我们守在边上。和我们守在边上的还有两只哪里钻出来的狗，两只狗仰着头，眼睛一眨不眨地盯着案板，乘屠夫不注意，钻到下面伸着粉红色的舌头"吧嗒""吧嗒"舔。肉案下有一片水渍，水渍里浸着褪下来的猪毛，猪毛上有几点血水。屠夫发现了，抓起割肉刀就拍下去。挨了打的狗"呜汪""呜汪"哀号着逃开去，过一会儿又畏畏缩缩踅了过来。我们不是狗，我们没有钻到肉案下，我们只是眼巴巴地望着一条一条粉嘟嘟白腻腻的肉。

"给你讲了，没有肉票不得行，莫在这里守了！"屠夫抬头看我们还在，说，"守也没有用，守也是买不到！"另外一个人耷拉着眼皮，手里机械地理着猪下水。一个一个有肉票的人来了，走了。大都是衣服上带兜的公家人，也有衣服不带兜但是因为住在城里有资格有肉票的人。

那天我们一直等到下午，等到屠宰站当天的宰杀任务全部完成，人家关门下班，地上只剩下一摊猪毛了，我们才走。我和父亲守了一整天，人家也没有卖给我们一两肉。我们没有买到肉，我们空着手回家。我们还是走"水堂河""田洲坝"和"河坝"。一路上父亲默默地，看河水，看河边吃草的牛，看更远处光秃秃的田野，父亲没有和我说一句话。

那天回到家，母亲数落父亲了，母亲说等你一天了两爷崽连根猪毛都没带得回来。母亲说，嫁到你家来想要喝口水都不得。

那天傍晚母亲没有起来吃饭，母亲蓬乱着头发，面朝里把背对着我们，母亲的身边躺着比一只小猫小狗大不了多少的我的弟弟还是妹妹。父亲没有和母亲吵，他只是埋着头，默默找出家里的农具来修理。我也没有说话，我蹲在边上，悄悄地看父亲一声不响地修农具。

8

父亲有时候也会骂我们。

那年大哥结婚，父亲去向城里一个表姑姑借钱，表姑姑知道我们家的情况，担心钱借了还不出，就有点犹豫，不过最后还是借了。表姑姑在把钱递给父亲的时候，说了句："唉！这点钱，几个娃娃讲要买自行车都讲了好久了……"父亲伸出去的手当时就顿了一下，最后还是把钱接了过来。钱借回家，放两天，父亲就又去还给表姑姑家了。

还了钱回来，二姐不知道为了什么事情发脾气，二姐哭，父亲说你别哭啦别哭啦，我的启祖老太你别哭啦，我求你啦。二姐还是哭，父亲把背篼朝地上一掼，甩手就给了二姐一耳光，二姐的左半边脸当时就肿起来了，过了五六天，红肿消退，但一只耳朵的听力从此却受了影响。

大哥也被父亲打过。大哥坐在火坑边，捏着一截油茶树根，油茶树根是酱红色的，像是熏透了的腊肉条。大哥双手捏着树根拧啊拧，油茶树根已经被大哥扭得像麻花，都可以拿去当篾条捆扎柴捆了，“你是我爹，我就给你打，我给你打到死，我就不跑！”大哥固执地坐着，赤着半个挨了耳光的脸。在火坑边的还有三舅，还有天宝大大；三舅和天宝大大都劝。大哥这时候都已经分家另过，孩子也都几岁了，大哥被父亲当着很多人的面抽了一个耳光。

二哥是被父亲用皮带抽，二哥被抽得跑到寨子口的土地岩上，二哥坐在土地岩上向围着的人捋起裤子管：“你们看，你们看啰！这是他打的，我爹用皮带打的！”二哥的小腿上一条一条的紫色印子，紫色的血印红肿着，像一根根凸起的蜈蚣。二哥嘴巴里“咻咻”地往伤口上嘘着冷气。

9

我进城去找同学玩，夜里很晚了还不回来，父亲就要骂我。

出城的公路顺着波光粼粼的大河延伸，路坎下听得见“哗啦哗啦”的水响，月光照着的地方，则是一片乱银般的波光。

对面的河坝、沙滩、草地、灌木丛，远处的包家岩坎，全像是蒙了层轻纱，若隐若现，影影绰绰。白天，黄牛，水牛，一堆堆，一群群，都赶到这里来。牛吃草，放牛娃嬉水、抓鱼。小时候我也放牛——那时候，河坝还有玛伟，还有放鸭子的姜老者者。后来上初中了，回来我仍然去放牛。读高中后，功课紧了，只在农忙时节忙不过来时，或是星期六星期天，父亲才会叫我去帮着照料一下。带着书和作业本，牛在吃草，我坐在旁边写作业复习功课。偶尔一个顶着斗篷像个蘑菇一样的苗族孩子过来，站在不远的地方看，赤裸的脚丫一下一下地踩着地上的泥浆。忽然又撒腿跑开去：“读书！是在读书——”兴奋地喊着跳着，向同伴报告，又加入到奔跑嬉闹的一群去了。

夜深人静，没有牛和放牛娃。只有潺潺的水音，"咯咯咯——""咯咯咯——""唧唧唧——""唧唧唧——"虫吟蛙鸣如潮如海，仿佛虫们蛙们也都晓得白天的世界不属于自己，只有夜幕下的世界才是它们的，放开喉咙，一个比一个唱得卖力，一个比一个吼得响亮。"哇——""哇——"一只不晓得哪里飞过来的白鹤从夜空滑过，留下清越悠扬的鸣叫，待到第二声响起来时，已经飞到包家岩坎顶上去了。河边浅水的地方，两三束火光跳动，那是燃着向日葵秆或竹片火把照团鱼的人。夏夜里，团鱼都爬到沙地上来生蛋，生了蛋后，用沙盖起来，再爬回河里去。平时在水里翻江倒海来去自如的团鱼，爬到岸上就一个个笨拙无比。按住脊背，乘它头颈缩回肚子里的时候，捉起来扔进鱼篓，比捡粑粑还容易。

靠"腰滩"的地方，有两个人在打夜鱼。"唰"一网，"唰"一网，越撒越远，渐渐将网撒到夜的深处去了。

我沿着蜿蜒的公路，听着水声虫吟，往家的方向走。没有路灯，行人越来越少，偶尔有一两个，喉咙很响，一路走一路大声说话，背着背篓，是太平、大平那边的客家人。听见脚步声，老远就打住不说话。走近了，悄悄扭脸觑着我。过去了好远，才又像是水沟里受到惊吓的青蛙，高声大气开始先前的摆谈。声音撞到岩壁，弹回来，传入耳里，越发显得幽静和深邃。

走过县师范下面，走到云落屯大桥。前面一个人影，耷拉着肩膀，垂着两只手，从桥头走过来。一晃一悠，无所事事，不像是在赶路。到了跟前不远的地方，很大声地咳嗽，打着响声："嗯咳——嗯咳——嗯咳——"

"爹——"

"妈那个私的，咋个玩到这样晚才转来!?"

父亲吃好饭，磨好第二天割草用的镰刀，又拿出苞谷来脱粒，脱了有大半箩苞谷，看午夜了我还没回来，就出来等我。

10

秋收了，第一顿新米饭，头一碗肯定是先盛给黑狗老歪。

为什么给老歪？母亲说，第一颗谷种是狗给人们带回来的，刚开始还没得大米饭吃，是狗到河那边去，荒山野岭跑，狗毛上沾得些种子，凫水过河的时候，身上还剩下一粒谷种，人们用这一粒种子，才种出了后来满田满坝的水稻，从那之后，大家才吃上了大米饭。为了表达对狗的感激，年年稻子收回家煮出来的新米饭，第一碗要先盛给狗吃，狗吃了之后，才轮到人吃。

收了新稻谷，就开始精打细算，细水长流。但天宝大大却不是这样，天宝大大家顿顿吃大米饭，二妈妈说那些日子，他家的狗走出来都是油光水滑的。这样的结果是等不到来年粮食出世，天宝大大就要开始断顿少粮。天宝大大有一回就到公社去告状，说自己祖孙三代都是贫农，解放到现在了还是每年的粮食都不够吃，而贱叔家却是年年有吃的，到新谷子上市了，陈谷子都还有得剩。天宝大大说父亲是生产队保管员，肯定是悄悄把集体的粮食挑回家了。天宝大大一告状，公社就派人到大队来调查，大队就来找龙满，查来查去没有查出什么问题。父亲没感觉什么，倒是天宝大大自己有好几年都躲着走。

很多事情上天宝大大都不能和父亲比。天宝大大什么东西都往他那张嘴巴里塞。

天宝大大有两个儿子：玛伟、玛文，小儿子玛国那时候还没有生出来。天宝大大不是个好当家人，天宝大大过日子不讲章法。

天宝大大好喝酒，两口酒下去，跟谁都是朋友都是老庚。每回赶场都看见他在南门上，蹲在酒摊子前，同几个不知什么时候不知什么地方结下的"老庚"，就着一点猪头肉喝酒。有时没有下酒菜，几个人就端着个碗你一口我一口地灌。

"喝——"几个人光着膀子，衣服搭在肩上，"喝！"

脸上泛着酒红，胸膛也泛着酒红，一只大碗在几个人手上传来传去，续满又见了底，见底又续满。每场必喝，每喝必醉，直到赶场的人都散尽了，才见他东倒西歪地回来。回来后也不进家，坐在寨口土地岩上骂人。

"一个个不听话的，好嗛懒做……"

"老子累死累活创下的这份家业拿来给你败光了！"

有人问他："天宝大大天宝大大，你骂哪个？"

"骂哪个？还不是我家那两个不争气的!？"

他像一个独自在台上表演了好久才终于等来了几个观众的演员，以一种做作的姿势拖声拖气地向人家诉苦。打着酒嗝，不厌其烦地给人家叙说他的两个儿子如何如何的不争气，又是如何如何的好吃懒做和不孝顺他。

刚开始，大家还上去劝，拖他回家里去，到后来也都懒得理他了。只有寨子里那几个爱打趣人刁钻促狭的小年轻，见他骂得有趣，嬉皮笑脸凑拢去：

"天宝大大——"扯起嗓子。

"天宝大大！你今天又有口福了啊?!"

"那是，一个人的衣禄么!"

"又嗦多了吧?"

"不多！再来两凼还喝得!"

"那两兄弟是狗日的，天宝大大那你是……"问话的人挠后脑勺，做出一脸的没奈何样子。

"嘿！你这个人……真是的……"他瞪人家一眼，一双红红的兔子眼醉意蒙眬，扭着脸不吱声了。等人家一走，他又开骂："老子累死累活……"

逢到他喝醉了酒，两个儿子是不敢回家的。或是缩在哪家的火塘边过一夜，或是躲在岩洞边的稻草树下。直到天宝大大骂累了，歪在土地岩上睡着了，才轻手轻脚溜回家去。两个儿子都怕他。天宝大大喝了酒对外人慷慨，对家里人却凶神恶煞，抓到什么东西都抢过去，蛮锤蛮棒的不是教训儿子，像打强盗土匪。

父亲说天宝大大，"生下来又不管！不管你生他做哪样?! 不管你讨婆娘做哪样?! 还不如你一辈子打单身!"

11

玛伟是被天宝大大咒死的。玛伟死在两个孩子后面三个月，两个孩子是吃了浸了老鼠药的虾米，毒死的。

玛伟死得很蹊跷，也死得很突然。那是在他和天宝大大吵过一架之后。那次为什么事吵，大家都不知道，反正他们家成年整月都是吵，拿吵架当饭嗛，拿吵架当年过。

但那回的吵架却与往常不一样，那回天宝大大抓着劈树笢劈木柴的开山斧子口口声声要结果了他，要宰了他这个"伤天害理"的"挨枪子儿"的。

玛伟说："我伤谁了害谁了？"天宝大大说："你伤谁害谁你个人晓得，你在外边一年做了些哪样你个人晓得，你那只脚怎么瘸的你个人晓得！"玛伟说："我不晓得，我就是不晓得，你晓得你去告发我好了，告发了我你还有赏领。"天宝大大说："不用我去告你，人家会找到你，公安局会找到你！你们绑了手堵了嘴扔下岩洞洞里的那个冤鬼会找到你……"

一直吵，一直吵。夜深人静家家户户都熄灯上床了还听到在吵，后来就是天宝大嫂在放声大哭。

第二天一早起来，又吵，而且吵得比昨夜还要凶，后来玛伟就跑进城去了。

一直到下午人家的屋顶都升起炊烟了，才见玛伟回来。看见的人都说他当时低着脑壳，一只手拎着个布口袋，一只手拿着个纸包包。

父亲在村口给牛笢虱子。"公，您老人家忙着啦!?"玛伟同父亲打招呼。

父亲"嗯"了一声，忙自己的，没理他。玛伟默默地站在一边。"伟，手里拿的什么啊?"

"公，今天晚上我就要走了，今天晚上我就是这个下场了！"

玛伟朝父亲晃了晃手上的口袋，里面玻璃瓶"铿里锵啷"碰得响。

父亲停下来："他再不好也是你爹！三十多岁的人了，吵几句就讲这个话！"

"不了！公，我要走了，他咒我断子绝孙！我爹他咒我断子绝孙！"

玛伟固执地埋着脑壳。

父亲以为他说的气话，又骂了他几句就不再理他了。

玛伟在旁边默默地站了会，然后才一个人寂寂地朝家里走。

不多久，就传出了玛伟喝农药的消息。玛伟回到家先是自己烧水洗了

126

脸和脚，换上一身平时做客走亲戚才穿的干净衣服，然后在堂屋祖宗神位前上香烧纸钱。然后才拿出瓶酒和纸包里的卤肉，一个人坐在堂屋自斟自饮。吃好后，他才又从口袋里掏出另外一个棕色瓶子，扭开盖，一仰脖咕噜咕噜喝干，然后和衣躺到床上。

玛文这个时候已经二十七八岁，牛高马大一身蛮力，头脑却仍然不开窍。当时他就一直站在旁边，瞪着两只眼，疑惑不解地看着他哥做这一切。一直到看见玛伟开始在床上抱着肚子扭动起来，他才哭着号着跑出门去喊人。等大家赶拢时玛伟早咽了气。

玛伟死的时候，他爹牵着水牛在岩山脚犁田。有人跑去喊，你别犁田了你快点回屋里去，你家玛伟要死了！天宝大大没有回去，天宝大大龇着牙像只要吃人的狗："给我拿捆稻谷草拖他甩下官塘河去得了！"

吆着牛又在水田里虎虎地奔跑。直到玛文哭着号着满寨子去央人，梧桐树下那两间稀隆烂壁的瓦房里，"毕毕剥剥"响起死人落气炮火的时候，天宝大大才扔了犁耙，赤着泥脚，蹲踞在田埂上，一把一把地抹泪水。

玛伟先前叫玛伟，长大了叫嘎（肉）客。

对玛伟，我一直保留着童年里那些温暖而又忧伤的记忆。一个是他头上包块从家里偷出来的布片，扮成电影里的"伤病员"，身中敌人枪弹仍然轻伤不下火线，带着寨子里的娃娃们舞着竹篾片和苞谷秆的"刀枪"在浮着脏土和牛粪渣的晒谷场上呐喊、冲杀；另外一个就是他跟河坝看鸭子的姜老者者之间的那些恩怨和纠葛。

我读初中那几年，常常在街上看见他。兄弟俩拖着一辆板车，给人家拉石子、拉水泥，有时也运送木料和其他建筑垃圾。那时的玛伟已经不再像和河坝放鸭子的姜老者者斗气时那样顽劣了，他长大了，长大了的玛伟和弟弟，拉着板车齐心协力去街上找钱。

玛伟的弟弟从小就是衣服没纽子鞋子没系带，裤子松松垮垮吊在屁股上面一点点，到十四五岁了也还是这样。这时推车用上了吃奶的力气，本来就不牢的裤带便绷断了。裤带绷断，裤子便开始往下溜，玛文的半个屁股都露出来了。偏偏又赶上爬坡路段，玛文怕他松手了车子朝后退拽翻他哥，更怕七八百上千斤重的板车冲倒街上的行人闯祸，半个屁股就只好那么一直露在外面。一街的人看见这兄弟俩，都捂着嘴巴笑。

"秀才叔！"有时赶上兄弟俩坐在人家台阶上休息，他会喊我，"又搞到五角钱了！"他手里捏着顶不知从哪里捡来的颜色发黑发黯已经没有了边的草帽，一边朝自己"呼啦呼啦"扇风，一边高高地扬起手，"啵！"地朝我打出一个响指，脸上是十二分的开心和得意。

玛伟成为嘎客是在他从外面打工回来之后，玛伟出去打工跟他媳妇有着很直接的关系。

父亲每天麻麻亮就起来，人家还披着衣服在院子里咬烟杆，父亲已经担着一挑带露水的青草回来了。天宝大大不，天宝大大一辈子的日子都过得松松垮垮雷打不动——太阳升起丈多高了才起床，起床后披着衣服在院子里先坐着"吧嗒""吧嗒"抽烟。一袋烟烧完，磕去烟灰，捅顺烟嘴，才慢条斯理地担着粪桶往载阳坝走。路上遇到熟人，他会放下担子，坐下来摆一派龙门阵。扳着腿一摆起来就没个完，常常是日头都正顶了，别人已经得了三四个来回，他的一担粪还没送到地里。天宝大大家的几亩地，草长得比别人家的多，几棵庄稼矮子一样踮脚翘脑散落在杂草里。二妈妈说天宝大大身上长得有懒筋。

玛伟的媳妇是他的表姐——他亲姑姑的女儿，一个比他大两岁长相白净的圆脸盘姑娘。日子里总免不了些磕磕绊绊的事情，加上一家老的小的总是没脚蟹似的，日子过到哪里算哪里。玛伟媳妇才嫁过来半年，就经常抹着眼泪往娘家跑了。每次走了，都是玛伟去把她接回来。后来终于有一次，她又哭着跑了，那次是玛伟打了她。玛伟和他爹吵架，便打了她，打了她玛伟就上床蒙着头睡觉。第二天一早，看守电站的球高老头就赶来他们家报信了，球高老头天亮起来去洗脸，看见水沟里有具女尸，一双腿从膝盖以下都被电机轮片齐齐斩断，没了腿的半截尸体在漩水涡中沉下去又浮上来。不晓得是天黑自己失足跌进去的，还是她想不开了跳进去的?！

媳妇没了，丢下一大一小两个孩子，大的不到三岁，小的才刚十一个月。两个孩子都营养不良，三分像人，七分像青蛙，脑袋、肚子、眼睛特别大，手和脚却柴火棍似的又瘦又小，一副饿馋馋的样子。看见人家吃个红薯，都直愣愣地盯着，一直看得人家吞咽完，才会眨巴一下眼睛。有时候被他看得不忍心，人家就不吃了，把块红薯一掰为二递过去。递过去，也不叫人，也不说谢，脏污抹黑的小手伸出来就拿，皮也不剥，塞进嘴巴三口两口，噎得眼珠直翻白。吃完了，看人家手里也没有了，才披着身上袢筋袢索的衣服，骑着手里的苞谷秆欢天喜地去追赶别的孩子。

没了媳妇的玛伟成天蔫头耷脑，闷闷地走路，闷闷地担箩筐，闷闷地同兄弟拉水泥板和建筑垃圾。天宝大大喝醉了酒骂他打他杀他剁他也不会反应一下。在街上看见我，他不再叫我"秀才叔"，也不像以前那样一手拿着草帽扇风，一只手高高扬起，伸出两个手指，快活地冲我打响指说"又挣了五角钱了"。他坐在那里，手里捏着根草梗，一节一节地折弯、折断，眼睛盯着面前的某个地方。听见玛文叫我，他默默地扬起脸来，他的眼神直直的、雾雾的，似乎隔着一层很厚很厚的东西。

又过了一些日子，他忽然在一个早上很坚决地对天宝大大说："我要出去打工！"

"湖南辰溪那边出煤，人家说挖煤很找钱。我去找点钱回来，把债还了，把房子拾掇一下，把两个孩子养大成人……"

他出去了，开始的半年，他没有寄过一分钱回来，甚至有一次写回来的信中还含含糊糊地叫家里给弄点钱去，说是上班到现在老板都还没发过工资，没钱吃饭了……接到这样的信，他爹闷头闷脑了好一段时间，那段时间他很少和人说话，只是担着粪桶进进出出的脚步比平时快了许多，似乎这样就能够挣出钱来给儿子寄去生活费。

那之后又过了没有多久，天宝大大皱起的眉头又渐渐舒展开来，走在路上遇到熟人他停下来，有时还会递给人家一支烟——不是平时抽惯的旱烟，而是城里人才抽的那种带把的香烟。"养儿防老，积谷防饥！"他说，"崽女大了就好了，爹妈就宽心了！"起初大家不明白，后来才晓得是玛伟开始朝家里汇钱来了。玛伟去了半年，就给家里汇钱来了，开始汇了一笔，后来又汇了一笔，再后来又汇了一笔。

只是在来信中，他绝口不再提挖煤的事，每次都只说我在这边很好，二老放心。汇回来的钱你们买点好东西吃，多出来的存着，等我回来造房子和供两个孩子读书。现在钱好挣，我在外面做三五年再回来……但一年时间不到，他就回来了，精赤伶仃的一个人，身上没有一分钱，带去的几件衣服和一床棉絮卷也不见了。而且还瘸了一只腿——他说是在工地上干活时被钢筋扎坏的。伤处在小腿肚子上，两个对穿的酒盅大的疤，紫溜溜的肉疙瘩看上去怪瘆人的。大家围着看他的工伤，左看右看都觉得不像是钢筋给弄的。咋那么巧，扎那么高。还扎了个对穿呢！大家想。亏得你福大命大，要是扎在身上、头上，看你还回得来咧。

但不久，就有人背地里说，他刚去头几个月确实是打工挖煤，但后来就不走正道了，伙同一些不三不四的人绑票抢劫。最后他们在做一笔大"生意"时失了手，两个同伙被警察当场开枪打死，他跑脱后在那边混不下去，才回来。是真是假得不到证实，去问玛伟，他只是说："在外面打工很苦很累，老板不把人当人……"

回来后，他当起了杀猪匠。他背着杀猪刀走乡串户，杀猪杀狗，也杀残牛病马和别的牲畜。从这个时候起，人们才都叫他嘎客，不叫他玛伟了。

玛伟当嘎客是个好嘎客，周围团转几十里寨子都愿意找他，婚丧嫁娶红白喜事包括过年杀肥猪。人们相信他是因为他的手艺和为人。玛伟杀猪常常只需要一刀，而且猪血放得干净利落，杀出来的肉红是红白是白。

这个时候的玛伟头发乱蓬蓬的，满脸胡子拉碴，一双手乌黑油亮，指甲缝里塞满污垢。遇见熟人，他仍然很忠厚很朴实地笑，有时递给人家一支烟，不是他父亲抽的旱烟，也不是城里人抽的带把的纸烟，是他自己用纸片卷裹的草烟。

他也学会了喝酒，三天两头醉醺醺的。玛伟杀猪生意很好，常常是这家才刚刚开膛破肚还没来得及将肉斩割好，那家就来人接他了。"回去烧好水，立马就来！"他嘴里咬着烟，手里也不停。到了下家，看水没烧好，他先坐在火坑边和主人抽烟，摆一阵龙门阵。等女主人将水烧开，他才吐掉烟，杀紧袖口腰带："走——"

主家走近猪圈，提着潲桶划着潲瓢"哦啰！""哦啰！"唤猪。他来到院中，随便站在一个角度就封住了猪的去路。等那头刚刚挣脱圈栏的大猪颠着一身肥肉撒着欢儿跑到院子里，还没有充分享受到刚刚得来的自由，玛伟就一个箭步上去，右手掰着下巴轻松地一下，两三百斤的猪就被放倒在早已经准备好的木案上。动作的敏捷跟他平时沉默寡言的样子形成一个鲜明的对比。

被放倒的猪踢着四脚挣命嚎叫。这时的玛伟并不急着动刀子，他左手扳着猪嘴，右手握刀，慢慢地将刀锋挨进猪脖子，轻轻给猪挠痒。等猪安静下来享受着身体上的惬意不再叫唤的工夫，他才猛地将刀一送，锋利的刃口轻松捅穿猪脖子上的皮和厚厚脂肪，直接插进心肺里去。遭了算计的猪只来得及哼一声就再叫不出来，紧接着全部的挣扎就变成了一股猩红的热乎乎的鲜血，喷向早已准备好的木盆……

"玛伟，好手脚啊！"围观的人都禁不住喝彩。

"这个小意思了，比这更加厉害的都做过……"玛伟也很为自己的手艺自豪。

然而等人家问他在哪里学的手艺时，他就不响了。

按照惯例，主人家要管屠夫一顿好酒好肉。走时还要送一刀三四斤到七八斤不等的刀头肉。这点玛伟却与其他的嘎客不同，他不收肉，他要钱。当主人家拎起沉甸甸一块肉朝他背篓里放时，他不声不响地又将肉拎了出来：

"肉就算了！"他说，"有零钱给点就行，十块八块不嫌多，三块两块不嫌少！"

玛伟来找我。

"伟！过闹热年啊，进来坐！"父亲在院子说话。"我找星辰叔……找星辰叔有点事情！"他期期艾艾。弟弟出去饮牛，三妹在准备夜饭，二姐去城里卖菜还没有回来，火塘前只有我和小妹。

刚开始他站在门口不肯进来："我没有事情，我没有事情，我和三叔讲句话就走！"

"星辰叔！"他叫我。"你是我们这里第一个考上大学的人了！"他说，"这个……你见过世面，看看你那边有活路没……帮我找找看……外头不好搞得很，没得个熟人，活路找不到。找到了，辛辛苦苦做一年，老板也不发你工钱……你在外面帮我看看喽，我有力气，我什么活路都做得！"

他在我家坐了很久，到后来留他吃饭，他不肯，"这个……饭就不吃了！就麻烦星辰叔在外面帮我看看……随便哪样活路我都做得……"他搓着一双手，嗫嚅着两片厚嘴唇，把他那点意思说了又说。

父 亲 \ FUQIN

131

我还只是个刚上大学四年级的学生，对工作、对社会上的事情自己都不懂，我自然是帮不了他。算起来，这应该是我最后一次看见他了。从那之后我就再也没有见过他，他的死讯还是父亲带来的。

玛伟死了，留下了一只手表。那是一只带日历的手表，外壳已经锈迹斑斑，里面的所有零件也都锈死。和手表一起的还有那些钱，钱分两部分，一部分是十元一张的新钞，不多不少正好一百元，用只塑料袋子包得牢牢的。放在潮湿地方久了，钞票上面都已经长了一层绿莹莹的霉斑。还有一部分是用布袋装着的，全都是些一元两元的散钞，皱皱巴巴，油油腻腻，有的还粘着猪血猪毛，总共有七八十块。另外就是那张已经填好的汇款单，汇款单上收款人一栏歪歪扭扭地写着"××省疑化市老屋场路口××批发部××收"几个字，汇款人的地址和姓名都没有写。

这些东西都是从玛文手里得来的。玛文说是他哥的，玛伟在喝农药的那天把这些东西交给他，要他按上面写好的地址给寄出去。事实上玛文在哥哥死后的第五天的确也去过街上了，但邮局的人说地址还不确切，不能寄。于是玛文就只好又把东西给带回来。回到家里正好被他父亲看见，父亲问他手里拿着什么，老实的玛文就把它们交给了父亲。于是这些东西就都被大家晓得了。

死人的东西留着是不吉利的。手表当天就给拿到寨子外面去烧了，一起烧了的还有那张没有寄出去的汇款单。而那原封不动的一百元钱和那粘着猪血猪毛的七八十块散币，则硬生生被他爹给喝酒喝掉了。

"老子不怕你！老子吃到肚子里去！你个狗日的有种你来找老子看看……"

天宝大大抱着酒壶，灌一口下去，再灌一口下去，喝得龇牙咧嘴。他不是蹲在酒摊子前，他把酒买回家喝。隔几场一大壶，隔几场一大壶。十斤重的塑料壶，一次能装下半桶水的那种。

看他喝得一把眼泪一把鼻涕的样子，父亲也就不再说什么了。

12

母亲去世，是父亲的一道关口。

那年先是两个人赶场天去找人算命。算命先生算出来母亲已经将所有的路都走完了，母亲已经没路可走了。

从街上回来，母亲放下背篼就一直坐在阶沿上。母亲扶着脸腮，望着院子里觅食的鸡鸭。父亲在院子里，拿出用旧的锄头和犁铧修。晚上父亲和母亲在床上很晚都没有睡着。"几条路都走完了，没有剩下的路好走了！"母亲在说，母亲说的是算命先生的话。没有听到父亲的声音，父亲在沉默，父亲一直都在沉默。

后来是我和母亲去捞鱼虾，我们在河坝，我们捞了很多鱼虾。

最后一场春雨过后，豆汤似的河水涨满了堤岸。河水漫过河滩，漫上草地，将呛得昏头涨脑的鱼和虾推到草地上来。人们披着蓑，戴着笠，扛着渔具去捞鱼。

"阿雅（苗族话，姐）哎，来了啊？"

"来了，来了！你们也来了啊？！"

隔得老远，大家互相问候。这些都是大沟、红岩洞苗寨那边赶来的人，一个个披着塑料纸，盘着喜鹊窝一样的花头帕，裤管挽得高高的，赤着鹭鸶一样的长腿。大家都赶着这趟大河水来。

在河边，母亲站着，双手塞在腰前围裙里，禁不起冷似的缩着肩膀。母亲眯缝着眼，瞅着眼前汪汪然挟裹着树叶和泡沫奔涌的河水。

"星辰！要是真没得妈了，你们怎么开交？！"

"妈——"

"你要读书！读书才得出头！"

"妈……"

"读出头了，自己得好处——像你爹你哥，一辈子都苦不到头……"

母亲立在水边，兀自说下去。

"得好处了，莫忘记你爹！你爹他，一辈子不容易！"

母亲腰间系着围裙，围裙是花的，花围裙是母亲自己织的，母亲先织布，在家里的织布机上织出好多好多的布，带点乳黄色的土棉布。母亲从这些布上裁剪出一幅，用靛蓝染过，再用丝线绣出红的花绿的叶。母亲的系带也是她自己编织的，母亲用五彩丝线，用牛肋骨做的织刀编织好看的布带。母亲会织布，会绣花，还会织彩色的布带，母亲的手艺是在娘家做姑娘时学的。外公一家是汉族，但是外公的母亲是苗族，舅舅一家因此也就沿袭了许多苗族的习惯。

母亲的这条五色丝线绣出暗红小花和枝叶绿草的围裙、系围裙的彩色布带，还有盘在头上黑色的丝织头帕，后来在入殓的时候，父亲都给她带去。只有那只背篓，大哥要拿到寨口去和两件衣服一起烧，被父亲挡住了，"做了一辈子，还没有累够?! 你还要让她到阴间再背去挑?!" 父亲骂大哥，骂得大哥坐在村口像个孩子似的一把一把地抹眼泪。那是一只青篾片编的竹背篓，母亲用它背柴火，背猪草，背着衣服铺盖下到管塘河边去洗。

那天母亲站在水边，双手塞在围裙里，头上绾着只有苗族妇女才缠的那条丝绸头帕。母亲缩着肩膀，看上去很冷。

后来，我们就开始捞鱼虾了，我下到水里，拖着竹捞篁，费力艰难地行走。有时我走得远，一直走到草地边沿，走到接近沙砾的河滩上。在那里，水一直漫齐到我的胸口，我的整个人变轻了，身后的捞篁也变轻了，泛着泡沫的河水努力地要把我浮起来，卷走。我踮起脚尖，闭紧嘴，使出全身的气力才使自己的双脚落到地面。

母亲立在水边望我，我走得稍微远了点，母亲就喊，母亲怕我被河水卷走。母亲想要鱼虾，母亲更要我。我转了一圈回来，母亲就端起竹筛来接。捞篁里倒出来泥沙、树叶和水草中有指甲盖大小的为数不多的小鱼小虾，小鱼小虾蹦着跳着。有时也会有一只舞着大钳夹不肯轻易就范的红壳河蟹，运气好的时候，还会得到一尾巴掌宽的鲫鱼。

"你看，又有唦多了! 捞到下午，就有一斤了!" 母亲滴汤滴水，将竹筛里的石子、水草、树叶捡去，把小鱼小虾捧起来放进鱼篓，"莫去远了，就到这近边!"

"妈，我走不动了……" 晚春的天气，仍然冷，衣服都湿透了，湿衣服裹在身上，我的牙齿打战，声音从磕击着的牙缝钻出来，声音也冷得发抖。

"你上来歇歇，让妈来——看，快有两碗了呢，再多弄点，就可以给你买书了……"

我喜欢书。母亲带我去河边捞鱼虾，去山里捡菌子，去地里剜野菜。

我们将得来的鱼虾、菌子、野菜拿到街上卖，然后就变成了书——《牛虻》《红岩》《钢铁是怎样炼成的》……一本本厚厚的书伴我度过煤油灯下漫长寂寥的童年，一本本书引领年少的我，走出无序无望的混沌生活走向外面的世界。

"妈，他们比我们弄得多！"我蹲在河坎上，磕着牙齿缩成一团，"妈，歇一下我再去……"声音在浩渺的水面上飘着，滚着，打着转儿，一直飘进岁月深处。

我跟着母亲去剜过野菜，割过猪草，拾过柴火，捞过鱼虾——刚开始是母亲抱着我，将我放在田间地头；后来是我自己走，再后来是背着父亲给我编的小背篓——小背篓比鱼篓大不了多少——我没想到这会是最后一次和母亲捞鱼虾。那天，我只是瑟缩着，抱着肩膀，一次又一次地去看河那边，看河那边板板桥的青砖楼房。

送母亲去医院是在一个阴沉的午后。在那之前，母亲已经在家里卧床好久了。

赶场天去找算命先生之后，母亲就不好了。先是全身不舒服、头痛、发烧，有时候还无缘无故打寒战，到后来头痛得越来越厉害，有时候还有恶心和呕吐。

请了大沟寨子那个姓龙的药师来，看过之后，说母亲是被人放了蛊。于是就买来大红公鸡，作法驱蛊。作了法驱了蛊，头还是痛。又说是法力不够，得请他的师父来。请了他的师父来，头还是痛，人也一天一天虚弱。（姓龙的药师就是半边楼里贺老师的公公。也就是我上小学的第一天，用粉笔头在黑板上很用力地写了一个正正的"1"字的龙老师的父亲。从那年媳妇死了，儿子被判刑后，老人自己开始摸索学习中草药，平时到附近帮人家看点头疼脑热的毛病。）

这时候又有人给介绍一个偏方：找养马的人家，用新鲜的马粪，包在头上，包一个星期，就好了。于是我天天放了学就背着书包在城里，到处找喂马的人家讨马粪。

但马粪包过了，母亲的病还是不好。这个周末，学校不上课，我在家里。小妹去放牛，父亲带着二哥、二姐、三妹和弟弟去载阳坝收油菜。正是油菜成熟的季节，再不抢回来，雨季一来就全烂在地里了。

"看着你妈一点！"父亲出门之前交代我，"你妈今天不大好……"父亲抱着扁担，挽着绳子，立在院坝边。院坝里有三只觅食的鸡，一只是我家的，另外两只不是我家的。

"有事情你到四方土来喊我们……"

父亲带着二哥二姐弟弟妹妹出去了，留下我一个人在家守着母亲。

"妈，你喝水不？"我捧着水碗，立在床前。

我在家里写作业，周末老师给我们布置很多作业。我做作业，但我却常常写不进去。我常常要走进房间去吸墨水，翻纸片，或是找点其他什么东西。

木格子窗上过年糊上去的棉纸已经发黄发暗，窗户外面挂着蓑衣和斗篷。房间里光线黯淡模糊，只有板壁缝隙里漏进来几缕光。母亲躺在床上，躺在陈旧的印花被子下。母亲的围裙搭在床头，母亲的头被被子盖着，我只看得见松垮的帕头和枕头边上一小把枯涩的头发。

我害怕会看不见母亲，失去母亲，就像是以前去山上捡菌子，母亲走得离我稍微远了点那样。"妈……"我去倒了半碗糖开水来，端到床前，低声呼唤。

"莫喊妈，妈好累……"每次母亲都要很长时间才回答我，母亲的声音枯枯的、涩涩的，没有一点水分。这已经是第十六天了，以前母亲生病，卧床不起，但每次都是躺一两天，让我们到菜园里刨一块生姜，刮背、刮肩膀，刮得浸出一片乌青的紫血。刮过之后她就又爬起来，背起背篓，带起镰刀上坡下地，母亲从来没有像这回病得长久过。

喂了糖开水，摆好碗，过一息息，我又走进去："妈，我抽点墨水……"母亲没有应我，只是那堆缀着补丁的土布被盖微微地动了动，表明她听到我的声音了。吸了墨水，我又默默地站了一会儿，听听母亲细细的、还算均匀的呼吸，我才轻手轻脚退出来——那天我在家写的作业中，有一篇作文和一篇随笔，两篇文章后来语文老师都在班上当范文朗读。

第二天，我们就送母亲去医院了。送母亲去的是父亲、二哥和我。父亲和二哥用竹竿绑了副简易的担架，将母亲连人带被子放在担架上。父亲和二哥抬着母亲在前面走，我抱着衣服，背着书包，跟在后面。一路上的人，背背篓，担菜筐，全都抬起头来看我们，全都远远地让到路边。

那天，无论是我还是父亲、二哥，谁都没想到母亲会回来得那么早。我们把母亲送进医院，再从医院接回家，然后又送往扳鹰咀。

把母亲从医院抬回来，第二天我去接大姐。

"姐——"我说，"妈这回的毛病怕是不得好了！"

"早上我出来的时候，我给她说'妈，我去盘丝营接大姐来……'妈没应我——妈几天都没吃东西，也不讲话，就只是睁着眼睛……"

大姐没有说话，大姐只是背着刚满月的外甥女，风急火急往家赶。

母亲去世不久，家里的水牛就死了。

死之前它在河坝草地上卧了三天。那几天夜里都下雨，父亲和二哥在边上打了三根木桩，用晒簟给它搭了个棚子。

那是一头勤劳的好脾气的牛。每次牵它出去，啃饱青草喝足水它就卧下来，口里回着嚼，安闲地甩着尾巴。那些时候，我便坐在它旁边读书。后来我上初中了，功课忙了，没有时间再牵它出去。每天它就跟着父亲和二哥，父亲和二哥在地里干活，它便在田埂上、河滩边自己吃草。它照样啃饱了青草，便屈腿卧下来，安闲地甩动着尾巴。放学回来，我去地里看父亲和二哥挖土种菜，它老远看见了我，便爬起来，昂着头，一直看我走近。

它是累坏的。那年春天它犁地，它犁了满坝满野的地。最后那天二哥牵它去渡口边犁油菜田，他们耕了整整一天，后来松了轭让它去吃草，在走下土坎的时候，它摔了一跤，肚子磕在地上。从那之后它就精神不振了，牵它到河边，它常常呆呆地站立半天，然后才低下头去啃一口草。

那天父亲和二哥带着它去四方土收麦子，它便再也没有回来。听村子里的放牛娃说，它从一到河坝就没有啃一口草，它一直呆呆地站着，呆呆地朝大河上边张望。大河的上边是我们寨子，寨子前面的竹林中，就是母亲的坟墓。它就这样一直站着。到后来它卧了下来。它先是跪下前边的一条腿，再跪下另外的一条腿，最后两条后腿也曲下来——卧下去之后，它就再也没有站起来。它的头一直朝向寨子的方向。

父亲和二哥拿着绳子剐刀剥牛皮的那天，我默默地站在旁边。牛皮剥下来，摊在草地上，有一张晒簟那样大。牛血流了好大好大的一摊，红殷殷的牛血染红了草地，染红了河滩，染红了我寂寞忧伤的少年时光。

牛不在了，那默默地伴随着我长大的又一个卑微、谦恭的生命离我而去。父亲和二哥收拾了无生机的血淋淋的皮肉和内脏时，我悄悄走向河边，我将手浸在河水中，洗了又洗。洗好手，我呆呆地蹲在水边，我注视着那潺潺的、朝下流去的河水。我知道今后不会再有人和我去山林里捡野菌，去河边捞鱼虾了；我知道那些有母亲引着领着的日子，已经同眼前这流水一样，一去不复返了……

13

那是我家屋后的园子，父亲在里面种豇豆、黄瓜和西红柿。园子中间还种了两棵橘子树，南北两边的土埂上还有李树和桃树。

蟋蟀、蚯蚓、纺织娘在那里安家，蔬菜瓜果供一年四季嚼食零卖。清晨起来，满园子高高低低的树枝、藤蔓、菜叶上，都是一层晶莹的露水，连沟垄里不知几时羞羞答答探出头来的小草，都滚动着一层露水。

母亲把我留在外边，系着围裙，提着竹篮进到菜园。"妈！妈——我要进来！""我要进来！妈——"藤蔓挂花了，花挂得早的，已经结出了黄瓜。一根根鲜鲜嫩嫩镰刀把大小的黄瓜，披着霜，带着刺，躲在衣襟裙裾一般的绿叶下。菜园里还有苞谷，苞谷已经长到半人高了。母亲就在菜园里，我听得见她的声音，但是我看不见她。"听话，妈一歇歇就出来啦……"

昨天夜里刚落过雨，泥土又松软又潮湿，泥土糊满了母亲的解放鞋。我脚上是布鞋，母亲一针一线缝的布鞋，母亲不让我进地里去。我站在屋檐下，又惊又怕，孤独无助；我带着哭音，一遍又一遍地喊："妈，我要进来！妈，我要进来！"

那年，我大概三岁还不到，脖子上还围着挡口水的围兜，母亲刚刚才从月子里出来，母亲将才一个月大的三妹放在床上，就带我到园子里来摘黄瓜。我站在屋檐下，我看不见母亲，我以为我失去母亲了。

　　亮晶晶的太阳在院坝头爬，太阳每爬一步，阴影就后退一点。太阳先是照在前面的倒鳞甲树上，照在那些簇扬细碎的绿叶上，太阳后来就照在天宝大大家的瓦屋顶上。太阳照在我家院墙上的时候，还是早晨。早晨的太阳清新、明亮，带着厚重的露水。院坝头，鸡打鸣，鸭"嘎嘎"叫，牛出栏，农家的喧闹将太阳荡起一圈圈的波纹。

　　太阳爬到了楼子屋门口，照在墙角的鸡窝上。太阳照在鸡窝上的时候，就是中午了，父亲、大哥薅秧转来，两脚的泥水；大姐带着二姐割猪草回来，鲜鲜嫩嫩的猪草；二哥也从河坝放牛回来，柳条穿着鱼串；三妹小妹和弟弟也在外面玩回来了。一家人都回来后，就吃中饭了。吃过中饭，父亲和大哥又下地去，二姐跟着大姐上山箉柴火，二哥不知道到哪里去了，剩下三妹在哄小妹小弟玩。母亲收拾碗筷，料理好猪和鸡鸭，就坐在院坝里洗衣服。

　　"一天没做得几样事情噢，太阳又要落山了。"母亲像唱歌一样地感叹。

　　母亲坐在院坝里。洗衣盆很大，比水桶大，比杀猪盆都要大。一家人的衣服，装了满满一盆。母亲捞起一件衣服，用油茶饼抹，放在搓板上搓。搓一件，拧干，放进撮箕里。盆里的衣服越来越少，撮箕里的衣服渐渐堆成了山。

　　"太阳像梭子！'梭'一下天又黑了，'梭'一下天又黑了，日子快得很！"

　　"咋个不是这样！"

　　二妈妈借我家的碓用。二妈妈端着苞谷来我家。我家的碓安在堆放柴草的厢房，二妈妈在我家厢房里舂碓，"哐啷当——""哐啷当——"

　　"等我苞谷子舂好，一下午就又过去了，做活路的人又该回来嗛饭了……"二妈妈的声音在碓房里。

　　母亲端着撮箕，撮箕淋淋沥沥滴水，母亲在柴屋门口斜成了一尊雕塑。

　　"走了，下河去了！河边回来又得要烧夜饭火了！"

　　母亲下河沟漂洗衣服，我抱着棒槌跟在后面。

　　现在太阳是已经爬过院坝，爬过堂屋的阶沿，开始爬上墙壁。等到太阳爬上木板壁的时候，就是晌午了，二哥就又该赶着牛去河坝了。这时候的太阳也爬累了似的，显出一种成熟的大度的倦容，如同一个上了年纪的、拄着拐棍坐在门口朝大路上宁静而又安详张望的老人。

等到太阳完全爬过壁头，爬到屋檐上面去的时候，阴影就占领了院坝。干活的人，放牛的人，妹妹弟弟，又都该回来了，鸡鸭也都陆续进窝。猪在圈里拖着长声唤，长脚蚊子在手、脚、脸和眉毛边"嗡嗡嘤嘤"飞，鹅卵石压着的艾草和生树叶，在院子中引燃，烧出来的湿烟将蚊子熏回到了水沟边、竹林里。于是又一个傍晚来临了。

冬天一到，大河坝的柳树荆条都落叶了，光秃了，树林里到处都是枯枝和败叶。我跟着母亲，我们在柳树下笆树叶——河坝里有很多柳树，一株株，一丛丛。柳树落叶，落叶铺在树下，几天的北风一吹，太阳再一晒，就焦干了。我们将落叶笆拢，背回家做烧饭的柴火。

夸张的硕大得不成比例的牛头从刺蓬里探出来，口里衔着青草，嘴角挂着长长的涎水。牛头昂着，看我们，粗大的鼻孔"呼哧""呼哧"喷气。过一息，糊满泥巴的尾巴摆几摆，又钻进刺蓬里去了。大牛钻进去了，头上还没冒角的小牛，两只玻璃球一般的眼睛望我们，"嗯"一声，摆了摆脑壳，也跟着钻进去。

我和母亲把树叶笆拢来，装背篓里，母亲的背篓高高的。母亲背着高高的背篓，我看不见母亲，我只看见满满的、高颠高颠的背篓，背篓自己往家走。"妈——"我喊，"妈——"我每喊一声，背篓就答应我一声。

一大一小两只背篓，沿着河边人的脚板和牛的蹄印踩出来的小路，沿着岁月，踽踽而行……

那次母亲打我。

母亲和父亲去赶场，大哥二哥大姐二姐也不知道哪里去了，只有我和三妹，那时候还没有弟弟和小妹。我在家带三妹，三妹饿了，一个劲地哭。家里的剩饭没有了，红薯也没有了，我想起了，碗柜上面有一个用黄表纸盖着的缺了口的碗，碗里盛着平时不许我们去动，只有在来客人了开甜酒水才拿下来的白糖。我搬来凳子，爬上去，我站在凳子上，踮起脚去翻糖给妹妹吃。在将碗重新放回去的时候，碗滚落下来，打破了。母亲回来，我把事情给她说，母亲就用竹条子抽我。我哭，我睡到地上去，我在地上打滚，双脚乱蹬乱踢，像个水碾子一样转圈。我边滚边哭边骂："烂妈！烂妈！你这个烂妈——"

我心里有很多在河坝放牛的时候学来的痞话、脏话，但即便是在这种时候，我心心念念的依然还是她是我的母亲，那些话是无论如何都不能骂出口的。于是我就发明了这个词——"烂妈"！

我骂她烂妈，母亲不怒反笑。母亲忍不住笑。母亲笑着又用竹条子象征性地抽了我几下，然后就从地上把我拉起来，牵我到小河沟，给我洗手洗脸。洗了，又用花围裙给我擦干。

母亲喜欢听我唱歌，正月里的那种茶灯歌——"一杯茶，敬我的爹哟……"

我上初中的时候，已经消沉多年的龙灯、茶灯这些民间传统娱乐，又可以在正月的香烛、酒菜和鞭炮的氤氲中出现了。

我也不晓得自己从哪里听来学的的茶灯歌，更不明白自己怎么就会迷恋那悲悲切切、回肠荡气的旋律。我在火坑边唱，在磨坊唱，在柴屋里也唱。

"星辰！"母亲叫我，"把你刚才唱的那个歌，再唱一遍给妈听——"于是，我就唱，"一杯茶，敬我的爹哟……"

四边砌着条石的火坑，脚踩在上面热乎乎的，一个冬天接一个冬天，一个夜晚连一个夜晚，条石被踏得光溜溜的，像是精心打磨过的黑玉。

正月的夜晚，阴冷阴冷，劳累的父亲母亲早早地捂在被窝里；我和小妹三妹围着火坑，火坑边大概还有二姐。大哥二哥和弟弟不晓得跑哪里去了。河那边的云落屯寨子、上面的响水坳都传来隐约的锣鼓声，还有零星的炮仗在响，龙灯舞到哪里了!?

我一唱歌，二姐三妹小妹都不说话了，里面屋子，隔着一层木壁，母亲和父亲也都静悄悄的没有声音，连外面天井圈棚里的鸡和鸭，也都一个个都竖起了耳朵。

"一杯茶，敬我的爹哟，我去当兵你在家啰咿子哟，咿呀咿子哟！"

"二杯茶，敬我的妈哟，我去当兵你莫牵挂啰咿子哟，咿呀咿子哟！"

"三杯茶，敬我的哥哟，我去当兵你做活啰咿子哟，咿呀咿子哟！"

"四杯茶，敬我的弟，我去当兵你念书啰咿子哟，咿呀咿子哟！"

"五杯茶，敬我的妻，我去当兵莫哭啼啰咿子哟，咿呀咿子哟！"

"六杯茶，敬天地哟，我去当兵保平安啰咿子哟，咿呀咿子哟……"

那回，母亲和父亲吵架，第二天母亲就丢下我们走了。

母亲不是去城里，也不是去割猪菜、扒柴火，母亲朝南面走。南边过了响水坳、枇杷塘，就是红岩洞。母亲的娘家在红岩洞，红岩洞早就没有了外公外婆，只剩下小舅舅小舅妈了。

母亲走出家门，走到响水坳就停下来，母亲遇到贝林哥的娘。贝林哥的娘提着竹篮，拎着几个红薯，正要下水堰边去洗。母亲在那里站住，跟老太太说话。

母亲腰间第一次没有系着花围裙。母亲背着背篼，头上绾着黑色的帕头。老太太也缠着高高的青布帕头。母亲和老太太站着说话，老太太说着叹着，母亲只是听，埋着头。有好几回母亲抬起头，望着老太太，老太太就扯起衣襟揩眼泪。两个人就这样说一会儿，抹一会儿眼泪。后来母亲就又背着背篼回来了。

母亲回到家，已经是要吃中饭的时候。人饿，猪也饿。父亲在灶房，饭已经闷在锅里，父亲在弄猪潲水。父亲没有弄过这些活，笨手笨脚的水放多了，菜掺少了，米糠也不够。潲水拌得稀汤汤的，猪都不要吃。父亲又把潲水从猪槽里舀出来，重新去拌。母亲才出去一个上午，家里的一切都显得杂乱无章，就连院子里地上的竹扫帚也横着躺在地上不得要领。

母亲回来，我坐在堂屋饭桌前静静地写作业。我放下作业，走到母亲身边，院坝里的鸡和鸭子也走到母亲身边。母亲别着脸没有看我，也不看鸡和鸭。母亲放下背篼，去拿父亲手中的潲桶，父亲已经拌好了第二次猪食正提着从灶房里出来。母亲是拿，不是接。仿佛对方不是一个人，仿佛提着潲桶的不是父亲。父亲在母亲提稳后，也就放松了手。母亲提着桶，低着头，不是走进猪舍，而是走回灶房。母亲重新舀了米糠加了水，把潲水拌得稠稠的，才提起朝猪舍走。装满猪食的桶很沉，母亲右手提着，母亲的左手拿勺，身子朝右倾斜得厉害。

父亲空着手站在那里，看母亲提着猪食桶走进了猪舍，看看没有自己的事情，才扯了把草擦手，父亲的手上都是汤汤水水。父亲赤膊汗衫，汗衫已经被沤得失去了本来的颜色，前面的布扣都已经掉光了，父亲差不多是敞着个怀露着个胸膛。父亲的裤脚管卷得快到了膝头，一只高一只低，吊在大腿小腿上。一双蒲扇般的大脚踩着院子里的泥地，脚丫脚掌脚脖子，就连小腿肚子也是泥土一样的颜色。父亲的脸颊，还有靠近太阳穴的地方，都沾着细碎的新鲜的草叶，父亲刚从坡上回来。

父亲扯了把草擦手，然后就去灶房盛饭，日头已经正午了，饭菜在锅里都已经闷出一股铁锅味了。我连忙收好作业簿子，摆凳子，再跑进灶房把菜碗捧出来。菜就两大钵，一钵带皮煮的南瓜，一钵茄子，另外还有一大盆子酸菜，清汤寡水缺油少盐。

父亲去盛了饭，还特意将母亲的碗筷放好在靠近自己的旁边。父亲到底是男人，拿惯了锄头犁耙的手做这些女人家做的事情总是显得毛毛糙糙，饭盛得带角带刺，一只不大的碗才装了半碗，有一团饭粒还冒出碗沿掉在桌上。父亲放下筷子，笨拙的柴火棍子般的手指撮起那团饭，塞进自己嘴巴里。大哥二哥大姐二姐不知道从哪里出来了，弟弟和妹妹也不知道从哪里出来了。

母亲坐下来吃饭。只有弟弟看看父亲，又看看母亲，又看看父亲，又看看母亲。"妈——"弟弟怯怯地喊。"莫喊妈！妈不好，妈什么都安排不好！妈该打该杀该剐——妈死了再给你们找个好的妈！"

母亲说，左边的半个脸示威似的朝向父亲。母亲的大半个脸都还有点赤红，赤红中还看得见几个隐隐的手指印记。父亲没有说话，父亲只是大口喝汤，扒饭粒。父亲吃着喝着，一只手总要不停地去背上挠，挠一下，又挠一下，又挠一下。一家人低头吃饭，空气很寂静，就连旁边的那只觅食的芦花大公鸡和那只菜花色母鸡，甚至家里的黑狗老歪也都知道这点。

"快点吃，吃好饭和妈去四方土。豇豆明天一早就得去卖——再长下去，老了就卖不脱了……"母亲对大姐说，母亲的腰间，那条绣着红花绿叶的围裙不知道几时又系上去了。

听了母亲的话，大姐悄悄加快了吃饭的速度。周围的空气，角落里的家什，院子里的鸡鸭，甚至是地上被隔夜的风雨吹落下来的树叶、竹叶……一切又都开始悄悄流动。

两只半大的才刚刚学会打鸣的鸡仔甚至还轻狂地扑扇起嫩黄的翅膀，深吸一口气准备引吭高歌了，可是当看看周围的一切，才仿佛忽然发觉了什么似的，不好意思地停下来。

大桥还没有修，岩脑壳、响水坳、寨丙、背后坪，包括红岩洞和太平营那边的人，进趟城都得走载阳坝过渡船。水泥浇筑的平台，一端连接岸上，一端伸进河水。架到小船头上的，是两块晃晃悠悠的木板。十来棵枝丫高展的槐树，在这里托举出大片的浓荫，供人们歇脚乘凉。到了四五月份，槐树开花了，大片大片的、一咕噜一咕噜的槐花，白中泛青的槐花，昼夜吐放着馥郁的清香，槐花向过往的一切人一切生灵绽放。

但现在是冬季了。母亲领着我，去送大哥。大哥参加民兵团，到乌罗修水库。民兵团从县城乘汽车出发。头天夜里，大哥就已经住到城里去了。听人家说车子要从渡口边过，母亲一大早就又带着我去等。

母亲牵着我，一只手塞在围裙兜袋里，我们在凌厉的河风中，眼巴巴地等。也不晓得等了多少时间，才看到民兵团的车队，一辆、两辆、三辆……长长的车队，出现在河那边。汽车过了渡，上了岸，重新编队。母亲拉着我，一辆车一辆车找过去。找到第四辆的时候，终于看到了大哥。大哥坐在最后面的一排座位上。

"友……"

母亲拍着车窗，喊。

"友——"

大哥也看见了我们，大哥从位子上站起来，双手去扳玻璃窗。扳了几次都没有扳开，最后还是坐大哥边上的一个人帮着，才把窗打开。

"妈——"大哥喊。才离家一个晚上，大哥看上去似乎变黑了，变瘦了。

窗户开了，大哥在车里面。大哥想起了什么，在座位上翻。大哥翻到一个包袱解开，从里面取出馒头，递给母亲。到乌罗要一天的路程，早上出发，傍晚才能到，民兵团给每个人发了四个馒头路上作中饭。

大哥把发给他的馒头取出两个，递给我们。

车窗又放下来了。母亲将馒头兜在围裙里，站在车边上。母亲不走，母亲只是一声一声地喊大哥的名字——

"友！"

母亲喊。

"友！你莫要再去玩那个汽油……"

那年夏天，抽秧田水抗旱。抽秧田水是在夜间，大哥和苗寨子的巴古哥在那里看守机子。两个人都是才二十岁出头，都贪玩。两个人把抽水机里的汽油箱打开，把汽油含在口里，朝打火机上吹，做"火龙"。

平着吹了还不过瘾，又朝天上吹。朝天上吹的时候，燃烧的汽油就烟花一样洒下来，落在了大哥的脸上。大哥的脸被烧得烟熏火燎，布满水泡。

整整一个星期，大哥躺在床上，嘴巴都张不开。是母亲一勺一勺地给大哥喂水喂米汤。又找来鸡蛋，挑出蛋清，用鹅毛调，一点一点敷在大哥脸上。

等到大哥脸上的伤口开始结疤的时候，听人家说用蛇油擦，才不会留下疤痕。母亲又叫父亲去山上打来蛇熬油，一点一点给大哥涂抹……

"你到外边莫再去玩那个汽油……"

"那个汽油碰不得！你莫要再去碰那个汽油……"

"妈——"大哥在车里，额头抵到玻璃上。

那年，母亲卖菜，卖完菜去捡人家不要的甘蔗根。

一捆捆的甘蔗在街边摆着卖，一天下来，削下的皮堆成小山，里面还有不少裹着烂泥的甘蔗根和甘蔗梢。母亲不要甘蔗皮，母亲就要根和梢，母亲给人家说捡回去给牛吃。

卖甘蔗的也是个妇女。卖甘蔗的妇女说，大姐，你捡吧，我们扔了也是扔了，你背回去还可以派用场！帮着母亲一起往背篓里装："大姐，这个你也背回去，这个人不要，牛嗛了没得事！"那是一截从枝上砍下来的黑了芯子的甘蔗。

"大姐，你家几个小的？八个？噢，你命好！"

"大姐，我看你天天都来卖菜，你们是专门种菜卖？喔，不是？就住城边上？种谷子、红苕？农闲才种点菜卖?！找点油盐钱？"

"大姐，这个年成，都不容易！我们么，算是居民户口，但家里没有人拿工资，嗛的用的，都全靠做这点小生意……"

那天母亲捡回来的甘蔗根和梢，不是给牛吃。那天捡的甘蔗根甘蔗梢，母亲回家的路上，背到河边去洗干净了，拿回来给我们吃。

我有过一个大姐，只比大哥小两岁，生得聪明，机灵，听话，懂事，母亲常常在我们面前说起她。

"一只肥秋秋的老鼠落进了水缸，你爹把它捞出来，剥了皮掏掉肚肠，我切碎了炒给他们嗛，我给他们两个各盛了小半碗。你大哥皮得很，嗛几口，就摆下碗去玩了。看你哥放下碗东张西望，她悄悄息息从他碗里舀两调羹到自己碗。你大哥回过头来，她埋着头吃饭，没事人一样。你大哥呆得很，一点都不晓得！

"还有那回，我和你爹做活路没转来。两个人在家饿了，自己找到大田坎上。大田坎上有队里种的苞谷，苞谷拖着红须，正灌浆，他们人小，扳不到，就两个人一起爬上去，一个盘着手脚抱着把苞谷秆扳倒，一个去扳苞谷棒棒。扳下苞谷棒棒，两个人坐在田埂上，你一口我一口分着啃……"

后来，这个姐姐死了，死的原因是一次打翻粥碗，烫了胸膛，伤口一直愈合不了。那正是六〇年饿饭的时候，三岁不到的姐姐，吃了母亲用枇杷树皮掺米糠做的饭，大便一直拉不出，是父亲用手指一点一点地给她抠出来。

姐姐临死之前，母亲去二妈妈家借点米，给她煮了一小碗粥。父亲抱着她，用手指蘸着一点一点喂，她不吃，连嘴巴都张不开了。父亲心焦，把碗往桌子上一顿："你不嗛!？你连这么好的东西都不嗛!？我看你真的是想去沤坡上的芭茅苑苑了?！"

"已经掸头掸颈的，嘴巴里只剩下一丝丝气了，你爹还要那样骂她……"多年之后母亲说起，依然还是两眼的泪花。

每次母亲说起这个姐姐，父亲都不吱声，父亲闷声不响地忙他手上的事情。

14

——妈，我累！

——累了歇歇，妈来……

在翻着细碎波浪的河水中，我又一次看见了和母亲一起去捞鱼虾的那个午后。河的那边就是"板板桥"，两幢外观洁净的青砖楼房矗立在河坎的树荫中。

那个往我手里塞水果糖、曾经叫过母亲"伯妈"、脑后扎着短"刷子"的清爽利落的姑娘，这几年是早就不再见到了！

没有了母亲，日子还得继续。

庄稼成熟。这一年的秋天，庄稼地里，晒谷场上，忙碌的人群中，都再看不到母亲的影子。这一年的日子，只剩下了父亲二哥，和尚未完全成人的我和弟弟妹妹。

我跟着父亲和二哥去交公粮。父亲和二哥拖着板车，我背着书包，不是星期天，交了公粮我还要去学校上课。刚收割下来的稻谷，晒干，扬净，装在麻袋里，满满的一车。车架被压得吱吱嘎嘎呻唤，车轮胎也瘪下来，每朝前滚动一圈都显得无比艰难。

二哥在前面，像牲口一样地弓着背拉，父亲在边上扶着麻袋不让掉下来。遇到有上坡的地方，我就帮着一起推，我整个人与地面爬成四十五度，使出吃奶的力气。二哥的外衣脱下来了，搭在麻袋上，二哥只穿一件被汗水沤得发白发暗烂出了一串串窟窿眼的红背心。二哥手挽着车把，像牛一样地低昂着头，脸憋得通红。二哥并不结实的身体几乎趴得快贴近了路面，一串一串黄豆大的汗珠沿着脸腮、脖子和臂膀滚落下来。

"岩生——"父亲喊，"你歇歇，我来……"

"我拉得动！"二哥咬着牙。

公路在快进城的地方要上一个小坡，父亲和二哥支住车子停下来休息，我也站在旁边。"抹把汗水——"父亲把散发着馊臭汗味的毛巾递给二哥。二哥衣服都湿透了，二哥水淋淋的，像是刚才从水里爬起来。二哥拿毛巾当扇子朝脸和脖子扇，然后才擦脸，擦过后将毛巾递给我："星辰也擦擦！"

我摇摇头。我没有使上多少力气，我没出多少汗水。我立在旁边等父亲和二哥缓过气来，然后帮他们一起把车推上去。

离上课已经没多少时间了，学生都背着书包朝学校走，其中也有我们班的女同学。父亲二哥和我开始推着车子上坡，父亲二哥口里都发出"哎嘿！""哎嘿！"的声音。我们推着车子步调一致，赶上了一个人，又赶上了一个人……我悄悄地抬起头……"看哪样?!"父亲说，父亲累得像牲口一样大口大口喘粗气。

我收回了目光，也收回了我的寂寞。我埋着头，使出吃奶的力气帮父亲和二哥推车。

秋天过去了，冬天来临了。

这一年的冬天比往年都要冷。大河的两边空空荡荡，只剩下岩山脚那一溜一片的收割后的土地，土地和岩山交接处的竹林和香椿树下，是寨子，一早一晚，炊烟从屋顶袅袅升起，炊烟也被寒气冻住了，凝凝滞滞，停在竹林中，停在瓦顶上。

河边岩坎上，那几株合抱粗的倒鳞甲树，苍龙般攀附着悬崖，将一桠桠赤裸的枝干伸向无语的天空。炊烟从寨子上空飘过来，挂在枝条间，飘飘摆摆，恰似一匹匹吊孝的白练。

大河水变得清浅了，清凌凌的河水退缩到河床中间，两边裸露出来的狭长的卵石河滩，像是给河流镶嵌的两道银色的花边。大河从寨子下流过去，从原野上流过去，激荡、悲越，让人想起生命中曾经走过的那些处境和心情都异常抑郁和艰难的时刻。

我仍然每天背着书包去上学，我仍然在进城的路上天天经过那已经没有了大哥的初中同学的板板桥。我就这样走过了同母亲一起打柴捡菌的萧瑟的寒林，走过枯萎了的染满牛血的草地，走进了生命中再也不会有母亲陪伴的日子……

15

母亲去世的第二年，我考上了大学。

要出去读书了，父亲领我上街置办行李。我们买了一口皮箱，两床被盖，还有洋瓷饭碗和漱口茶缸。苗寨子的人，挑着菜筐子卖菜，担着粪桶掏粪肥，或是背着背篼进城办事的，都停下来和父亲打招呼："那贱！"

他们喊我都喊"毛弟"——"毛弟，你出息了啊！""毛弟，今年转来过年不？"

离开家后，父亲常常干活回来，在夜里就着煤油灯给我写信。父亲的信多年来我一直珍藏在身边——

吾儿：

你的二次来信 10 月 9 号收到了。已知道你在学校生活已（也）好，又到花溪去耍来。这个地方没有河水，洗澡已（也）是国家办的，每次要两角钱，那是应该的。你们 8 个同学在一个宿舍，大家很热闹，我也很放心的。你的生活用具已（也）买切（齐）了，一切手续都办好了，只余 20 元钱准备 11 月零用。我要到 11 月 25 日才帮你汇来去了，自己要像在家里面节约那样。到学校要好好和同学团结，对老师要尊敬。

另外家里面老少身体都很好，一切事情都很顺利。家里面的事情你一点不要挂念，你收到这封信后不要紧写信来了，单阁（耽搁）你的学习，有重要的事再来信吧！

话不多讲　就此停笔

祝你学习进步

父　杨秀知
1986 年 10 月 11 日

吾儿：

你好！

近来相信你身体健康饱满，生活愉快、白（百）般顺利，一切很好。这是给你回的第三封信。

从你二十天内一连寄来了三封信，在校的情况我们大概都知道啦。后两封信都是提到经济问题，现马上给你解决。

从天气方面来讲，从你离家以后到现在一次雨都还没有下，连白菜包括其他（它）菜每天都要用人工挑水养，油菜一直到现在都还没有种下去，连上市的红萝卜连叶带个都是一毛五一斤，白菜多少有点心的都是一角五到两角钱一斤。

从生活情况来讲，都和你在家时没有两样。身体全家老少都很健康，这些呢放心好啦。我们只有一个想法，只是希望你在学校努力学习，你所需要的东西家里尽量的支持，只要用得当。

因以前两封回信你都没有收到，在这第三封回信里暂时寄给你贰拾元钱。收到信告知，使家里人放心。

好啦，因为时间不够，而且也没有能力将家乡的情况告诉你。

祝你学习进步，更上一层楼

父　杨秀知（哥代笔）

1986 年 10 月 16 日深夜 10 点

吾儿：

你好

你的来信 10 月 27 号收到了，知道你在学校生活上和学习上都比在高中好得多。我的看发（法）你还是要须（虚）心学习勤读苦专地练好本领打好基础，其他的事情一样都不要想着。这是我希旺（望）你在学校做到的事。

另外家里面情况一切都很顺利，全家老少三班（辈）10 人个个身体都很健康，你不要挂念。

爹又帮你汇来贰拾元钱，收到后回个信就可以了。话不必多说，就止

（此）放笔。

祝你学习进步

父　杨秀知

1986 年 11 月 15 日

儿：

你好

你的来信已在 11 月 25 号收到，知道你的一切都很好，我也很放心了。家里面的事一切都很顺利，你不必挂念。你说学校补助棉衣是现金不能超过 10 元，需要家里在（再）汇来 20 元天（添）起（齐）买。现在马上都汇来，收到回过（个）信就可已（以）。

另外你说要把那几十斤粮票和那件衣服托那位老师代（带）回来，是不是可靠不可靠？不可靠的话，放寒假自己拿回来也是一样。

祝你学习进步

父　杨秀知

1986 年 11 月 26 日

吾儿：

你好

你的来信于 12 月 7 号已收到，知道你在学校申请的那件棉衣已得到了 10 元钱，不知你买衣服模样，又不知你的身边有多少现金，也不知你 12 月至元月的费用如和（何）。现在我在家里只是挂念这点事情。再帮你汇来 20 元钱，是否放假回家的车费购（够）用了没有？万一不购（够）得（的）话，收到信和钱在回信当中提出须（需）要多少。

另外家中老少身体都很健康，一切都很顺利，不别（必）挂念。

祝进步

父亲　杨秀知

1986 年 12 月 20 日

儿：

你好！

你的来信于元月2号收到。已知道信和钱你收到了，另有知道你买到一件军大衣，你身边的钱可以够用。但是放假时怕路上不能坐车又要步行多要费用，我知道是需要的。

你又说姐来帮我祝寿，叫帮（跟）她讲不要挂念你，今年她没来，她没来的原因，就是她家大的那个妹12月13号到长坪坐单车和汽车相撞，受了伤，到县医院住院。全家看旺（望）的七八个都到我家歇了四五夜。共住了七天院，出院后，我帮（跟）你俊哥和姐说，腊月份不要来了，回去讨人帮那几窑瓦烧出来。这边年不烧出来，到明年开春了，春雨来损失坯子。就是这个原因她才没来。

全家的一切情况都很好。两个大猪还到喂起，另外猪娘下小猪14支（只）存活8支（只），现有20天了。今年经济方面有点困难，帮你汇来的，完全是老本。家里的事，只是二哥婚姻事成大问题了。不必说了，你回家都（就）知（道）了。

现在帮你汇来贰拾元钱，收到信后不要回信了。话都（就）不说了，看过后不要记在心上，那是小事。

祝你学习进步

父　杨秀知

1987年元月8日

吾儿：

你好！

你的来信于2月22号收到了，知道你一路平安顺利地到达学校哪（了），你放到学校的一切东西都很安全，我也不担心你的事了。

你叫我家里面的事情不要优（忧）心，不要作（着）急。你在家里那段时间，我只担心二哥的事情不得清楚。现在二哥的事情于2月22号那天，在巴坳乡经过我们大小队干部和她老松桃大队干部当天处理好，男女各走各的路，助（互）相不准干涉。只是物资经济分文没得转来。这过（个）事情你不要放在心上，钱米是小事，人是大事，我们老少不要痛心他这点东西，银子钱米是人找的，你以（也）不要痛心他这点东西。现在急（及）时又要根到（跟着）谈高峰那个，若是过后两个月得成功的话，再给你写信，你好放心。

另外那几支（只）小猪崽21号那天出卖了五个，自己留得三个喂。那五个卖德（得）172元钱。家里面的经济方面有这样子。只是二哥的婚姻事情，若是当年得存（成）功，得接的话，那就需要钱多了。若是有这个机会的话，尽力量也要替你二哥把亲事为了。

话不多讲，经（今）后有事再谈。

祝你学习

进步

父　杨秀知

1987 年 2 月 26 日

儿：

前次你的来信已给你回信了。1个多月时间没有通信了，不知你在学校的情况如和（何），我在家里有点卦（挂）念。现在我将家里的一切情况告诉你一下。家里一切都很顺利，老少都很健康。不够（过）二哥的婚姻事情，现在那（哪）里都没有落实。这过（个）事情你不要担心，总有一天要落实，经（今）后落实了再给你来信。

另外大姐的事情，于正月26日，德（得）个男娃娃。到2月22日，她家打发大妹、梅英、冬元、兴富、你大嫂和燕平他们五个去吃酒，26号回来。我听到他们说我就放心了。才给你来过（封）信，你也得放心。

话不多说，经（今）后再谈，收到信后回（封）信吧。

祝你学习进步

父　杨秀知

1987 年 3 月 28 日

儿：

　　你好！

　　你的第三封信于 4 月 15 号收到了，知道你的一切都很好，我也放心了。你的第二封信是 4 月 2 号收到的，没有回你的信。因为我这理（里）的信已（也）是 23 号发出，你的信已（也）是那天发出，等你 4 月 6 号的这封信我才回你的信。你来问清明的事是 4 月 5 号。那天我和老富、老哥、老祥我们以（也）去玩了一天。我买了五元钱伙（火）炮，到你妈的墓边放了一封小炮、半团大炮、10 发雷管，那天很是热闹。

　　你问家里生产情况。4 月 10 号至 15 号下了这几天雨，我家空田全部打出来了，谷种 4 月 15 已种下去了。这些事你不要担心。今后信中不要念到你妈，我收到你信一念到我掉泪，二哥丢了两门亲事，去了一千多元钱我都没有痛心，一提到你妈，我想起就要掉眼泪，心里就要痛。就是这样，信中不要提到她。

　　另外今年我们经济方面有点困难，现在二哥的婚姻事还没有落实，假若下半年落实的话，要根到（急着）帮他为了，需要钱用。大哥今年准备要立屋，我们要帮他买一万贰仟张瓦，要三四百元钱。经济方面就是这些事情。家里面牲畜方面也顺气，我的身体以（也）很好，方方、燕平两个都很好，你不要担心家里一切事情。希旺（望）你好好学习，无事情不要上街玩，现在形式（势）各地差不多，松桃现在也很横（混）乱，发生杀人、抢人等等。这些事情自己小心点就是了。

　　事不多说了，晚上 11 点钟，我要休息了。

　　祝你学习进步

父　杨秀知
1987 年 4 月 16 日

吾儿：

　　你好！

　　你的来信于 5 月 22 号收到，知道你在学校一切都很好。已知你需要的钱和粮票，你没有来信前几天，我有点挂念你，收到你的来信后，我的心就放下去了。家里面的生产你不要担心，一切又（有）我按（安）排。

希旺（望）你好好学习和保重身体我就放心了。

另外把家里的事一项项地告诉你一下，送你得过（个）安心学习已（以）免挂念。收入方面小麦大约有800斤，油菜籽大约有过（个）300斤来往，洋芋有过（个）1000斤来往，这是收入情况。生产情况对你说一下，田全部打出来了，于阳历5月18号开始栽秧到22号全部栽完了。大姐、俊哥于18号来我家，于22号回去了。到6月1号，老富、二哥要去帮他栽几天秧。女外甥柳柳身体很健壮，男外甥叫攀攀，已（也）健壮。22号我叫他们回去了，帮（把）麦子油菜收割好起，把田犁好起，到6月1号的天管吓（马上）栽秧。

家里大哥大嫂、侄儿侄女身体都很好，我们全家二哥、姐、弟、妹和我身体都很健康。牲畜方面以（也）顺利。杨美姐5月1号打发了，我们去四个吃酒。益林满舅家得过（个）男娃娃，24号的天请客，我一人去吃酒来。我儿，现在的事情说不清楚，生的生死的死。祥哥家又得个女侄儿，你腊仙娘5月4号已（也）去世了。

其他的事不别（必）说了，我把二哥的婚姻事情对你说一下，现在初步落实到永红，姓田，年纪和二哥差不多大的。计划古历6月份去装香放炮火，准备400多元礼钱，那时正是阳历7月1号，看你放假时能赶到家，我们一起去走一次不？那我心里更加欢喜了。

这一切事情说到这点，另外帮你汇来50元、粮票10斤。22号准备发信的，因粮票到粮食局去换，才延长到26号发信。我儿经济方面尽量节约一点，收到信和钱回过（封）信，我才放心。不别（必）多说了。

祝你学习进步

父　杨秀知

1987年6月26号

吾儿：

你好！

你前次来信于9月3号收到，知道你一路平安无事，放在学校的一切东西已（也）没有发生什么问题。我收到信后很放心，才没有给你回信。

父
亲\FUQIN

你来的第二封信 9 月 30 号收到了，知道你一切都很好，我一点没有担心你，希旺（望）你记住在家平时我教你那话，好好记在心头。

另外我把家里的事情告诉你一下，今年谷子比去年少收了十多挑干谷子，现在已晒干了。拿到全县来说，有些地方说每人没有收上 50 斤初谷的，我们这里（算）是最好的。你在家看到那抱（窝）小猪崽，现在只有两个罢脚式（罢脚式，即最小的意思——杨再辉注）了。那两个肥猪你出发第三天病了一个，杀卖了。现在松桃的肉 1.8 元—1.9 元一市斤的。

关于二哥的事情，那边要求明年正月份去装香，现在我也同意明年正月，是（事）情就这样落实了。全家老少身体都很好，一切都很顺利，你不要卦（挂）念家里的事。现在种油菜很忙，一天劳动很累，话不别（必）多说了，希望你好好学习。

祝你

学习进步

父　杨秀知

1987 年 10 月 5 日

儿：

你好！

十月几号给你回信收到没有？没有收到已（也）没有问题。我旺（望）你十月二十几号来信，你的信没有来，我有点挂念你。目前你的钱用是不是还有？你的身体如何？学习如何？生活上是否一切都很好？我有些担心你。家里一切都好，全家老少身体都很好，一切不要挂念。自己好好学习，其他的一切不别（必）多说了，晚上 10 点钟了，我要修（休）息了。

另外麻代（袋）问题，（贵阳）有卖的没有？

祝你

学习进步

父　杨秀知

1987 年 11 月 23 号

儿：

　　你好！

　　你的来信于5号收到了。知道你的一切都很好，我很放心。得有一两个月时间没有通信，我心理（里）有点挂念你，由5号收到你的信和你的照片，我很高兴的。你问家里的一切事和大姐俊哥他们的一切，我告诉一下。家里收入今年初谷比去年少收一两千斤谷子。荒（蔬）菜，今年我们的白菜不多，现在松桃的菜，白菜每市斤2至3角，伏（胡）萝卜2.5—3角。我家的伏（胡）萝卜大开（概）有三千来斤，现在全部没有卖。红苔挖有三十来挑。油菜寨丙那两丘都种上了，现在正在耘秧薅苣很忙。到这12月底又要种洋芋了。家里的生产情况就是这样。

　　11月24给你的信收到没有？没有收到也没有多大问题，现只是还有一过（个）月时间才放假，你的身边现金问题，抱适（包括）回家的路费，还须（需）要多少，好帮你汇来。收到信后回过（个）信。

　　祝你

　　学习进步

父　杨秀知
1987年12月9日

儿：

　　你好！

　　你的来信于12月25号收到，看过信之后知道你的一切都很好，按成绩评得三等奖，我们老少都劝（欢）喜。不够（过）经济还没发到手，目前你另（零）用有点困难，那是小事情，这一点我心理（里）有点不愉快，于25号收信就马上帮你汇来50元钱。如收到这50元，奖金又发下来了，那你还要节约的用一点就是了。

　　另外我告诉你家中的情况。我们一个小组得有三过（个）多月电灯没亮了，现在正为这事，我们和云华联系，要点国家电灯了（那之前我们村一直是靠大队自己修的电站发电）。每一户需要80至90元钱的投资。二过（个）星期就亮了。家中又添买了一头不足两岁的水沙牛（指小水

157

母牛），花去了 700 多元，又加上正月要去帮二哥装香，又要 400—500 元，哥姐弟妹们要求要买电视机又是 300—400 元，所以家中经济方面有点困难。我才说叫你节约一点，就是这过（个）情况。你爹在家中又担心你在外边，又担心二哥和二姐的事情。现在家中的事又劳苦，原来你栽花的那一台的泥巴推去面（铺）大哥那一台屋基，我们自己四个（人）做了十天左右，一个活路没讨过。屋基活路完了，马上又要砍树子，要帮明年大哥立屋的木料全部备有。家中的事一切都好，你好好学习，不要挂念家中，话不多说，就此放笔，晚上 11 点了。

　　祝你

　　学习进步

父　杨秀知

1987 年 12 月 26 日

吾儿：

　　你好！

　　你的来信于 4 月 7 号才收到。由你出发那天雪很大，我心理（里）都有点担心你在路上的问题，收到信后我就放心了。

　　大姐回去的事我 5 号也去看过了。她回去的车子是由新马路回去的，那个司机是开过来加油的。俊哥步行也平安回到家，两个小孩以（也）很好。你放心，没别的事情。

　　另外家里面又增加一过（个）大喜事：大嫂 4 月 5 号又生了一个男孩了，你又多了一个娃娃叫叔叔了，这是一个大喜事吗（嘛）。

　　家理（里）一切都很好，老少身（体）健康，你不必担心家里一切。希旺（望）你多学习一点文化。不别（必）多说了，12 点钟了。

　　祝你进步

父　杨秀知

1988 年 4 月 9 日

儿：

　　你好！

　　你的二次来信于 4 月 17 号收到，你的第一封信是 3 月 5 号发出的，我 4 月 7 号才收到。4 月 9 号回你的信不知你收到没有？如没有收到也没有什么问题。收到二封信后知道你一切都很好，我也放心了。就是现金方面，你用在生活上的开支我是很高兴的。万一到一定的时间发生困难，来信告诉家里面，我给你汇来。

　　另外家里面的事情一切不要担心，秧子下好了，干田也打好了。现在黄瓜秧、番茄都栽好了。家里面的事情有我老的安排，你不必挂念。希旺（望）你好好学习，多学文化，今后是你的好处。

　　另有两个外甥都很乖，两个侄儿一个侄女也很乖。弟（第）二个侄儿名字叫杨正彪。我为老的，有到这样的好事心理（里）欢喜。说到这点，不必多讲了。

　　祝你进步

　　　　　　　　　　　　　　　　　　　　　　　父　杨秀知

　　　　　　　　　　　　　　　　　　　　　　　1988 年 4 月 19 日

吾儿：

　　你好！

　　你的来信于 28 号收到，14 号、22 号一连 2 封信当天收到，知道你一切都很好，我也放心了。

　　只是你的身体方面，我有些担心。你在校学习也要用心，身体也要保护，你身体好爹都放心了。那其他家里面的事你不别（必）担心了，有我安排。

　　家理（里）面的事我告诉你一下：哥、姐、弟、妹和侄儿侄女外甥外甥女，身体都很好，家理（里）面牲畜都很顺利没有其它问题。田全部栽上秧了，现在正在卖洋芋，松桃的洋芋卖 2 角 5 一市斤的，猪肉 2 元 2 角一市斤的，各样都很贵的。我想你到放假的时间回来一下吧！

　　另有（又）汇来 60 元钱，收到后回过（封）信，送我放心。

　　祝你进步

父　杨秀知

1988 年 5 月 30 日

儿:

　　你好!

　　你回学校已有一个多月了,一直到 10 月 8 号没有收到你的来信,我有点挂念你。在路上到学校一切情况都很好吧? 收到我的信后,把你的一切情况回信来告诉我一下我才得落心。

　　另外我把家里的一切告诉你一下:今年的粮食收入大减产,七月初八日下雨起,一直到八月初五日才晴。谷子收屋来全部生秧,到田理(里)面站起全部生秧,其余有些全部白穗子,有一部分没新收,有的人家种子都没有收回来。我家的谷子比去年减少 20 多挑。现在松桃的大米卖 7 元多 10 斤,猪肉卖 2.8—3 元一市斤的。这些粮食情况就是这样。

　　另有二哥的婚事今年过不成,要到明年古历 8—9 月去。大哥的房子日子落实到古历十月二十日立,现在正要备料。

　　全家老少身体都健康,不要担心我们,希旺(望)你好好学习。

　　祝你进步

父　杨秀知

1988 年 10 月 13 日

儿:

　　你好!

　　你回学校三个多月了,我只收到一封信(10 月 11 号那一封)。你 11 月 26 号来的信 31 号东方交我家来了。我旺(望)你来信,看了几次了。我拿到你的来信一看,我很高兴。你问家里的事,我告诉你一下:今年的伏(胡)萝卜没当(不大)好,因为这次天汗(旱)一个多月没有下雨了,什么菜都是泼水。松桃的菜现在伏(胡)萝卜卖 3 角一市斤,白菜卖 1.8 角一市斤,大米卖 8 角多一市斤,洪(红)苕卖 8—9 元一百市斤,猪肉卖 2 元 7、8 角一市斤。

160

另外还有家理（里）的事，大哥的屋是古历十月二十日的天（阳历11月26号）胜利立好，瓦也盖满了。只是用费花了现金900元以上。我家理（里）那头水牯以（已）卖了（726元），又买老韶那头水母牛（1046元）。所以家理（里）的经济有点困难，粮食一点不赶（敢）卖着，只有从猪和菜方面找点经济来源。

你的信中说要汇来60元钱，我级（及）时汇来，收到后回过（个）信，照由龙东方转交为好。话不多说了，就此亭（停）笔。

祝你进步

父　杨秀知
1988年12月2日

儿：

你好！

你5月3号的来信于14号收到了，知道你一切都很好，我也放心了。你问家中一切，我一项一项地告诉你。

家中的一切都很顺利，全家老少身体都很健康，生活没有问题，经济方面有点困难。大姐家的房子，古历2月24日已封好了，到我家借去300元。现在家中没有多大的菜卖，有一点菜只赚零用。现在松桃的大米7.8元十斤，猪肉2.3元一市斤，洋芋0.3元一市斤，阿沈（莴笋）0.3元一市斤。

今年春天我们松桃雨很多，田只有麦田了，（其他）全部打好，正在栽秧，很忙。关于灾情问题5月11号那晚上长兴区、乌罗区下冰雹，秧地、麦子、洋芋都打难（烂）了，我们松桃城边只是下大雨。

另有你回到校来的信收到了，你说没有别的事不别（必）写信了，我才没有给你回信。我希旺（望）你放假的时间要回到家里来吧。儿你信中说要寄六十元钱来，现在及时寄来了。你收到后回过（个）信吧，我才放心。晚了我要休息了。

祝你进步

父　杨秀知
1989年5月18日

儿：

　　你好！

　　你于 6 月 14 号反（返）校到现在有一过（个）多月时间了，没有给我写过信来。现在已放假时间很久了，你都不想回家吗？你爹在家每天都是担心你的，难到（道）你不想到爹的心事吗？你回校时代（带）那笔钱都用完了吗？你给杨五代（带）口信要我帮你汇三四十元钱来。现在松桃天气不好，已旱了二十多天了，一切作物都受了损失，经济方面有点困难，止（只）帮你寄来 30 元。你收到信和钱要能回家希旺（望）你回家一段时间。万一不能回家的话，回过（个）信，你在校一切的事，始（使）我得个放心。

　　家里的事你不要担心，我只希旺（望）你好好学习。

　　祝你学习进步

父　杨秀知

1989 年 7 月 19 日

儿：

　　你好！

　　你 7 月 29 号的来信收到了，知到（道）你的一切很好，我已放心那（了）。你 7 月 11 号代（带）送冉老师那封信已收到了，不必担心。关于下学期上学钱的问题，近（尽）量想发（法）给你寄来。

　　你问家理（里）经济方面的问题，为什么不紧张！二哥的婚事很快要到了。古历十月初二日，是阳历 10 月 30 号的天，只有 70 多天的时间了，要一两千元钱用。

　　今年种的那些辣子、洋辣子（西红柿）只收得一千三四百元，打汽油买农药和其它费用，用去 600 多元。古历 6 月 1 日起一直到现在都没有下过大雨，抽不到水的田，都干死完了。种的伏（胡）萝卜巳（也）不得生。白菜一天泼两次水。松桃的白菜 3 角一市斤，洋辣子 2.5 角一市斤，大米七八角一市斤，肉两块六七元一市斤。我家的初谷和去年差不多减产。

　　家里一切都很顺利，老少都很健康，两个牛都下小牛那（了）。另外你 6 月 14 号回学校后，又收到你们学校一封信，信说老师很关心学生，和家长一样爱护子女。现在我把那张信纸一起寄来给你看一下，过后保存好。毛线衣已打好了，杨五 20 号回校拿到他家理（里），他一起给你代（带）来。

钱暂时帮你寄壹佰圆来，到了 11 月份帮二哥的婚事过完后，再给你想发（法）寄来，希旺（望）你好好学习，不要考虑这样那样的事。现（在）将近只有一年时间了，家中再困难，都要想发（法）解决始（使）你按（安）心学习。千言万语只是一句话，在家听父母的话，在校要听老师的话。现在 16 号下午 5 点过了，要挑水泼菜去了。

祝你进步

父　杨秀知
1989 年 8 月 17 号

儿：

你好！

你回校快五个月了，你爹没有看到你一眼，心理（里）今（经）常是挂念到你的。前次你的信中说，实习满了，到二哥的结婚那天要回家一次。到那天没有见到你回来，为爹的心非常难过。我心想恐怕你的身边没有钱了，才不能回家。我只是担心这一点。二哥结婚那天是阳历 30 号，到 11 月 3 号我就马上给你来一封信汇来 60 元钱。到 11 月 5 号又收到 10 月 20 号的来信，知道你在学校很忙，学校不允许回家。这是关心你们学习，这是好事。

儿在信中问家里一切情况，我一一地告诉你一下。今年我们初谷比去年增产一千把斤。红苕现在没有挖，估计要增产过（个）一二十挑。蔬菜方面只是靠伏（胡）萝卜了，白菜现在松桃卖不脱，大米卖 6.8—7 元十斤。家理（里）面生活不成问题，只是经济有点空了。过事杀了两头猪，请了 30 多桌客，化（花）去现金 230 多元。目前这过（个）11 月 18 号大娘家仲国结婚，又是一个重礼。又有大姐家 12 月 24 号立屋请客，又是一过（个）重礼。家理（里）现在只有三头猪，还需买两个架子猪，又还要装一间新屋，又要一笔现金用。这几间（件）事情，需要几百元钱用才够。现在礼钱德（得）了300元钱花光了，德（得）1000多斤米，吃去400多斤，只有560斤了。只有卖这点粮食来用，才开销得出去。我儿，家里的事你不必担心，有我管理，你在校零用方面也要过得去才行，着重保护身体，身体是本钱。儿，信写到这里，不必多写了。千万希旺（望）你好好学习。

　　祝你进步

父　杨秀知

1989年11月6日

儿：

　　你好！

　　你11月11号的来信已经收到了，知道你在学校一切都好，我已（也）放心了。家里的事情你不别（必）担心，自有我按（安）排。只是家理（里）面经济有点困难，过事以后140多元钱买得个架子猪已经坏（死）了，又增加这三个大人情化（花）去了120多元。现在松桃白菜、萝卜巳（也）不好卖，只是卖1角钱一斤的，所以家中的经济有点困难。

　　大姐家请客日子是农历11月28日，那是阳历12月25日，已过去了。我们去的时候，做扁（匾）一张，又挂彩布又去了三丈多红布，又买7000多响火炮，我家我去五个：我、老富、二哥、珍英、冬园都去来。回来一天是我的58岁生日，我叫大姐他们一个都不要来，手边没有钱用，只买德（得）1斤白酒吃酒过去了。自己的家中开支很大，所以不赶（敢）乱用，照节约打算。

　　吾儿别的不说了，家理（里）的事说不完，简短说一点算了。我们全家老少身体都很好。只是大姐动结扎手术了，现在身体也很好，没有什么问题。现给你汇来40元钱，收到后，不够用时帮（向）同学借到点用。另外你帮珍英买毛线衣拉链白色的一定代（带）回来。放假时的粮票代（带）回来。信写到这点，不别（必）多说了。

　　另外你12月17号的来信于12月28号收到了。

　　祝你学习进步

父　杨秀知

1989年12月31日

儿:

  你好!

  你 2 月 19 号和 3 月 11 号的来信两封都收到了,知道你一切很好,我已(也)安心了。家里的事很顺利你不必挂念。关于梅英的事情,她还没有出发。等到过清明节后才走,这事你不必担心。只是家中的经济有点困难。只帮你汇来 80 元钱。出去玩的时候,个人知己(自己)小心点就是了。没有时间,简单写这几句,收到信和钱和出发的时候,给我回过(个)信就是了。

  今后钱有困难,在(再)给我写信,在(再)给你汇来。

  祝你进步

父　杨秀知

1990 年 3 月 30 日

儿:

  你好!

  你的来信两封都收到了,知道你一切都很好,我已(也)放心了。关于家中的事一切都很顺利,全家身体很健康,你不必担心家中的事情。我只希旺(望)你毕业后分到一个好单位,我就高兴了。只是钱的方面,我已(也)知道,你以(也)要用完了。现在家中经济也有点困难,只有帮你汇来 50 元,今后再想发(法)。

  关于梅英她们还没有走的事情我告诉你一下。这事是泽政表哥家房子问题,原来屋基两间姓文的包建修三楼一底,现在只修二楼一底,所以泽政表哥家不伏(服),告到铜仁法院。现在官司还没有打好,所以凤英和梅英没有出发,才延长到现在。可能要到农历五月份才走去了。

  信写到这点,活路很忙,不必多写了。

  祝你进步

父　杨秀知

1990 年 5 月 7 日

儿:

　　你好!

　　你的来信6月1号收到了,知道你的一切都好,我就放心了。再有一个多月时间,就毕业分配工作了,我很是高兴的。

　　关于钱的事,现在就帮你汇70元来,给你的信都是快信。收到信和钱,就不必回信了。希旺(望)你安心学习,不必挂念家里,家里一切都很好,一切很顺利,全家老少身体都很健康。

　　另外我有一回到东方家去玩一次,东方说,他父亲对他说过,再辉这个人很老实,是教育局分他来,我们要收他,这是他的话。儿你到铜仁来分,我看由你的要求,到那(哪)点都好。信不多写了,再有1个多月时间就到本地方来了。

　　祝你进步

父　杨秀知

1990 年 6 月 6 日

……

16

　　父亲第一次来看二姐的时候,我还在黔北的乌江边上。父亲挑着两只编织袋,一个人找到无锡。

　　但父亲还是放不下家里,放不下鸡鸭猪牛、山林土地、二哥弟弟和还在家里的三妹小妹。父亲只在二姐家住了一个星期。

　　回去的火车,父亲还是站票——来的时候是因为没有买到座位,回去时买到了,但有人说座位是别人的,找来列车员,列车员就把父亲叫起来。父亲就只好坐在过道上了。

　　父亲在火车上,守着两只编织袋,弓腰曲背三十多个小时才到家。回到家,父亲很高兴,就只是觉得路远,车费太贵了——

　　"眼睁睁地看着大把大把的钱掏给人家,心里硬是舍不得得很!"

　　"妈那个私的,坐他个火车,咋个得啷个贵嘛!?"

　　怀化到上海的火车票那时是六十几元,这还只是硬座。但六十几元,

166

差不多已经是农村人家半头猪的价钱了。

父亲第二次是和宣明大舅一起来。我带他们去看了大运河、杭州西湖和岳王庙。

这年夏天，父亲又来看我们。父亲挑着山核桃和他亲手熏的腊肉。紧实而富有光泽的古铜色皮肤，短短的展现着不屈与倔强的发茬，瘦瘦精精钢筋弹簧般蓄积着使用不尽生机的躯体。父亲挑着编织袋，一路上步履生风。

父亲带着大哥的儿子一起来。两个人先找到学校，我不在，他们自己做饭吃。身上的钱用完了，就把我抽屉里的零钱找出来，一个硬币一个硬币地省着花……这样过着，等着。等了有一个星期的样子，听说我出远门了，一时半会回不来，才又买车票去无锡找二姐小妹和三妹。上路之前，父亲给我留了封信——

儿：你好，8月2号我到你学校你又回家去，我晓得得一年多没看见爹心里有点担心爹，你的意思怕爹到屋里出不幸的事。实际上爹7月20号来电报，21号由松桃就出发了，那（哪）晓得不由人想，到怀化4点半钟下车一看通告火车客运停十天，18号到28号才通车，当天7点半才坐车又回去到屋天刚亮。到30号又才由松桃出发，到怀化6点，买车票31号9点25分才上车，2号到你们学校，11点过到学校门口，一问你的名字，你灶房过来那个男的老师，代（带）我到注（住）房，你没在家了，他帮忙想法把（打）开门，注（住）宿门开了，到灶房一看，又想法开灶房的门，几位老师才说几天没看见你了，我又才到邮电局打电报到无锡，埃（挨）你灶房的那位老师喊我到她家吃早饭。到4号你妹打[电]话来说你没到无锡。有的老师说你到同学[那里]玩去了到9号10号你要回来，我想等到10号才过无锡。8号的天心想写封信回家，去交信回到学校门口，那位老师对我说你回贵州去了要11、12号才回来。我9号7点钟坐车过无锡。身边现金有点困难，你衣服合（荷）包有8.2元我拿买菜用了，你箱子里面有两张大的（100元——原注）我代（带）了一张走，牙膏代（带）1支肥皂代（带）1块走。两样（箱）啤酒我吃了几瓶我代（带）的东西腊肉挂得一点到宿（厨）房，花生有点大哥买的黑（核）桃留得点你11、12号回到学校过无锡来和爹见一面把（吧）。

167

到 26 号爹要返回家那（了）……

半个月后，我回来了，他们从无锡赶过来。我带他们去看湖，看桑地。在运河的支流，有人用拦网捕鱼，网从这边拉到对岸。人守在河坎上。运河上，船不是很多，水也干净。一批船过来，渔网远远地就沉下去，船过去了，捕鱼人启动机器，将网拉起来。每一次拉网，里面都是清水淋漓，鳞光闪闪，鱼虾乱跳。

我们坐在岸边，看起起落落的渔网，看往来的船。走的时候，我们买了一条刚捕上来的最大的白鲢。白鲢有四斤多重，抱在手里活蹦乱跳。我们将鱼去鳞、剖腹、切块，放上生姜、黄酒、红辣椒，煮了满满一大盆。

我们在厨房里，就着简易的折叠桌子吃饭。父亲喝一口酒，吃一筷子鱼，吃一筷子鱼，喝一口酒，古铜色的额头、脖子和胸膛上大颗大颗的汗水。"从来没嗦过这么好嗦的鱼！"父亲感叹。侄儿也是满头满脸的汗水。我看着他们，满心满怀的轻松和放心——有父亲在，有父亲罩着，还担心什么？还有什么坎坎和险滩闯不过去?！

父亲一直都对帮过他的两个老师念念不忘。

"那个老师，长得胖胖的那个男的，姓什么？教什么课？现在还在学校么？"

"还有那个个子高高的女老师呢？她男人好像不大爱说话。"

"还好有得他们帮，要不然连个住的地方都不得。妈那个私的，天远八路地来，哪个晓得你又跑出去嘛！"

我也一直没有忘记他们。那个女老师，后来搬家，夫妻俩找了部车，自己动手。我下课回来看见了，上去帮着抬桌子搬行李，一直到粗重的东西全部装上车，才去忙自己的事情。那天，我忙得满头满脸的汗水，浑身上下灰不溜秋像个小工。夫妻俩很过意不去，给我拿毛巾擦，给我买饮料喝。隔壁的老师们来来往往，也都奇怪地看我。这样地尽心尽力，这样地巴心巴意，这样地心甘情愿。估计是女老师自己，也不会想到个中的真实原因。

每次父亲来，都是匆匆又赶回去。父亲不属于外面，父亲的世界在岩脑壳、载阳坝——这些地方他一生足迹所驻，每一寸土、每一把泥都浸透

168

了他的汗水，这些地方已经和他的整个人，和他的生命深深地植根在了一起。

在二姐家没有事情做的时候，父亲就将闲置不用的镰刀锄头找出来，在石头上磨，磨光磨亮磨锋利。然后去割草砍荆棘，割的草和荆棘在地里晒干了，捆回家给二姐他们做柴火。

父亲离不开农具，离不开土地，手上有了农具，人就神清气爽。不能触摸自己家的锄头镰刀，能够摸摸二姐家的也好；看不到载阳坝，去二姐家的地里走走也是一种安慰。

父亲已经六十几岁，我以为父亲永远都会是这个样子，我以为父亲永远都不会老。我以为父亲和岩脑壳一样，无论任何时候，无论任何季节，都在那里，不会变，也不会走；不会多，也不会少一点。

17

很长一段时间，我近乎着魔般的迷恋"宁做他乡鬼，不做故乡人""孤舟一叶任自流""我不下地狱谁下地狱"这些偏激执着的字眼。我向往那样一种漂泊异乡执着自由的生命形态。我总觉得眼下的生活还不是我所要的，我要的生活还没有到来。一个声音在前面呼唤着我，向前，向前，向前！

大学的四年我住过三间寝室：508、318、219。219寝室住了八个人：赵、刘、吴、龙、雷、付、侯，还有一个就是我。

我很喜欢书，我们都喜欢书——爱读书，也爱买书。我们寝室里的人都喜欢书——赵、刘偏向音乐和文学评论，雷、付爱书法和武侠小说，吴、龙爱哲学和美学，而我则更倾向小说、诗歌。我们的书都是从图书馆里借来的，从特价书店买来的，从别的同学那里转来的——两本我至今仍然记忆犹新的《傅雷家书》《美的历程》就是最初从吴那里借来读的。

我平时去得最多的是书店和阅览室。还有一个地方就是学校后山。学校的后山漫山遍野都是槐树，每年四五月间，槐树花开，叶的新绿和花的青白覆盖山野，馥郁的花香溢满了校园。冬天来临，满山的树林又只剩下一片赤裸的黑色的枝丫，远远望过去像是一抹抹淡紫的青烟。

山上的槐树林是学校里那些渴望孤独、渴望思想而又找不到出路的学子的乐园。在那些树上点满翠翠的新绿，空气明净得如同过滤过的春日的周末，在那些秋风渐起、叶黄草枯、和煦的阳光温柔地洒满茸茸的林间草地的秋日的午后，我总是带着笔和日记，还有朱光潜的《西方美学史》和拜伦的《恰尔德·哈洛尔德游记》，来到林中，一个人悄悄地读，悄悄地想。那些时候，我总是彻底地忘记了生活中的所有不顺心，一任午后那抹蜜色的阳光温暖地洒在身上。

大学四年，我几乎每顿都吃最便宜的饭菜，一个月里差不多有一半的日子都要靠吃馒头蘸辣椒酱度日。学校发下来的那点有限的生活费相当一部分都被我省下来买书了，我喜欢书，但我没有多余的钱买书，于是我就只有从自己的生活费中一点一点地省。我的身体一直营养不良，但我内心很充实。

大学毕业，我成了一名中学教师，在别的同事和同学都在忙着存钱准备营造小家庭的时候，我依然常常一个人在外面走，附近的乡镇和江边，寒暑假则去更远的地方。到了浙江，一切仍旧是如此。

但父亲却不这样想，父亲有父亲的操心——

儿：你好！你来信和300元钱9月5号收到，现正在收谷子很忙没有及时回你的信。你离开家一个多月时间，爹时时卦（挂）念你的事情。看你的婚事来，你爹的内心很是难过的。儿，你今年古历10月份30岁人那（了），还等到那（哪）个时间？有人介绍适当的订下来那（了）。落实好订准好，给我寄张照片来，我得过（个）落心。四兄弟你还是一个单身汗（汉），叫爹心理（里）怎么不担心呢。

……

父亲也只剩下对我的牵挂了，但我，已经在岁月里走得越来越远。

那年在无锡，我带着父亲和宣民大舅，我买火车票，找候车室，楼上楼下奔波。父亲看着我，又是自豪又是感叹："坐个火车也有这么多的讲究——妈拉个私的！也只有他才摸得清楚了！"在他眼睛里，我走南闯北，已经锤炼得无所不知、所向无敌。

父亲在我的这种坚持和寻觅中一天天地朝着老年靠近。

最后那年回去，父亲带我去山上看给太公太婆、爷爷奶奶和母亲立的墓碑。父亲背着两岁的侄儿，出门时，想了想，又去找出割草的镰刀。那把镰刀，木柄已经被摸得溜光圆滑，刀口也已经磨得只剩下亮晃晃的窄窄的一小片。

从父亲握镰刀的手，我望到他的脸，牙齿——父亲的牙齿，那曾经结实得能嚼碎黄豆咬开酒瓶的一口牙齿，现在出现了令人痛心的缺口。

父亲很瘦，头颈只剩下细细的一握，完全是皮包骨了。在过田坎边的一道水渠时，抬了几次腿，才迈过去。

每次回家，出门赶车，父亲都送我；七八里路，父亲背着行李送我到车站。天没亮，寨子沉浸在睡梦里。公路如灰色的蟒蛇，从大桥边起，沿着波光粼粼的河流起伏蜿蜒。父亲背着我的行李，一路上不停地说。家常、收成、生活里的人和事……父亲就这样一路说，我也就一路听。到了车站，人家还没上班，只有两个卖面条、卖油炸粑粑的小摊，在没睡醒似的昏黄的路灯下飘散着油香和水汽。

父亲背着行李，"要买个油香粑嘛不？"我说不用。早餐已经在家里吃好了，鸡才叫第二遍，父亲就起来给我烧洗脸水，热饭菜。

等到司机来了，车子启动了，父亲隔着车窗，站在外面望我。"下回学校放假了再转来！"父亲脸凑近窗玻璃，嘱咐我。

清秋的早晨，天还不是十分凉，但是父亲已经穿上了长衣长裤。父亲立在车窗外，立在晨风里，背上是空空的背篓。父亲望着我。

父亲老了，以前的那个挑着两担出田谷子赤脚走得虎虎生风的身强力壮的父亲已经一去不复返了。父亲像他手里的镰刀，老了，薄了，被岁月磨得只剩下窄窄的一小片了。

在家里的时候，我对父亲说，爹，这次去，我可能要几年才回来了，妹她们的事情都已完毕，我也要考虑自己的事情了……

"崴，你是应该考虑了，过了这个年你就要三十岁了！看看有合适的，就找一个，莫要挑选人家！"

"爹，这一去，离得远了，不比以前在贵阳，你要有点什么事，我不一定赶得回来……"

"这个我晓得，该准备的我都准备得有了：寿材，老衣，老鞋，阴被……到时候你走得开，回来看爹一眼，走不开，也就算了，爹是老去的人了，要以你们的工作为重……"

这时候是 1997 年。这之后，过了两年，我才又见到父亲。然后是又过了两年——2001 年。等到 2002 年，我再见到父亲的时候，就已经只是他的灵柩了……

三春草木长发芽，日晒和风散白花；
借问此花何处至，不知春去落谁家。

叹此花，真可好，朵朵解花登坛绕；
说到山茶已不绯，又有梅花伴雪开。

牡丹芍药开方鲜，此是今宵真可好；
今持若花献世尊，资荐逝者早升天。

闻说地狱也有音，铁门不许透风尘；
擎叉执斧牛头鬼，背剑担枪马面身。

牛头马无人义面，鸟嘴鱼鳃剥面皮；
不问亲疏并贵贱，只报当头追山离。

叹此者，入黄泉；黄泉路上苦万千；
独自独行无伴侣，亲儿亲女在那边。

叹声苦楚泪涟涟，鬼卒相逢要纸钱；
自作自受千般苦，专望家中修善缘。
……

切切锵！

切切锵！

切锵！切锵！切切锵——

今生前世

1

寨子里的二妈妈，说父亲是个有福气的人。

"你爹这一辈子，把崽女都拉扯大，把几个老人的事情都料理清楚了才走。"

"像你爹这样的人，现在真的是越来越少了！"

二妈妈说的几个老人，不是爷爷奶奶，爷爷奶奶去世的时候，父亲才嫩芽芽似的一点点。二妈妈说的应该是我的小爷爷小奶奶和南门上的寄婆寄公。

二妈妈说的可能还包括龙满。

龙满是生产队长，又是大哥的寄爷（干爹）。

但龙满和父亲翻过脸。

那年冬天落大雪，山上好多树都压断了。雪停，大家都上山去捡柴。龙满找到岩脑壳来，要大家把捡的柴交出来，说是公家的。

"群众捡点断树丫丫，总可以吧!?"

"要不得，集体的东西！"

"是雪压断的么！"

"雪压断的也要不得！要上交！"

"交？交到哪里去？交给哪个?!"

"交到队上，下回烧砖烧瓦……"

起先两个人还好好地说，说到后来龙满说："要喊公社领导来处理！要开斗争会！"

父亲一听就火了："喊，喊，喊！你去喊！"

"开斗争会？斗争我个卵子！几根树丫丫，交什么交？不交！"

话到这个份上，自然便没法再商量了，龙满立起来，勾着脑壳往外面走。弟弟追到门口，举起木头手枪，眯起眼睛朝他屁股瞄准，"叭！""叭！"，嘴巴里很大声地开枪，大家都哄笑。遇到平时，龙满肯定是要转回来，矮下身子，作势来扒弟弟的裤子。但今天他没有，他袖着手，勾着脑壳，出去了。

龙满自己没有孩子，但他喜欢孩子。上下寨子，苗族汉族，没有哪个娃娃他不熟。我们聚在村口，可着嗓子争着吵着，像一群叽叽喳喳的麻雀。龙满路过，不作声不作气，悄悄走拢来，抓住一个的裤子就朝下撸，一撸就撸到了脚后跟，屁股啊腿啊全露出来。遭了袭击的孩子慌不迭地往上提裤子，抬头一看是他，驼着腰子骂："龙满——"

我们作鸟兽散，逃到一个安全距离，排成一排，喊口号一样地喊：

"龙满，吃姜杆杆，拉得一仓楼板——"

"龙满，吃姜杆杆，拉得一仓楼板——"

龙满笑眯眯地，转过身作势又要来抓。没有抓住，一个个泥鳅似的溜走了。龙满刚转身要走，大家又吵着喊着，一群小狗似的咬着不放："龙满，吃姜杆杆，拉得一仓楼板——"

龙满每次来我家，都要皱着鼻梁，像狗一样东嗅西嗅：

"不要来得早，只要来得好！"

"不要来得早，只要来得巧！"

嘴里念念有词。碰上红薯吃红薯，碰上面条吃面条，碰上了腊肉老酒呢，还跟父亲对喝一盅。

有时候来，正碰上母亲用竹条子打我。龙满看见了，顿时就眉开眼笑摩拳擦掌。

"要得！硬是要得！不打皮子紧，要打才松和——我看松和了没有？"

从母亲手里拉过我，扒下裤子，在屁股蛋上"啪啪啪"拍几下："嗯，松和了，松和了！我看不用打了！"这样母亲自然也就笑着不好再打了。后来每次再做了错事被母亲打，我就盼着龙满快点来。

有孩子的寨子，就像有鱼虾的溪沟，有鸟雀的山林。吃过夜饭，我们在大人身边钻进钻出，在牛圈屋楼上、柴草堆里、门背后，躲猫猫捉迷藏。白天，我们舞着竹剑木刀追追杀杀，鸡飞狗跳。大人们看见了，就骂："搽！搽！搽！搽个死！看吃亏了又要来哭！"

好像下了咒符似的，话音才落，天宝大大家的玛文就踩着青苔，"哧溜"一声，滑出去几多远。刀跌落了，人也磕了，爬起来，两手的泥水，脑门上乌青一块。乌青的地方眼看着就鼓突起来，长出了角。玛文汪着两泡眼泪，嘴角一咧一咧要哭出来。龙满拉起"好汉"，"呸呸"手心唾两口，给揉额头的青包，一边揉一边嘴里念："高山趑好汉！平地趑嫩牛！高山趑好汉！平地趑嫩牛！"玛文也就破涕为笑，眼泪还挂在脸腮上，又舞着竹刀木刀追着赶着去了……

但那天龙满可没有笑，事情就有些严重了呢！要汇报？要处理？要开斗争会？大家都担心地朝父亲看。父亲梗着脖子，翻着脸。

龙满走了，大家等着他去汇报，等着看事情怎样发落。但第二天公社没来人，第三天也没来人……到第五天，龙满自己来了——那天，父亲和巴胜大叔、老爷岩三叔，三个人在簸箩屯，计划把山上那些被雪压折主干，眼看活不成了的树放倒，烧炭卖，给生产队积点资金。龙满找到簸箩屯，"搞点哪样嘛？"袖着手，东看看，西看看，"要得！我看这样要得！卖点钱，开春了队里买农药买化肥……"

我们生产队，一半是苗族，一半是汉族。队长一直都是龙满。龙满当队长最骇人的事情是炸老爷岩上的火焰包。不是光嘴巴里说，是真的炸，雷管、炸药、导火索……动用的炸药，有说是三十公斤的，有说是五十公斤的，反正都没见到过公社的原始记录，用了多少，谁也说不清。

炸火焰包，先把大家召集起来开会。"看看这个问题咋个搞法，大家群众研究一下！"龙满宣布了要讨论的问题，然后就袖着手，两只皱纹堆里的眼睛半睁半闭，在角落里抽烟。龙满的竹烟锅随身带，一尺多长，装着黄灿灿的铜斗铜嘴。烟杆和烟嘴都溜光圆滑的，装烟叶子的袋是牛卵蛋包。队上有牛滚岩山，剥牛皮的时候，龙满把卵袋剥下来，阴干，硝好，然后用针缝。阴干了的牛卵子还是牛卵子，只是缩了，只有鹅蛋大，皱皱巴巴的样子和龙满核桃壳般的脸有得一比。龙满的烟杆不像三舅那样挂在屁股后，他是别在腰里。

开会，一盏煤油灯挂在壁头上，大家四下里散散落落蹲着坐着。该研究了呢，再不研究不是个事情了呢，总不能眼睁睁看着对门河一次又一次烧吧！两年一个满门闯，三年一个顶上光，是咒人屋里出花子烧房子，骂人话呢！

对门河是个大寨子，几乎年年都有火灾发生。最大的一次是在今年春上，风助火势，火借风威，一顿饭的工夫就烧了差不多半个寨子。有人说这就是火焰包作的怪。火焰包是几块上千上万斤的大石头，横七竖八地堆在载阳坝东边老爷岩坡顶上，黑乎乎的，像我们放牛时烧红薯烤苞谷剩下来的木炭。火焰包，火焰包，不是存火种的么？不是放火的么？对门河云落屯寨子正对着火焰包，不烧才怪卵咧！

不过也有人说作怪的不是老爷岩上的石头，而是四方土的那眼窑。四方土的窑是队上唯一的窑，不烧砖，只烧瓦。烧出的瓦不卖，按人头每家每户分。连生家二十块，冬拐家三十块，天宝家人多，四个劳动力，分四十块……分到的瓦，大家挑回去，码在屋檐下，到盖新房就派用场了。冬拐！你那瓦，先借给我用，等年底分了，我还你。连生！我那房子还差个几块瓦，你那个先给我……有的人家十年、二十年不盖房，那瓦也就十年、二十年堆在那里长青苔，让老鼠做窝，让鸡钻进去生蛋。

说对门河烧房子是瓦窑作怪的不是别人，是根安。窑是做哪样的？是烧的不是?！什么时候烧？装满了就烧不是?！对门河那边的人家除非房子一直不修好，不盖瓦不装木壁，就那样破窿烂壁——不然，肯定烧！大家一想，狗日的，对着呢！可不是，烧了好几回，每回都是烧了又造，造了又烧。可不是和个瓦窑一样的?！大家看看瓦窑，看对门河寨子，不看不打紧，一看禁不住头皮发麻。一眼窑门正正地对着人家寨子呢！硬是一分一毫都不差！

社员们研究得很认真，有主张炸火焰包的，有主张封了窑的，还有人主张不炸也不封——"烧他个卵的，又不是我们寨子，人家都不急，我们急个卵?！"哪个年轻人在角落里小声嘀咕。龙满还是半开半闭着眼睛，吧嗒烟杆。到根安讲起窑门的时候，龙满眼睛才睁开来，瞅了根安一眼，又瞅了根安一眼。根安家在老爷岩半山腰，他说坡顶上那几块石头，是风水——风水呀，聚财呀，全响水坳寨子就指靠它吃饭呀！根安平时这样说，当然现在根安不说风水，根安现在说窑门。但龙满眼睛一看过来，根安就闭上了嘴巴。

看看大家讨论得差不多了，龙满才把嘴里的烟杆拿下来，"呼呼"吹两下，在鞋底上磕磕，别在腰带上——"大家都研究停当了？那就这样决定，后天大家都带上钢钎、铁锤、羊角锄，上老爷岩！雷管，炸药，导火索，我负责去公社领！"

上老爷岩，总不能说是去炸火焰包吧！那可是封建迷信，搞不好领不到炸药雷管不说，还会挨一顿刮鼻子。这个，龙满早就有了主意——生产队社屋前的坎子，今年春上一场大雨，垮下去了不少，再不整点岩头砌起来，到明年就晒不成谷子了。上老爷岩，打石头砌晒坝！

其实在开会之前，龙满就已经和父亲研究过了。"炸么？""炸！""放在哪个时候？""等红薯收了，空闲的时候。"等到真的要召集社员开会，父亲又有点动摇了。"几块岩头在那山顶上，祖祖辈辈都不去动它，到我们手上动，会不会有哪样不好？""有再大的不好，也由我来背，我多背点少背点反正也没得关系……"龙满捅烟杆，磕烟灰。

话到这个份上，都不好再说什么了。两个人默默地抽烟。窗外黑黢黢的夜里，哪家的狗在叫，哪家的娃娃在哭；牛在圈栏里反刍，母亲在火坑边纳鞋底，麻线拉得"窸窣窸窣"响。

龙满以前长年靠给地主扛活过日子。田无一丘，地无一角，定成分的时候，别人是中农，贫农，他贫农都不是，直接是雇农。生产队的仓库屋檐下，用竹篝围起来，中间夹层苞谷秆，里面摆床，外面砌灶，灶台上几个碗，两双筷子，这就是他的家了。

"赶农闲，去山林里砍两根树，把房子立起来！"父亲说。

"立哪样?!"手里的铁钳在火坑里捅，捅得燃烧的树根溅起火星，"崽女都没得个，立来哪个受用？——不立！"

"房子没人受，你不治，那生产队的事情，你又咋个这样上心？"

"这个不一样！"停停，又说，"这个不一样，不是一回事！"

哪里不一样了，龙满却又不说。火坑边上熰着熏腊肉的稻草，稻草里有几线没有打干净的稻穗。龙满把稻穗抽出来，放在手里慢慢搓，搓出谷粒，放在手上吹，吹干净，放在桌子上。

龙满的屋头一直没有生育。前几年瘫了动不得，天天坐在门口，看过往的人。每次看见母亲，就要哭鼻子抹泪："阿雅哦！你命好噢，儿女成群咧……"

炸岩山那天，父亲和老爷岩三叔带着生产队的全部劳动力，凿炮眼，灌炸药。龙满提着哪里翻出来的破铜锣，后面跟着一群叽叽喳喳的孩子，像个正月里舞龙灯的队伍，每个寨子，每个路口去喊。

"放炮了——炸岩了——"龙满"铛铛铛"地敲锣。

"大家群众注意到点！跑远点！"孩子们可着嗓子喊。

"没有事情的——"

"不要到岩山脚来！"

"铛！铛——铛——"

"放炮了——炸岩了——"

"大家群众注意到点！跑远点——"

"没有事情的——"

"不要到岩山脚来——"

"铛！铛！铛——"

村口喊了，路口喊了，又爬到老爷岩去喊。老爷岩去喊的时候，龙满就不让我们上去了。他像只抱蛋的老母鸡，抟挲着两只臂膀，"去去去！都给我找猫洞洞狗洞洞躲起来！"

"找不到猫洞洞狗洞洞呢？"

"找不到猫洞洞狗洞洞，就钻到磨眼里去！"

"龙满大公，磨眼也找不到呢？"天宝大大家的玛文，偏着脑壳问。

可不是，又是炸药，又是雷管。炸药已经灌在炮眼里，雷管也装进去了，只剩短短的一截导火索露在口子上，是危险呢！

通常到老爷岩上喊过之后，就是真的要放炮了。先是贝林哥挥着小红旗站在岩山高处："放岩炮了！放岩炮了！远处的人不要走近了！近处的人快点找地方躲起来——"

喊过五六七八遍，红旗挥了几挥，然后是哨子响。"喔！"一声一声响得尖锐、疹人。哨子响过，就看见几个人猫着身子从山顶往半山腰跑，后面升起几缕若隐若现的青烟。然后就是死一般的静寂，就连寨子里的鸡和狗都噤声了。一、二、三……捂着耳朵，数到第九、第十的时候，就看见一股巨浪裹挟着泥土、碎石和烟气自山顶腾空飞起，然后才是"轰隆"的一声。紧接着又是巨浪，又是"轰隆"……这样连续飞了响了七八次，才看见躲在山腰的人钻出来，朝硝烟弥漫的山上跑。

"好了！好了！我听出是五炮！是五炮！" "是九炮，明明就是九炮嘛！"我们从草树下，从岩洞脚跑出来，欢呼雀跃。

龙满没有活到土地下户——大概是他死后的第二年，生产队里的田土、山林、耕牛才逐渐地分归各家各户——也亏得他死了，如果看到自己巴心巴意经营的生产队解散，再不能像对待崽女那样天天去看视队里的庄稼、耕牛和山林了——他该怎么过!?

龙满在死前两年，就已经非常虚弱了；瘫子老婆已经死了，龙满一个人住在仓房边的棚子里。大家照顾他，不让他再去干活，连牛都不要他去放。可是他空不下来。大家在坝上挖土他跟到坝上，在沟里栽秧他跟到沟里。拄着树枝，一步一喘，三步一歇。走到了，坐在田埂上，望着大家，望着眼前新翻的土地。望着望着，就俯下身，抓起一把土，在手里捻，又举到眼睛下去看，再捻捻，再举到眼睛下去看，最后还两根手指撮起一点泥，放到嘴巴里去尝……

送完龙满回来，父亲好几天都不说话，父亲从扳鹰咀砍来竹子，编背篓，编撮箕。父亲编了好多好多的背篓和撮箕。

2

龙满的时候，也正是"半边楼"的时候。

在生产队晒谷场下的公路边上，有一幢孤零零的瓦房。附近没有人家，只有竹林、白杨和两棵核桃树。房子总共就两间，一边是"医疗站"，一边是"代销点"。门柱上的白底红字木牌，日晒雨淋，油漆已经剥落，壁板也无法分辨出原来的纹理。不高大的房子，在岁月里，显得矮小陈旧而且灰头土脸。

但它就一直这样，蛰伏在公路边，蛰伏在日子里，蛰伏在大家的心窝深处。

代销点里女的每天同下地的社员一样，守一天店，记一天工分。姓贺，贺龙的贺，大家叫她贺老师，县城北面花溪贺家湾人，生得高高挺挺，白白净净，柔眉顺眼，见了谁都抿着嘴笑。男的是大沟苗寨子的龙老师，民办教师，上过中学，平时双手背在后面，腰背笔挺笔挺。夫妻俩说话轻声细气，相敬如宾，举案齐眉。唯一美中不足的是，三十多岁了，结婚也十来年，却一直没有生育。

上小学的第一天，男的给我们上课，先用粉笔头在黑板上很用力地写了一个"1"字，"应该是这样写——一竖下来！要直！像人一样站得正！""不能这样写！"又在它的旁边斜斜地写了一个——"这样站没站样就不好看了！"

下了课，男的去店里，就着木板搭起来的简易柜台，两个人吃中饭。饭菜炒在一起，早上从家里带来，盛在一口大钵子里。两个人一人一碗，分着吃。平常日子，男的教书，女的看店。男的有事情了，女的会来帮着代课；女的头痛脑热，男的上了课就去守店。两处隔得不远，很方便。

店天晴落雨都开在那里，买点油盐酱醋，大人亲自来；缺点针头线脑，分派三岁孩子来。女的备齐需要的东西，灌好酱油，用一块乌黑的毛巾把瓶口揩干净，再三地叮嘱："毛弟——路上跑慢点，莫打翻了咧！"跑出了好远，转过头去，女的还笑盈盈地倚在门边看。

半边楼实在是个少不得的地方。响水坳、枇杷塘、红岩洞、太平营……一路上去几十个苗寨汉寨。赶场天，大家进城去，进城来，卖鸡蛋，买油盐，中途都在这里歇脚打尖。这一天，两个人会早早地在店门口摆出一只木桶来，木桶里泡着从山上采来的树叶，味道有点苦涩，但喝下去同茶水一样解渴解乏。木桶里放把水瓢，随到随喝，随喝随有。水不够，再烧再加。过路人，男女老少，苗族汉族，台阶上、院坝里、公路边，坐着蹲着，谈农事，摆龙门阵。喝过水，歇过脚，打声招呼，背背篓，挑担子，继续赶路。

柜台上的几只玻璃罐，永远装有水果糖。买上两分钱的，剥开来，塞在嘴里，一直甜到你心坎里去。那一小片花花绿绿的糖纸，可舍不得扔，折五角星，折飞机，几多的乐趣。柜台下几个大坛子，装醋，装酒，装酱油。另外还有一个坛子摆在门背后，装煤油。靠墙的木头架子上，摆盐、白糖，还有肥皂针线、纽子搭扣……如果哪天朝公路一面的几块壁板没有揭开来，一扇松木门落着锁，大家掌心握着几个硬币，手里拎着酱油瓶，"噢！今天龙老师他屋头不在！"几多的失落，几多的不习惯。

然而有一天代销点是真的关门了，而且从那之后一直都落着锁。

先是那之前，有一天男的没来给我们上课。男的把女的给杀了，从家里来学校的山路上。一颗那样好看、那样温顺、那样腼腆的头颅被砸得血肉模糊。人们赶拢时，女的已经抬往大队晒谷场。担架上的女的，长发飘散，血污血紫，喉咙里发出"噗噗噗"的声音，完全不是我们喜欢的那个细声细气叫着"毛弟""伯妈"的贺老师了。

男的杀了女的，就去公安局投案："我杀人了！"到公安局的第一句话男的就说。"我把我屋头杀了——我们结婚都十多年了，没有个半男只女。我们要离婚，我们又都舍不得，我只好把她给杀了，把她杀了，我也不活了，我给她抵命……"男的立在办案人员的跟前，低着头，挺直的腰背委顿下来。

案子出来，是龙满，到处奔走：先是邀附近其他几个生产队的人，去女方娘家寨子，讲好话，赔礼道歉；又联合两边的家属群众到法庭上去保男的……男的后来判了无期徒刑，到后来又减刑释放。

不过他这时候学了理发的手艺，愿意一辈子在监狱里理发，已经不想出来了。

<h2 style="text-align:center">3</h2>

南门上的寄婆，是父亲的干妈。其实开始，过继给寄婆的不是父亲，而是父亲的堂弟，我小爷爷的儿子。后来小爷爷的儿子死了，小爷爷小奶奶也死了，两个堂姑姑出嫁，父亲才接下这门拜寄亲。

爷爷奶奶走得早，我的外公外婆也很早就过世了，父亲没有亲识的老人，父亲把寄婆当成自己的妈，逢年过节都要上门去看看，过生做寿也背着礼物去庆贺道喜。

父亲每隔一段时间就要去寄婆家，心宽了，心焦了，高兴了，忧伤了，和母亲怄气了，家道艰难了——父亲喊寄婆带一个"妈"字：

"寄妈，今年年成又不好，上下寨子的猪都发瘟，上一场我家那两头架子猪也坏了。"

"噢，贱，过日子么，好比是行船，总有顺水逆水……"

"寄妈，我老三考上大学了!"

"好么! 好么! 前面老人家积得有德，在后代身上来显现! 满街上的娃娃也才考上那么几个，贱，你今后有福享了……"

"寄妈! 大姑娘走了，二姑娘走了，这回第三和第四的也走了……"

"噢，贱! 姑娘大了，迟早是人家的人! 当爹当妈，不就盼望着崽女长大这天么?!"

"寄妈，我只是想，他们小的时候，我总担心不得长大成人，等他们一个个大了，又都像雀雀离开窠窠飞走了……"

"贱——! 崽女大了，总不由人……"

父亲坐在寄婆面前，皮皮糙糙的手在脸上抹了一把，又抹了一把。

父亲把寄婆当成自己的母亲，有心事了就去找寄婆说，回来照旧肩挑锄削，淌水流汗。寄婆慈眉善目，一脸福相。寄婆不念佛，但是比念佛的人还要心善。

大姐出嫁的时候，寄婆以父亲长辈的身份，帮着料理。衣服被笼，铺盖嫁妆，各项事务。那几天，寄婆一直住在我家。

"莲芝哎! 芳英出去了，你好比是断只手膀子咧!"老太太嘴角粘着线头，戴着老花眼镜，穿针走线。

寄婆自己有儿子有女儿，但是寄婆有些事情只会给父亲说。寄婆最大的心愿是百年归天后能安葬在我们山上——

"贱! 等我哪天死了，你要去抬我出来呢! 你帮我找个清静的地方，给我垒个土堆堆!"

"贱，一辈子闹哄哄地在城头，鼻子碰鼻子，眼睛看眼睛的……我再不要挤在街上了!"

"贱! 讲好了——我这个事情就托给你了呢!"

寄婆对岩脑壳有感情，对小爷爷有感情。六〇年饿饭的时候，城里单位都在精减人员，寄婆当时是国营饭店的服务员，每天上班头上戴着一顶白布帽子，身上套件白布围裙，每个月底领一笔工资。困难时期，拿了工资不值钱，买不到粮食。单位给了职工两个选择，一是继续在饭店上班，领工资，不饥不饱过下去；另外就是城边上分给两棵柑子树，自动脱离单位。按照当时的市场价，两株柑子树是一份比较大的家业了，明显要比上班好。寄公拿不定主意，就来找小爷爷。

小爷爷劝寄公："亲家！柑子树有哪样好？农村人有哪样好？！靠天嗛饭，年成不好粮食瓜果没得收成，一家人喝水都不得到口！"

"依我讲么，亲家母还是在饭店里好，每个月有那点钱拿，不怕天干不怕水打！"

"被你满满讲中了！还好当时没有拿柑子树——要拿了柑子树，后来肠子都怕要悔青！"多年之后同父亲说起这事，寄婆依然对小爷爷充满感激。

父亲没有忘记老人的话。寄婆去世第二天，父亲就带着大哥二哥，拖着板车去街上，把寄婆给接了出来。父亲把寄婆葬在沙坝窠，那里背倚尖峒峒，面向大河坝。

后来县城扩建，沙坝窠、四方土、瓦泥田这些地方全部要征用了。父亲又带着二哥和弟弟，把寄婆的坟迁到曾家峒峒上的油茶山林里。寄婆的坟挖开来，棺材已经腐烂了，父亲重新买了一副棺材，把寄婆的骨头一根根拾起来，装棺入殓。安顿好寄婆，父亲还把已经去世三十多年的寄公也给迁过来，葬在寄婆边上，让两位老人从此再不分开。

这时父亲已经七十一岁，"人到七十古来稀！"父亲常这样说，父亲已经进入古稀之年。

4

在寄婆和龙满之前，父亲送走的是满公和满婆。

记忆中，满婆是一个六月里也要焙着火笼、一年四季黑棉袍不离身的脾气很大的老太太。两个堂姑都已经嫁人。满婆想吃"穿汤肉"，父亲去城里买肉，肥肉瘦肉剁碎，揉成丸子放水里煮，加上盐。满婆胃口特别好，一连吃了五六个。碗里剩下半碗汤，肉丸子只剩下两个了，满婆看看，再看看，然后闭上眼睛："妈不嗛了，你拿去给几个崽崽嗛……"挥着枯瘦的手，要父亲把碗端开。父亲叫满婆一直都叫妈。

满婆在病中，夜里脚冷身上也冷，给她被窝里焐了竹烘笼也还是喊冷。父亲就让二姐、我，每天晚上一个，轮流去陪她睡捂被窝暖脚。

满婆断气的时候，两个姑姑都没有赶到，守在跟前的只有父亲、母亲和寨子里几个上年纪的人。院坝里的农具、磨刀岩朦朦胧胧的看不清楚了，房子前的树和竹林也只剩模糊的一团。满婆的胸口像架鼓风机一样，在黑色的粗布棉被下只是喘只是喘。满婆的呼吸已经很急促了，呼出的气多，吸入的气少。母亲给她抹脸，净身，换衣服。"我看不见哦！我看不见！我看不见！莲芝！你们给我点个灯咯！"一声一声地只是喊只是喊。

灯其实早就点上了，在房间里闪着昏黄跳动的光。听到满婆这样说，就又点了一盏。两盏灯端到满婆床前。"点个灯咯！你们给我点个灯咯——"满婆挺着身体，睁着已经看不见东西了的眼睛，还是喊。

又一盏灯点起来了，一、二、三，总共点了三盏，三盏油灯将房间照得亮堂堂的，满婆还是一声一声喊。一双手抖抖索索往前乱伸乱摸，摸着了父亲的手，松开。再摸，摸着了母亲的手，就紧拽着不放："莲芝，莲芝！是你么？莲芝——"

母亲端着脸盆，拧毛巾，盆里的水差点打翻，满婆却不管不顾。

"莲芝，你莫忙！莲芝，你先听我讲……

"莲芝，我就要走了，我和你讲，我对不起你！

"莲芝，我要走了，你自己耐烦点，照看好崽女！别让他们跌得头破血流的……莲芝，你先莫忙，你先听我讲嘛，我就要走了……莲芝，你莫哭！你莫哭！你看你哭会吓着娃娃们，莲芝……"

寿衣才换了一半，满婆的声音就渐趋渐小，气息也越来越弱，最后满婆就断气了……

满婆断气，母亲坐在床前放声大哭。满婆先前并不好，母亲还没来的时候，父亲跟满公满婆一起过。父亲闲不住，空下来就扛着锄头去封龙坡挖荒。满婆见不得，满婆看见父亲开荒就骂："挖！挖！挖！一天到晚挖这些沟沟坎坎来埋你不是?!"骂得剔筋刮骨巴心巴肺。

等到秋天，父亲挑着满筐满箩的红薯从外面回来，满婆又拄着拐棍，龇着两颗龅出嘴唇来的门牙，笑得鼻梁上都是一堆堆的皱纹了。

满婆不待见母亲，母亲嫁过来没多久，就让他们分家了。

5

父亲去找二妈妈家三婆，希望打听一点爷爷生前的事情。

"三妈——"父亲站在三婆面前，背靠墙，赤脚裸腿一身泥水，像孩子一样一只脚提起，在另一只脚背上挠。三婆坐在屋檐下理麻线，旁边的竹篮里，几个线团已经挽得有纺锤大了。

三婆是二妈妈的婆婆，是寨子里唯一一个活过了一百岁的老人。鹤发童颜，脸上看不出半点老人斑，一头白发像漂洗过的麻线一样流畅和均匀。

"贱——"三婆说，"你爹去世前先是抓到过一条大娃娃鱼，你爹抓娃娃鱼的地方就在渡口湾……"

渡口湾在莲晖峒峒下。湍急的水拍击在官塘河的峭壁上，掉头向北，流到那里，就变得心平气和了。悬崖上的一条小路通向大河坝，路坎下一棵歪脖子柏树，树根长在岩缝里。横空探出的枝条扭曲得像一条蟒蛇，树根下面有个一人多深的岩洞，岩洞的一半淹在水面下。爷爷就从那里拖出那条比他人还要高的娃娃鱼。

"当时对门河放牛的人都看见了，你爹刚把鱼拖出水，娃娃鱼的头上就'呼'地冒出一股青烟。青烟冲过头顶，冲过柏树，一直冲到莲晖峒峒上才消散……后来不到半个月，你爹就生病了，再后来你爹就死了，你爹死了六个月你才生出来……"

父亲是爷爷的遗腹子，父亲长到四岁的时候，奶奶又去世了。父亲小时候起没爹没妈，贱生贱养，"贱"就成了他的名字。年纪比他小的人，叫他"贱哥"，晚一辈的叫"贱叔"，再晚一辈的叫"贱公"。

苗寨上的人，不管男男女女，都叫他"那贱"。"那"在苗族中是"哥"的意思。

6

小的时候，听母亲讲过一个"变婆子"。

过去啊，有一家人家，母亲说，独门独户住在山那边。一天爹妈都出去了，剩下妹崽和弟弟。来了一个背着背篼、穿着钉鞋、头上包着帕子的老人，老人是他们的外婆。

妹崽总觉得外婆跟以前有点不一样，哪里不一样，妹崽也说不清楚。可能是外婆老了点吧？妹崽想。隔着几十里路，妹崽也是一年半载难得见到一回外婆。

"家婆！家婆！你的声音咋个有点变了呢，粗声粗气像个男人的声音了？"

"妹崽咧，你家婆这几天有点着凉了，喉咙管有点痛。"

妹崽舀水煮饭，站在一张凳子上，够着灶台炒菜给外婆吃。吃了夜饭，睡瞌睡了。三个人一张床：妹崽单独一头，外婆和弟弟睡另外一头。睡着的时候妹崽偷偷用手去碰外婆的身体，摸到了一手粗粗硬硬的毛，"家婆！家婆！你脚杆上的汗毛咋会变得啷个长啷个粗了呢？！"

"妹崽，人和人不一样啊，你家婆身上的汗毛从小的时候就比人家的粗，害得我从来都不敢给人家看——连你家公都不给看！"

夜静静的，山里的夜，最近的人家也在一两里路的山坳那边。妹崽睁着眼睛，翻来覆去。听听床那边，外婆也没有睡着。只有被外婆搂在怀里的弟弟发出匀称、细细的鼾声。

"家婆！家婆！你脚杆上的皮肤咋个啷个粗了呢，摸上去都扎手了呢？！"

"妹崽！快莫讲啰，讲起来你家婆都要打落眼睛水——从你家公不在了之后，你家婆泥一脚水一脚，犁田，挖土，找柴火……哪里还会像人家别个女的那样细皮嫩肉喔！？"

睡到半夜时分，小姑娘听到床那头，外婆"毕毕剥剥"在嚼吃东西。

"家婆！你嗛哪样？"

"妹崽！你家婆肚子里长蛔虫，天天睡到半夜前坎都要嗛几颗黄豆子……"

"家婆！你给我嗛几颗呢!?"

"妹崽！炒黄豆不是乱嗛的，你们小娃娃家嗛，肚子要痛，要长蛔虫的！"

"家婆！我不怕！我不怕长蛔虫……"

"妹崽……"

"家婆……"

外婆从被子下递了点东西过来，妹崽伸手去接。接到的东西细细的，长长的，像一小截姜，又像一小截兰花梗，还是湿漉漉的。小姑娘黑暗里把这截东西举到鼻子底下去闻，就闻到了一股血腥气：是一截小手指头！再悄悄用脚探探床那头，弟弟睡的地方已经空了，弟弟没有了！

小姑娘躺在被子下面，大气不敢出。

"妹崽……"

"家婆……"

"妹崽，你在想个哪样?"

老人说着，一只粗糙的、毛茸茸的明显不是女人的手从被子底下摸了过来……"家婆！"妹崽将自己缩成一团，"家婆！我想尿尿了！我要尿尿！我怕尿在床上，臭到家婆……"

"哎！小孩子家家的，就是磨缠人！"被窝下冷冰冰毛茸茸的手缩了回去。

"那，家婆！我去尿了啊！"小姑娘"哧溜"一声钻出被窝，套上衣服。"去啵！就在床前边尿，莫出外面去！"

"好的，家婆……"

小姑娘蹲在床前。夜，很深，很静，孤零零的人家。

"妹崽！好了不? 好了快点上床来，你家婆睡着冷……"

"家婆，我屙不出来……"

"唉——妹崽家，就是磨缠人得很！"

床上被子窸窸窣窣响，老人要起来的声音。

小姑娘蹲在床前地上，咬着嘴唇，眼睛滴溜溜转："家婆！我在房间里屙不出来！我怕臭到家婆！我要到外面去！"

"死丫头崽崽！那你去，快去！就在门口阶沿上！莫走远，看豺狗把你拖了去！"

"家婆！我晓得……我不走远，我就在门口屙……"

小姑娘飞快地站起来，拉了门闩，跳到门外，一把将门绊纽扣上，用树棍别死。

"大妹！你走茅厕就走茅厕，为个哪样要绊上门呢？"

"家婆！外面冷，我怕风吹进来冷了家婆！"

"背时丫头……"老人在里面摸索着，已经从床上爬起来了。

小姑娘骇得浑身发抖，连忙伸手再检查门绊纽，门绊纽是被她锁得死死的了。

"哧！"一声响，"外婆"在划火柴点灯。妹崽端起阶沿上磨刀岩边的半盆水，蹑手蹑脚上到楼上，从楼板缝缝里轻轻淋下去，灯灭了……

"死老鼠子！淋熄了我的灯……"老太婆在楼下房间里咬牙切齿地骂。

小姑娘躲在楼上，大气不敢出。楼下"哧！"一声火柴响，油灯又要点燃，她又把水淋下去。变婆子一连划了几根火柴，灯都被淋灭了。

后来小姑娘就听到变婆子，在楼下翕动着嘴巴，念念有词："老鼠精，老鼠精，你莫屙尿淋我灯！等我找到了大妹，跟你平半分！"

念了，又扯起嗓子，锐声喊："大妹！大妹！你屙个尿屙到哪里去了？!"声音阴森森的，像狼的气息。

小姑娘蹑手蹑脚下楼，逃出家门，飞快地朝离得最近的两里路外的山坳人家跑……

在我心里，当年害死奶奶的地主婆就是这个变婆子，不，比这个变婆子还要凶还要坏！

7

大姐出嫁的时候，岱戈家婆来我家。没有人邀请她，老太太自己换了件干净衣服，头上搭着浆洗过的布帕，蹒跚着两腿脚摇啊摇地走过小河沟，走过水井边，走进寨子来。老太太迈步上台阶，跨门槛——在跨门槛的时候绊了一下，手扶着门扉才总算稳住。然后她就走进来，走到大姐待着的房间，那里已经有一大群姑娘媳妇伯母婶娘陪伴着了。

老太太走进来，先是坐，仿佛一个走了很多路程的人终于有了一块原本自己没有资格得到的石头礅子，很满足地坐下。后来就抬起脸，看大姐，看母亲，大姐和母亲都在哭，有板有眼地唱歌似的哭。老太太也就哭了，先是扯起衣襟来揩眼角，揩一下，揩一下，却总也揩不干净。揩到后来就衣襟蒙着脸，哭得有板有眼憋憋屈屈，哭得像一只蚊子叫。哭了一阵，她自己止住，揩泪水，擤鼻涕。伸手在怀里掏啊掏，掏出一只红布包，红布包有好几层。她一层一层打开，打开到最里面的时候才是一卷皱皱巴巴的一角两角的纸币。老太太蘸着口水一张一张地数这些纸币，数了一遍，再数一遍，最后才捏着这卷还带着她身体陈腐气息的钞票，挨拢去，牵起大姐的手。

"芳英，你莫哭了，你看你哭娘也伤心的，姑娘家大了，都是要离开爹娘的……芳英，你的好日子，舅婆没好东西……这几角钱你拿去，路上买口水喝，你莫嫌少，啊!?"

老太太牵着大姐的手，嘱咐着，哄着。说了，送了，又转向母亲，母亲因为舍不得大姐，在那里蒙着脸号哭，哭得嗓子沙哑，脑壳上的帕头都松垮了。"阿雅，姑娘家大了就该是人家的人，你莫哭损了身体，你还有几个小的呢。莲芝唉，姑娘出去了她还回来看你咧——"老太太说着说着又抹开了眼泪。

哭过了，大家都渐渐静下来，只有大姐和母亲还止不住，还哑着嗓子哭，几个做伯母婶娘的边扯着衣襟擦拭眼角的泪，边安慰着母亲和大姐。

父亲里里外外地忙，父亲身上套了件浆洗得像盔甲一样硬的新衣服。

"那贱啊！你享福了！子女都大了，你和莲芝好福气啊！"

"那贱！老人家前世做好事，保佑你们啊！老天是有眼睛的喔……"

老太太扯着衣襟抹眼窝："那贱，你们都是大德大量的人……"

父亲扶着老太太，半劝半搀地将她扶坐到就近的一张竹凳子上，"他舅婆，您老人家先坐，等会您老人家坐最上面去……"父亲指着堂屋上安排给寨子里年龄最大的长者的一桌酒席。

岱戈家婆以前大会小会都要被拉上台去批斗。批斗的时候，公社书记绑她，棕索都勒进肉里去了。

"石书记唉，我错啰！我错啰，石书记！"捆得老太太像一只老猫嗷嗷叫，哭着求饶。

"狗地主！你现在晓得错了？想想你旧社会是怎样欺压我们贫下中农的?!"

"打倒万恶的旧社会！打倒地主婆！"台下群情激奋。有仇报仇，有冤报冤，荷枪实弹的民兵把守着会场。

有的人上台去斗争她，有的人没有上台去斗争她。父亲没有上台去斗争她。"一代人莫记一代人的冤孽，老人家只有那点寿缘！"父亲的意思是奶奶自己没有福气，上一辈人的事情，就不要再冤冤相报了。

田埂上，老太太泥一脚水一脚，背着一背篓柴草回来，"那贱……"

"那贱，你又割牛草去！"老人叫父亲不叫名字，叫那贱，"那贱"其实是她儿子一辈根安他们叫的。

8

我没见过奶奶。

在我的想象中那应该是一个干涩的黑发在脑后绾成一个髻髻、髻髻外包着一条青布头帕的女子。一身藏青色的家织布衣服明显偏长偏大，不到二十五岁的瘦小的身子裹在这一身打扮中。

每天，早晨的第一缕阳光出现，她就守在那里了，像一只不知名的小兽，哀怨、孤单、微不足道，却又无比的固执。有阳光的天，没阳光的天；落雪的天，下雨的天。缩着肩膀，抱着膝头，坐在那里。似悲，似喜，似嗔，似怒，嘴角因为紧咬牙齿而显出的与实际年龄不相称的两道皱纹，以及泪干后脸颊上留下来的痕迹，这些都看上去使她多出了一种狰狞……

爷爷去世的时候，父亲还在奶奶肚子里；爷爷死了六个月，父亲才出生。父亲长到四岁那一年，奶奶就死了。

奶奶去打猪草，打到岱戈家的土埂边，岱戈家婆老远看见了，急吼吼地跑下来，拔了一棵白菜就往奶奶背篓里塞，然后就在载阳坝上扯着嗓子拍手蹈脚喊："偷我的菜！偷我的菜！背时婆娘！母狗！不要脸，偷我的菜!"

岱戈家婆的骂声满河满坝的人都听见了。岱戈的爷爷在岩山脚下犁田，扔下犁头赶过来，"好啰！好啰！差不多就算啰！"边劝边去掰自己女人的手，想把奶奶放走。

"你瞎眼啦？胳膊肘往外面拐！她偷我的菜，你不看见?！咹?！"女人拽着背篼，使劲一倒，差点把男人拽一个跟斗，奶奶背篓里的猪草倒了一地，猪草里滚落着那棵被用来栽赃的青翠碧绿的白菜。

"是不是你和这个小寡妇有一腿，才这样来替她讲话！咹，我问你!? 咹，你讲?！"

女人唾沫横飞，劈头盖脸，将自己的男人骂得瘟头瘟脑。奶奶蹲在旁边，双手捂着脸，放声大哭。

在地头闹了一场，还不算完，第二天又请保长甲长来讲道理。讲道理自然是岱戈家婆赢了。赢了的结果就是由保长甲长在中间做和事佬，将太公留下来的地划了半亩做赔偿，事情才算完。

孤儿寡母，妇道人家，奶奶哪见过这种阵势！遇到这样的飞来横祸，百口莫辩；惊恐之下，又羞又气，从此奶奶就病了，没有多久就撒手归西，丢下了四岁的父亲……

二妈妈说周围寨子很多人家以前都被岱戈家婆这样害过，很多人家都跟岱戈家婆有仇冤。"以前没做得好事，所以才后来大会小会挨索子挨批斗！"

岱戈家婆每天背着背篓，剁猪菜，拾柴火，岱戈家公背着棉花槌给人家弹棉花，翻被子。岱戈的爹妈刚刚结婚就跟两个老人分开另过了。

老太太一辈子的日子过得清汤寡水缺情少爱，一直活到了七十多岁才死。死前的一天，裤腿还挽得高高的，背着背篓去后山上拾了高尖高尖的一背篓柴火回来。回来说头有点晕要去床上睡一下，这一睡就再没有起来。第二天老头去找队长龙满，求队里给批几块薄木板做副木匣子。大家这才晓得老太太要死了。

大家赶到，老太太已经在床上坐起来，眼睛亮亮的正在轻言细语同人讲话：

"雷小，不是我！你莫怪我！我没想要你死！"

"雷小，那两棵白菜的确是我拔了装在你背篓里的，不是你偷的。你真的没有偷我的东西，你真的只是在我的菜地边打猪草，雷小我不该昧着良心讲话！"

"雷小！你一个寡妇人家，拖着个娃娃已经够苦的，我千不该万不该不该一时鬼迷心窍贪图你坝上那块上水田，那是你们孤儿寡母的命根，是你们孤儿寡母口中嚼的身上穿的命根啊。"

"雷小！我没有想到你会死，我以为你会来求我，告我……我没有想到你会落下病根，我没有想到你会死……雷小，你怎么就那么忍气吞声呢！你怎么就不来求我，跟我讲好话呢？你怎么就只低着个头抱着娃娃只是哭只是哭呢？你不晓得你不讲话人家就认定事情是你做下的吗？你不晓得你越是这样，到后来你就越是讲不清楚了么？雷小，心子都是肉长的，你向我说好话我就不会再逼你，我就会讲那菜其实是我自己拔起来放到你背篓里去的你怎么就不来求我呢？"

"雷小！你晓得吗？那天你上山，我就在竹林后头看，我一直就躲在竹篷后头，我看见人家把你装在那副白松木棺材里送你上山，我看见四岁的那贱头上包着孝布，肩上扛着引魂幡，由人牵引着走在前面，我心里顿时就'咯噔'一下，我身体里就有什么东西断了……那以后每次看到你那没爹没娘的孩子，那根苦苗苗，我都不敢看他的眼睛。雷小！你晓得吗？这几十年来，我没有睡过一个安稳觉，我只要一躺下，一合上眼就会看见你，就会看见你死在床上，那没爹没娘的孩子还叼着你奶头的样子……雷小！是我错了，我千不该万不该……"

过了半个时辰不到，老太太就开始揪头发，掐自己脸，老人将自己的脸掐得鲜血淋漓："雷小！雷小哎！不是我！我错了唉！……我做牛做马来还你！雷小！你放我！你莫掐我！我跟你走，我哪里都跟你去！下油锅我都跟你去！你松开手！你莫喊人来抓我啊！呜呜呜呜——"

头帕散了，衣服撕破了，两只像鸡爪子一样的手挥舞，老太太抵挡着、抗拒着、乞求着，后来整个人溜下床，跪在地上，鸡啄米一样地朝门口使劲磕头，磕得脑壳在地上"咚咚咚咚"响。

老太太在临死前说的那些话，是没有几个人去认真注意的。整个响水坳，上下寨子，只有上了七十岁的为数不多的几个老人才晓得当年的那段公案。然而这几个老人，听到人们转述的故事，他们也只是咂了咂牙齿快落光了的嘴巴，什么都不愿意说了。

只是在前年，弟弟的微信里，发过这样的一段话——

我没读书之后，每年的四五月份我都去用火把、手电筒去照黄膳（鳝），上街去卖。还有到五月梅（麦）子成熟的时候又去照团鱼卖，一到晚上很热的天气团鱼都要上岸来生蛋。

有一天晚上我抓得五六个团鱼，第二天去卖六元钱一斤，用寸（秤）寸（秤）得三斤二两，得一拾九元钱。一到晚上我又去照，到河坝抓得几个团鱼，又跑到仙人记（借）那去，从那堤坎上照见那只团鱼正想跑，我跟着跳下去抓住了，每（没）想我的脚伤着了，曼曼（慢慢）地走回家。

第二天早上起来到根安家去找点药酒，根安家爹在火亢（坑）边考（烤）火，拿着烟杆正奇（抽）烟，我买得两瓶酒送给他，我喊舅公到你这里找药酒我的脚叟（受）伤了，他说家里没有药酒了用完了。他想了一息，才讲，要不这样，教你这几样草药你自己去山上找，你记好。找到这几样草之后用酒泡，马上可以用了。

就这样我学到他们家的秘方，那药酒真的很好，能治刀伤，答（跌）伤，都很好……

弟弟说的舅公就是二地主，也就是岱戈家公，老人家传秘方跌打损伤的草药，连根安连岱戈都没传，传给了我的弟弟！

9

那年春天，父亲突然在电话里问我：

"星辰哎，你们最近有哪样事情么？"

我说没有，都很好的。

"我是讲喜事……"

"好像……也没有什么特别的……"

"我这几天晚上都做梦，梦见一些好的预兆，我想来想去只有你们……"见我还不懂，父亲就说，"我们家里要添人丁了！"父亲说得很肯定。

我说这个，应该是的……她前段时间有点不舒服，去医院检查，已经快两个月了……"我就说是有喜事么！"父亲抑制不住地喜悦，"你给她讲，上班重的累的活路不要去做；还有你多给她买点好的东西吃，回到家，你家务事莫让她做了……"

到了夏天，我们通电话。父亲说，崽，我想再来走你们一回，就是不敢，人老了，像个破风车架架，身体虚得很……父亲问我，你们结婚房子有多大，够住了不？我说够住了，我们装修了一下……父亲说装修我晓得，就是里面粉刷一下，贴点瓷砖——那你们装修的钱够不，不够我把家里的猪卖了，给你汇来。我说不用，我们装修很简单，三万块钱都不到……崽耶——要三万块?！你们买些哪样嘛？

到了10月里，父亲感觉自己身体还好，就带着弟弟的孩子，先乘火车到杭州，然后转汽车过来。我在学校上班，父亲照着地址，找到了小区外面的广场，才给我打电话。接到电话，我往家里赶，摩托车转进弄堂口，我远远地就看见了父亲。

秋天的雨线飘飘忽忽挂满苍穹，雨丝"滴答""滴答"掉在地上，砸出一个个小水坑。雨点破裂和飞溅之前，发出"啵儿""啵儿"的声音。父亲坐在人家小店屋檐下，伸长头颈，深陷着眼窝，努力朝路口张望。

到了家，父亲立在门口，伸着头朝里张望，望了半天，转过头来看我。

"崽——我千想万想，都想不出你们房子是这个样子喔！"

"电话里听你讲装修就花了几万几万……像这样漂亮的房子那是要这么多钱呢！"

父亲扶着门框，进家，换鞋，小心翼翼，走着，打量着，生怕脚步走重了会将家里的地板踩破，生怕走得不稳会滑倒。父亲电视柜看看，橱门看看，沙发看看，手里拽紧小侄儿，"莫乱搞嘞！莫打破三伯他们的呢！"走到装有穿衣镜的墙前，父亲停住了。"爹！这间就是给您准备的……"我指点做有一张单人床的书房给他看。父亲跟着我走进书房，又从书房里走出来。出来后在门口立了好一阵，才用手去触摸面前的墙，摸了发现是面镜子，就再摸一下，又摸一下，然后就自己笑起来："我还以为里面是另外一家，我还以为是人家在那边朝我们看呢！"

父亲把镜子里的我和他自己都当成别人了。房间里走了一圈，父亲才在客厅坐下来，坐下来还是抬头打量："崽耶！怕我们那里的县级干部都没得你们这样的房子噢！"

我们的房子在这个城市算是小的了。但在父亲看来，我们已经住得很好了，比县级干部住得都要好。在父亲的心里，县级干部已经是这个世界上最大最大的官了。县级干部吃山珍海味，住高楼大厦。

洗澡的时候，我给父亲搓背，父亲蹲在浴缸里，小心地扶着浴缸边沿。"崽耶，你们这个才安逸哩！"源源不断的热水，流淌在父亲身上，从头到脚。父亲感叹着，享受着，满心满意的知足，"这个才叫福啰！在家里洗个澡么，烧一盆水，像蘸酱，这里还没有沾湿，那里又凉了……"

预产期还有一个月，但父亲忙着回去。

"你多顾着她点，时间好像差不多了——昨天晚上不晓得是哪个老人家托梦，叫做准备，孩子就要来了！"父亲嘱咐我，"是个娃娃！"

父亲说得很肯定。父亲说除了托话的老人，他还梦到一些长形的东西。父亲说他梦见长形的东西就是娃娃，梦见圆的，就是妹妹，"灵验得很！"

父亲才回去一个星期，妻子就生了。产房出来，母子平安，我到医院门口小店，给父亲打电话。"崽啊！崽啊——"父亲跌着脚喊，"我要再晚回来几天就好了！"

父亲去城里，买香烛纸钱，还买了一整个猪头。父亲把猪脑袋打理干净、煮熟，就背着去母亲和爷爷奶奶坟前一一送信递消息，又去岩洞边和水塘河观音山叩拜酬谢。

逢年过节，祭祖烧香，父亲祈求列祖列宗，保佑孩子健康成长平平安安，保佑在外面的我们逢凶化吉，遇难成祥。

父亲曾经拿儿子的生辰八字去找算命先生。

"这个娃娃的命很好！将来是个要做大事情的人！"

"您听哪个讲的？"

"算命先生！"父亲说，"我说他'哪个晓得你讲得准不准！？'他讲算得不准不要钱！他讲我要是不相信，就跟我打赌，过二十年我们再来看……我说'我们哪里还等得到那个时候噢，再过二十年只怕我们两个的骨头都要擂得鼓喽'！他自己也笑了！"

父亲说那个算命先生每回赶场，都坐在南门上人家的屋檐下，咬着根葛藤做的烟杆，找他的人多得很。

算命先生是个苗老汉，跟父亲差不多年纪。

10

凉水井汉族寨子，以前有个会看香的仙娘。

每回赶场，她都会到我家歇脚讨水喝。"哪里想到你有这一天噢！哪里想到你会崽女成群噢！"老太太说父亲小时候"脱帐"（"肛瘘"）——常常殷红的生血糊得满手满脸。寨子里有人家办喜事，磨豆腐，看他可怜，给他一块。父亲伸出红泛泛的手接过来，就那样连血带水捧着吞下去。人家赶场回来，递个粑粑给他，父亲也就伸出血咕淋当的手去接。

有一次大家请她帮"问香"，看各人未来的日子寿延和家道财运。老太太在二妈妈家堂屋，烧起三炷香和一叠纸钱，将头上的丝帕缠头拉下来蒙住脸。先是一双手在两个膝盖头上轻轻地拍，口里念念有词，到后来手越拍越快越拍越快，身体和腿也接通了电源似的颤动起来。被附了体的老太太，连声音都不是她了，完全成了另外一个人。缩在椅子上，抖着，唱着，回答每个人的问题。

老太太对母亲和寨子里其他人，都回答得简单，唯独对父亲讲得最详细，时间也最长："老太爷哎恭喜你！样样都好，样样都新，样样都得翻身！嗛三餐，剩五餐……"

老太太称父亲一口一个"老太爷"。老太太说父亲命好心好，儿孙满堂，老来有福。

父亲不让我们看，父亲说小孩子家，有些事情晓得早了不好。

父亲很想见见儿子。在去世前的几天，都还在跟我说。家里没装电话，眼睛不能再像以前那样看字。我们约好电话联系，每个月1号的晚上八点钟，我打电话回去，父亲准时到桥头边的小店里来接。每回父亲都是提前等在那里了，电话才响了两声，他就将听筒拿起来："喂——你是星辰啊!?"父亲的声音是那样沙哑和苍老,"你们今年回来过年不啰?""你们带娃娃回来一次嘛!"

父亲说,家里现在有点钱了,是征用土地的补贴款。我想拿点给你大姐,你大哥二哥分家出去,各是一家人家;你和二姐、兄弟和两个妹妹我也都不担心了;我就担心你大姐,大姐从小起就放牛、割草、找柴火、照顾你几弟妹,连学堂门都没进过,现在大姐几个孩子都在读书,你大姐最苦了……你娃娃乖不?长高了点没?保姆带得好不?你们上班工作都忙,家里也要多顾着点……

父亲的房间,床头一面的壁板上,有弟弟做的镜框,镜框里贴着我们的照片。父亲常常盯着这些照片看。有人来,常常没说几句,父亲就会把话转到照片上去。

"这个是我芳莹,这个是我星辰,这个是我芳蓉,这个是我芳园。还有这个,几多乖的男孩——就是我星辰家的娃娃,才两岁,嘴巴甜得很!每回打电话来,都喊我'公——''公——您还来看我们不?公——您哪时候来?'"

父亲指点着我们的照片,叹息:"两个大人都上班,娃娃请个保姆带……唉!走不动了,走得动我自己过去帮他们。让外人领,不是自己骨血不贴心,还花那个钱……"

二哥和弟弟的几个孩子都是父亲背着抱着拉扯大的,父亲也想来帮我们带孩子。但这时候的父亲已经风烛残年,力不从心。父亲是王,王行将老去。

11

父亲说,七十岁是他的一道坎,翻过这道坎他就还有十五年阳寿。

"十五年!"父亲说,"到那时候我就亲眼看见你们几个的小的也都长大成人了!"

在这之前,父亲就已经有过两道坎了。一次是头年夏天,我和二姐三妹小妹回去看他。我们走后,他就一直病。"只是嘴上不说出来,其实心里挂念你们得很!差点就熬不过,差点就去了!"三舅告诉我。

父亲七十岁这年，弟弟给他办了一个隆重的生日。

"大姐家几个小的都来了！娘家几个也都来了！"

父亲电话里跟我说：

"光炮火纸都扫得一箩筐！"

生日过了没多久，还没出正月，父亲就又病了，好几天水米不粘牙。

弟弟请来木匠。木匠在院坝里赶制棺材，父亲躺在床上。弟弟好几次去到床前："爹，我给哥和姐他们打电话，叫他们转来……"

"莫去打电话?!"父亲气若游丝，"他们上班忙，孩子又小，拖儿带崽路上四五天……"

"真要有个三长两短了，再给他们去电话……要是爹熬得过去了，我自己去给他们打……"

刚刚能从床上起来，父亲就拄着拐杖，赶到小店里。"崽——"，父亲在电话里头喊我，"爹差点就见不到你们了……"

父亲给我详细说了那几天的事情，父亲说到弟弟买木料重新做的寿材——"漂亮得很！全云落屯、响水坳，周围团转几十里，再找不出那样好的寿材来！"

刚步入五十岁那年，父亲就卖了一头水牛，给他和母亲各做了一副松木寿材。因为木料限制，两副棺材一副大，一副小。当时说，大的是父亲的，小的一副归母亲。后来母亲先走，父亲将大的给了母亲。现在，弟弟买了上好的杉木方子，重新给做了一副大寿材，父亲心满意足。只是没看到孩子，心里还是有点放不下！

以前，父亲生病了就叫我们到菜园里挖一块生姜，在他肩膀上腿上头颈和后背猛刮，刮出一片酱紫色的血印，感叹一句："人喰五谷杂粮，哪个会不得病噢！"就又扛着锄头挑着粪桶下地去了。

小时候我常常生病，生病了我就哭："妈——！妈——""痛——！痛啊！妈——！"

母亲在灶房里。没有干透的柴草在灶洞里燃啊燃啊总是燃不旺，一股股的柴草烟，还有水蒸气，烟雾腾腾的灶房里，母亲在忙一家人的晚饭，忙猪狗鸡鸭的吃食。我痛得直哭，母亲就放下活，湿漉漉的手在围裙上揩着擦着，就来给我揉肚子。母亲的手像松树皮，触在肚子上有一种粗粝的刺痛，但是却暖暖的很舒服。这样摩着揉着，有时候就真的不痛了，不痛了我就又跑开去玩了，有时候摩了揉了也还是痛。

"崽！嘣个办啰！妈又替不得你……替得你妈来替你痛——"母亲把我放地上，转身去调制盐开水，"喝点盐水，两口喝下去，床上趴一下就好了。"

喝了盐开水，趴下，也还是痛。母亲就去找父亲，父亲从地里回来，在院坝里放锄头和粪桶，听母亲说完，就又扛起锄头出去。

父亲去山上，挖来草根和树皮。父亲把挖来的草根和树皮放到锅里去熬，熬出一钵子又苦又涩酱油一样的浓汁。我哭着喊着："不要！不要！我不要喝！"父亲箍住我，捏着我的鼻子，将药水灌下去。后来我长大了点，我不要灌了，药水煎好了，我就捧着钵子自己喝，喝得咕噜咕噜的。喝了，爬上床去，母亲给我蒙上被子，出一身汗，病也就好了。第二天又照常去放猪放牛捡柴火。

可如今，哪里有这样的草根，哪里去找这样的树皮，让我煮了煎了，给父亲喝，让他停止老去?!

12

和二哥分家的时候，父亲别的都没有给我，就只把屋后的那个菜园留了下来。父亲说那是我的一点祖业。

我说我是在外面的人了，全都拿给二哥和弟弟吧。

"留着呗！"父亲说，"几多在外面工作的人，退休了都回老家来住呢。"

"回来也待不了几天，随便哪家都可以落脚……"

"这个不一样的……"怎么不一样，父亲没有说。

后园子刚刚够修得下三间房子，隔着篱笆，右边是大哥，左边是天宝大大家。天宝大大家外边，壁陡的河坎上，就是那几株亭亭如盖的倒鳞甲树，站在倒鳞甲树下，看得见扳鹰咀。

在生命的最后几年，父亲常常去扳鹰咀。小爷爷小奶奶还有母亲的坟都在扳鹰咀。父亲去那里清理坟头的杂草，砍除荆棘。

有时候什么也不做，就只是坐着，面朝大河，一坐就是半天。

故乡有一个说法，人在"走"的时候，会有一个收"脚步"的过程：不管离得有多远，不管在哪里，他都会去和亲人一一道别。

父亲走的那个晚上，我在靠阳台的房间里。夜已经深了，妻陪儿子在卧室里早就进入梦乡。8月的天气酷暑难当，家家的空调都开着，雨棚上一片雨点般的"滴答"声。我在灯下看书，忽然听得外面的铁门上"嘭！嘭！嘭！"三下。声音闷闷的，沉沉的，很重，很有节奏，像是手掌直接拍在门上。我走出去，打开门却没有看见人。

第二天一早，弟弟就打电话来说父亲不好了。父亲从晚上十一点钟起就失去知觉水米不进，躺在床上只有出的气没了进的气。

到下午两点钟，我和二姐三妹小妹朝故乡赶时，弟弟再次打来电话，说父亲已经去了。

在这之前的四天，8月1号，我们按照约定的时间通电话。

我们说大姐，说父亲的身体，说我的孩子，也仍然说年成。

父亲说老家也要通火车了，火车站就在南边十几里路的地方；还有县城要扩大，环城路修到村口了，推土机"轰隆""轰隆"，几天工夫，沙坝窠、曾家峒峒几个坡都推平了，就是——

"上大田下大田全部占完了！"

"连渡口湾和瓦场坝的田土都占完了！"

"家家都补了钱，家家都成了'万元户'，没有了土地，就是不晓得今后日子咋个过！"

父亲还给我说，以前我读书的学校也要搬迁，地点选定在我们的"八挑谷子"和"黄茅沟"……

最后，父亲说——"要么就是这样啵，下个月还是这个时候打来嘛！"

我说好。就这样电话挂断了。那天是8月1号，8月4号上午父亲去割了一背篓猪草，下午领着弟弟的儿子去大姑家。父亲在大姑家，夜里就发病。

先是父亲和大姑、姑父坐着摆闲谈，到了深夜，上床睡瞌睡的时候，父亲说肚子有点痛。大姑找了点止痛片给他吃，问他好点了没有，父亲说好点了。到半夜时分，父亲就不省人事了，弟弟和贝林哥他们连夜去把父亲抬回家。

回到家父亲一直都昏迷着，但父亲的一口气一直挺着。等到下午一点多钟的时候，我们还不来，父亲就走了……

13

我在父亲身边的日子，全部加起来也不到二十年。

十九岁不到我就离开故乡。寒假暑假，我也少有回家。

我想到的是怎样出去游历、见世面——我去黔东的镇远，湘西的凤凰、怀化、花垣、保靖，去绍兴、杭州、上海、苏州，一个人，背着牛仔包，装着日记本和纸笔……

刚工作的第二年，春节我没有回家，事先也没有写信告诉父亲。我揣着地图背着包走了杭州、绍兴、上海、苏州、无锡五个城市。我在无锡二姐家过年。回贵阳的火车上，遇到寨子里几个外出打工的人，他们告诉我，"贱公在家里天天望你回去，眼睛都要望落了！"到了单位，我写信给父亲报告我寒假的行踪，父亲给我回信："崽耶，我望你回来过年，左等你不来，右等你不来；我万没想到你跑那些天远八路的地方去了……"

但父亲没有告诉我他一个人找去交警队、找去县医院的事情。那年冬天，县城东面十几里路的黄连坡出了一起严重的交通事故：一辆满载乘客的大客车翻进路边悬崖，车辆摔得稀烂，车上回乡过年的人非死即伤无一幸免。父亲揣着沉甸甸的牵挂过了那个年。

偶尔回家去一趟，我也很少想到要像别人那样，带点像样的礼物纪念品。至今我还在想着那两盒蜂王浆、两小袋牛肉干和那双解放鞋。

那是我参加工作的第一年，我夜里到家。父亲、哥、妹都起来了，半年时间没见，大家都很兴奋。我把蜂王浆递给父亲，父亲接在手里，翻过来翻过去地看："人回来就是了，买你这些啊！尽花费个钱！"后来便坐到一边，拆开盒子，拿出像针药水一样的一小支一小支的瓶子，父亲一连喝了五支，喝过之后，笑眯眯地嘀咕："有什么味道么！不就像喝白糖水那样！妈那个私的，尽是到花钱费米！"牛肉干分给二哥、弟弟和妹妹。

父亲自己也吃，吃完后还在捏着袋子往外倒："几颗颗子，要十几块钱！是卖黄金白银哦！"解放鞋给了大哥。

牛肉干和解放鞋都是单位发的福利品；蜂王浆是我在单位附近的小店买的，而且极有可能是赝品。

只有一次，我买了酒回去，"平坝""安酒""平平安安！"天宝大大贝林哥正好在我家，父亲把酒拿出来，几个人就着瓶子你一口我一口，就那样把酒喝了。

算起来，我给父亲买过真正像样的一点东西，就是那床电热毯。那次我其实是去街上找同学玩，不知怎么就想到了电热毯。父亲总是说晚上睡觉一双脚不暖和，尤其是到了冬天。我想我是不是应该买一条电热毯了?!我走到当时县城最大的商场——民族贸易商场，我找到柜台。电热毯是有，但我身上的钱不够。我到菜场去找二哥，二哥坐在半截砖头上，眼前还是满满的一挑菜。"我也没得这么多钱！守了这大半天，我三块钱都还没卖得！"

第二天我去把电热毯买回来，第三天我返回一千多里外的工作单位。冬天到来的时候，父亲写信告诉我，"电热毯我拿出来用了，我以前就是脚冷，今年有你买的电热毯，不怕了。每天夜晚上床前半个小时，我先开起来，到去睡的时候才关；一夜到天亮都是暖和的，热和得很！"

另外？我还买过什么?!

14

父亲有一本竖版的线装书，读的时候从后面翻起，每个字都有苞谷籽那么大，还是繁体押韵的。纸张已经泛黄，像是被柴火烟气熏过。父亲空了就把书拿出来读，父亲读书的时候，一双手捧着，隔得脸有两尺多远，用的是唱歌一样的声音，读得脑袋一摇一晃，读后还会讲给我们听。

在父亲的故事里，有个叫"潜龙马再兴"的人，他保护着"晋公子"。父亲说"晋公子"先苦后甜，早年落难，四处流亡，但每到一处都会遇到一个"贵人"。更让当时的我感兴趣的是这些"贵人"有很多都是些胆识过人长相出众的名门闺秀，而且后来这些漂亮卓越的姑娘一个个都成了他的妻子——他有六个还是七个这样的妻子，我已经不记得了。最后他在命中"贵人"和手下大臣帮助下，终于满了灾星，苦尽甘来，回到国内成了一代明君……直到后来读高中了我才知道父亲说的，是春秋时候的晋公子重耳，父亲看的那本书大概是经过民间文人演绎过的重耳流亡到回国为君的唱本。

但在当时我并不知道这些，我以为"晋公子"一定是西晋东晋时期的某个皇帝。于是我巴心巴意地向母亲要了钱去买了一套《两晋演义》。书买来了，从头翻到尾从尾翻到头，都没有找到"晋公子"几个字。我心里很后悔，因为花了三元多钱，三元多钱母亲差不多要在街上卖整整一天菜才赚得回来。《两晋演义》没有给我带来预期的快乐，但它却是父亲在无意间对我进行文学启蒙的一册珍贵读物。

父亲能够识字跟他和满公以前被人家骗有关。

小时候，听过一个笑话。说是七月半，有人给地下的老人烧包，因为不识字，就请了个先生帮写，谁想那先生心肠坏，把所有包上的名字都写了自己的老人。结果那一年这家的老人祖先在阴间一分钱都没收到，硬是恓恓惶惶挨过了四季。到第二年他也不叫识字先生写了，父子俩封了些不写名字的白包。因为没有注明哪些是爷爷的，哪些是奶奶的，怕老人们争抢，就边烧边嘱托："人人都有，一人一份，——这一包是公的，这一包是婆的，这一包是爹的！"

这个笑话天宝大大讲过，寨子里的年轻人讲过，每讲一次都会逗得大家笑。父亲也笑，绷着嘴。但父亲脸上的笑很快就会褪去，父亲抬起头，往空中看。我想他一定是想到过去的事，想到满公了。

当年爷爷奶奶去世，剩下四岁的父亲和才十二岁的满公。两个孩子，守着几亩薄田瘠土，种不出来，只好当给人家。不想在典当的时候，被人骗了，写文书时人家瞒着做了手脚，给他们说的是"到期赎还"，而实际契约上却写的是"永不赎还"。过了几年，满公大点了，去赎地的时候，人家把契约拿出来，指给他看，满公不信，又去请识字的人来看，字据上明明白白写的是"永不赎还"，还按有本人手印。

于是八岁不到，父亲就开始自己讨喰了，父亲去大坝屯给人家放鸭子。满十二岁那年，满公找到大坝屯，要接父亲回家。"跟我回去！"满公说，"在外边帮人帮不了一辈子！回家去，两叔侄要累一起累，要熬一起熬。"两个人打短工，泥里水里。到父亲十七八岁的时候，满公说："你还是去读点书！人活着，不识几个字做睁眼瞎子，要受人家诳哄！"这样满公就把父亲送进学堂门，后来虽然由于供不下去高小没有毕业，但父亲还是粗通文墨，也有了读书的兴趣。

父亲的几册藏书——《三字经》《二十四孝》，都是从别人那里借来，自己誊写，再用母亲纳鞋底的麻线装订。冬天的夜晚，一家人围在火坑边，父亲会拿出书来读给我们听，用那种唱歌一样的调子，头还要摇晃，大概当时他们上学，先生就是这样教的。父亲是岩脑壳最早识得字的人。

不记得从哪天开始，父亲不再看唱本了，他开始读《西游记》《杨家将》《三国演义》《说唐》《薛仁贵征西》，也读《说岳全传》。平时干活忙，没有时间读，父亲都是利用放牛、割草回来，载阳坝上干活回来，夜晚在家里的时候才会拿出书来看。下雨天闲在家里做不成活路偶尔也会拿出来看几页。那些时候，父亲鼻梁上架着老花眼镜，读得津津有味。老花眼镜，是父亲赶场天街上买来的，平时搁在抽屉里，只在看书的时候才会戴上。黑色的塑料腿不知什么时候折断了，父亲把断的地方支上一根牙签大小的竹棍，再用胶布一层层缠绑起来。

父亲戴着老花眼镜，看到得意处，嘴巴会抿起来，眼睛两边，嘴角两边都是小扇子一样的皱纹。

"金沙滩双龙会，杨令公撞死李陵碑杨五郎怕死上五台山当了和尚！"

"气死兀术笑死牛皋，岳王爷被奸臣秦桧害死了埋在螺蛳壳里！"

这几本书，都是我读大学之后才给他买回去的。

15

读了《杨家将》和《说岳全传》，父亲就知道了杨令公杨六郎和岳飞岳云。

那年父亲和宣民大舅来，我带他们从无锡乘车到苏州，再从苏州乘轮船经运河到杭州。在苏州我们一路走一路看，一路看一路玩，我们经过一个坐落在闹市的古塔。

古塔前面有牌坊，周围的街面也仍然保留着清一色的石板，石板被踩踏得光溜溜的，也不晓得经过了多少年代。看看上塔的门票，每张 30 元，三个人要 90 元。"想上去看看不？"我问父亲。周围没有山，没有高层楼房，众星拱月，古塔看起来就更高了。"不去了！有哪样看头哦。"父亲仰着头看古塔上的琉檐砖瓦、木壁廊柱，看得眉头皱起。

"去么！上去看看也好，反正离上船时间也还早。"宣民大舅说。"不去了！不去了！有个哪样看头！站在我们云落屯上不比这个好看?!"父亲唾了一口，径直朝前走了，宣民大舅也只好跟着朝前走。那个时候，90元还是一个不小的数目，我的工资每个月才 500 元都不到，父亲替我心疼钱。

后来在杭州，我带父亲去看了西湖，看了岳王庙，看了岳飞父子的坟墓。在岳王庙，父亲绕着岳飞岳云的墓走了一圈又一圈，又用手去摩挲墓上的石圈。

回到家，父亲就常常跟三舅和天宝大大他们摆谈在苏州杭州的见闻，摆谈岳飞岳云。

16

那一年，刚开始天气很不好，地里的菜全部坏了。父亲生病。起初，他不想让我们知道，一直自己扛着挨着。到后来，毛病一天天加重，才给我打电话。

"崽……爹身体不好了！爹想你们寄点钱转来……"

"爹想把毛病治好，再来走你们一回……"

我给父亲说，叫弟弟马上去借钱，马上去医院检查，无论多少都要去医院，钱的事情我们马上想办法……

病好后，过了几个月父亲来看我们："崽，也是得有你们几个在外面找钱哦，换了是寨子里你二妈妈他们，家里拿不出钱，也只有睡在床上挨日子了……"

父亲说："人老了，就像个破风车架架，动不动就病……爹这几年吃药打针也把你们给扯亏空了！"

第二年，县城开始扩建，新区、环城路都造在寨子边上了，水田、土地、山林开始被征用。父亲领到一点赔偿款，马上就给我打电话："崽！爹现在有钱了……今后两三年里你们都不要再给我寄钱了……"

父亲说的钱林林总总加起来也就是一万八千多点，用他的名字存在银行里。

就是这点钱，父亲在电话里还再三要我们回家去过一个年，我们买房子、结婚的时候，家里拿不出钱，父亲心里一直存着一个疙瘩。

17

爷爷去世的时候父亲还没有出生，奶奶死的时候父亲才四岁不到一点，后来，母亲又去世。

1997 年回去，我在家住了半个月。我跟着父亲。父亲放牛，我跟着放牛；父亲割草，我跟着割草。我们去山山岭岭，看爷爷奶奶、小爷爷小奶奶……父亲带我一一拜访老人们。

"这个是你祖太……"父亲给我介绍……

三春草木长发芽，日晒和风散白花；
借问此花何处至，不知春去落谁家。

叹此花，真可好，朵朵解花登坛绕；
说到山茶已不绯，又有梅花伴雪开。

牡丹芍药开方鲜，此是今宵真可好；
今持若花献世尊，资荐逝者早升天。

闻说地狱也有音，铁门不许透风尘；
擎叉执斧牛头鬼，背剑担枪马面身。

牛头马无人义面，鸟嘴鱼鳃剥面皮；

不问亲疏并贵贱，只报当头追山离。

叹此者，入黄泉；黄泉路上苦万千；
独自独行无伴侣，亲儿亲女在那边。

叹声苦楚泪涟涟，鬼卒相逢要纸钱；
自作自受千般苦，专望家中修善缘。
……

18

灵柩停在堂屋，驼子姨叔带着徒弟们做法事打绕棺。弟弟、二哥、大哥跟着天宝大大、贝林哥张罗。

三舅一直守在灵柩前面……自那年吵架，天宝大大的儿媳妇落进电站水沟死了后，两个孙子也吃拌有老鼠药的虾米死了，再后来玛伟也喝了农药。玛文十九岁那年炸鱼，在河边炸断手，直到四十岁才成家。姑娘不会说话，见了人只会"咿咿啊啊"比画，但身坯子结实，家里地里，能挑能抬，比个男人还做得。这样过了两年安耽日子，到第三年，玛文在磷矿上打工，栽进矿坑，拖出来就没了气息。玛文死了，哑巴媳妇不久自然也就由娘家来人领了回去。现在三舅跟天宝大大天宝大嫂和他们的小儿子过。

"三舅……"我望着父亲灵柩前燃烧的纸钱，望着周围忙碌的人和半闭着眼睛咿咿呀呀念唱的法师。我多想父亲能够再在我们身边，穿梭在忙碌的人群中！

但是永远不可能了，这个世界上，人人都有一场戏，人人都有属于自己的仪式。这是特定的，属于父亲的仪式；父亲一生，送走了他前面的老人，现在该轮到他了。

19

我跟着父亲到扳鹰咀，亲眼看着棺木落土。

我知道父亲这回是真的走了，人世间再也没有父亲了。但我还是出门去找，满原满野去找，像小时候放学回来那样。我找到四方土，找到仙人借，找到载阳坝，最后我又过渡船去到云落屯。

在云落屯，我立在堤坎上，望着眼前汤汤的河水。载阳坝上农人星星点点，远处的寨丙、响水坳、下坝，几个苗族汉族寨子沿青色的丘峦岩山一字排开。

岩脑壳就在对面。刀削斧劈似的石峰，垂直探入深潭的悬崖；岩层断面，有的地方被河水冲刷得坑坑洼洼，有的又光滑无比；崖壁上翠竹薜萝青苔古藤，纷纷披披如额间发际……

我走下河坎，走向水边，我看见了父亲，我找到了父亲，父亲没有离开，父亲只是重新回到了岩脑壳。

岩脑壳就是父亲，父亲就是岩脑壳！

王的国度

1

三妹、小妹每年都会 见到父亲。

在小区附近的公路涵洞边。那里，是她们以前粉墙黛瓦桑林稻田的村庄。有一年，因为上班忙忘记了，结果她们梦到父亲。父亲挑着箩筐，穿着我们小时候的破衣服，同戴着竹斗篷背着背篓的母亲，两个人在土地上恓恓惶惶到处走。

二姐也经常想到父亲。

先是父亲在门外边叫她。

"芳莹！芳莹——"

"芳莹！芳莹——"

声声念念，犹犹豫豫，牵肠挂肚。

后来就一声比一声急，一声比一声紧，一直到把她从梦中唤醒。

"芳莹，崽唉——你们这里也要拆了，下回爹来就找不到你啰……"

二姐晓得自己又做梦了，半睡半醒里，手扪向胸口，"爹！我是你女儿，不管我今后搬到哪里，你都跟着我，爹，你就跟着我……"二姐心里默祷。

"挑蛇皮口袋，穿轮胎草鞋，从老家过来，站在门口就是不肯进屋——我一睁开眼睛，又不见了……"

二姐告诉我。

2

我见父亲，通常是在载阳坝。

不管什么时候，不管什么季节，只要我走下岩脑壳，走到载阳坝，都能见到父亲。

在那之前，我先是梦到寨子。我老远看见云落屯大桥、岩脑壳小桥和河坎上的倒鳞甲树。

走进寨子，三婆坐在门口挽麻团，春花大嫂在灶房里跟谁高声大气讲话，玛伟家两个发育不良的孩子立在路中间一眨不眨盯着人。鸡在鸣，狗在吠，猪在"咯呀咯呀"啃圈板，谁家的碓和石磨"哐呜""哐呜"响。

大河又涨水了，绿豆汤一样的水，漫出了河床，漫过沙坝。人们走向河边，累累祥祥的人，荷着渔具，背着鱼篓，卷着裤腿——

"星辰，转来啦？"

"转来啦，星辰？！"

"又涨大水了！这一河水硬是大得很！"

大哥和二哥荷着渔具，在人丛里，二哥嘱咐我快回家去，莫到河边乱跑……

我是真的回到了故乡。我坐在土地岩上，背靠树根。脸上泪水未干，人也依旧虚弱。我一点一点转动头，打量久违的一切……再后来，我就去载阳坝。

土地像什锦地毯，一直延展到岩山下。我看到一个上年纪的农人。农人在土地上耕耘，身上辨不出经纬和布料颜色的衣服，肩膀和袖肘缀着补丁，里面的猩红绒衫，袖口、衣摆绽出线絮。土地上种着莴苣，种着卷心菜，莴苣才探出两三片嫩叶，淋着水肥，卷心菜有婴儿脸盘大，白中带绿，绿中泛青，嬉闹着随时都要跑开。

农人脸、手和一双脚都呈褐色，精瘦结实，像城市公园里那些真人大小的雕塑。农人抱着簸箩，绕着地头，走两步，撒下几粒种子，走两步，撒下几粒种子，一路走一路播，每一步都准确无误地踩在前面撒下去的种子上。有时我看到那踩着泥土的十个脚趾头，有时我看到抛出的种子，有时又只看见抱在怀里的簸箩。满满当当的粪桶，矗立在地头，锄头和粪勺也歇在地头。

外边堤岸上，水牛在啃草。大牛看见了我，老远就昂起头来，小牛也朝我张望。

"爹……"我走上前，"爹！我转来了……"

父亲抬起头，拇指、食指、中指捏着等待播撒的种子。父亲矗立的身体，挺成了一棵树，多年来一成不变的容颜，依稀地在那里，若隐若现。我担心这点容颜又会瞬间消失——"我转来了，我走了好远好远的路……"我说。口舌急促，语不成句。

父亲没有隐去，在衣襟上揩着手，抱着簸箩，父亲在他的王国接待了我……

3

锄头，种子，泥土，菜秧……一行行，一列列，童颜尽展，素面朝天，像父亲胼手胝足饲养的猪牛养生，像父亲一手拉扯大的雏子崽女。

我们干活。父亲问二姐好么，三妹好么，小妹好么，娃娃们都好么？挽紧一束草，丢向地头。旁边的沟垄，已经堆了好些这样的草束。

"几个都想着我！"

"那年，还专门去给我和你妈做箱子——叫你们莫做，莫做，偏要去做，浪费那个钱！"

"不做心里过意不去，不做总想着你们还是像以前那样艰难！"

妹说，有一回她梦见父亲。父亲来看我们，穿着以前的旧衣服，脚上也还是我们小时候的那双牛鼻轮胎草鞋，父亲挑着蛇皮口袋……醒来后妹心酸得不行，她跟二姐说，跟三妹说，也跟我说。

后来她们去做了几套衣服，还做了一口皮箱。衣服和皮箱做好后，拿到公路涵洞下烧化。当天夜里，父亲就托梦给她们，"东西都收到了！"父亲说，"你给三哥打电话讲一声……"

二姐说，父亲欢喜得搓着双手，鼻梁眼睛笑成一堆："这个箱子做得真好看！又让你们花钱费米……"

"做啵！"我将手里的草挽紧，"以前困难，也拿不出……"

我坐在土埂上，捧着书，有时候，我把书放下，跟父亲一起拔草。

河那边，奔马形状的丹霞山岩从寨子背后平地而起，南北绵延近两公里，这就是云落屯。

"听人家讲，你在那边写文章，写你爹？"

我说是。

"你写些哪样嘛？"

"写你割草，写你到队上晒谷子，写你背铺盖和箱子，送我赶车……"

"莫要去写这些！丑得很！"

"不丑，做活路挣饭吃的人，又不偷，不抢……"

"你爹这个样子，腌里腌臜的！"

"天底下的干活人，也都穿得破烂，也都晒得黑……"

"反正莫写你爹！"

停停，"农民么，不都是个做活路的命!? 农民不做活路，咋个得饭嘛，咋个养活崽女!?"

我们在河这边。岩脑壳上，倒鳞甲树已经泛出点点新绿，树杈上磨盘大的喜鹊窠，大概是已经在孵小鸟了，喜鹊不再"叽叽喳喳"喧闹，实在忍不住了，也只是飞到扳鹰咀这边的桐木树上，捏着嗓子细声细气唱上一阵，再飞回。

大桥从旁边跨过河，大桥落进清波里，像一条水蛇昼夜不停地游啊游，总也游不拢岸；一起映在水里的还有岩壁上的树，还有树上的喜鹊窠，还有寨子人家。

"写这些有哪样用嘛？"

"用处么，也没有，就是给自己留个念想……才几年，大河坝、田洲坝、平浪坝都没有了，载阳坝、大沙田也没有了。今后就只晓得个'七星广场''希望城'，不晓得还有'腰滩''船码头'，不晓得有这些好田好土……"

我这样一说，父亲也就不响了。从父亲第一次去看二姐，已经二十年了。二姐他们的土地征用了；三妹小妹她们的村子也拆掉了，都拆掉了。

大家搬进公寓楼，住进钢筋水泥的小区。先前祖祖辈辈生活的村落、耕种的土地，现在变成了穿梭不息的高速公路和喧嚣繁忙的地铁车站。

我们下面是扳鹰咀，竹林后面，母亲在地里摘豇豆，背篓、头帕和绣花围裙在竹架子和豇豆叶蔓里依稀——"要不，你写写你妈……"

我说我写了，我写了妈，写妈早上去卖菜，我去读书，我帮妈把菜挑到街上……读高一的时候，有一天我吃过中饭背着书包正要出门，妈从外边风急火急走回来，"星辰！星辰——"妈喊我，"这些纸上全写得有字！"妈朝我扬起手里的纸卷，那是我昨天理出来给她包面用的，妈说你好生看看有没有是你要用的！我接过来，一张一张检查——有两张抄得有数学题目，我抽出来："妈！这些都没得用了，你拿去吧！""那两张写得有哪样？你咋个嘟个粗心!? 我拿包面了看你到哪里找?!"妈数说我，握着纸，朝大门外边走："面晒干了，有些都掉在地上了，我得赶紧去收——时间到了没？你快去学校，莫迟到了！"

"你写你妈戴斗篷，背个背篓，在街上卖一天菜，也舍不得买碗面条嘛！"父亲直起腰，又扔出一把杂草。

"还有你公、你婆、你满公、满婆……你也写写他们！"

我说我要写，我都要写。

父亲在锄草，庄稼在长，草也在长。父亲从里面往外锄，锄了有一把，就挽起来。有时候我看见父亲的手，父亲的手把草往地头丢；有时候我只看见草，草在那里把自己挽起来，抛向地头。

在坝上的还有二伯伯、贝林哥、姜老者者，苗寨上的巴胜大叔、三叔，还有裤腰带上吊着烟杆的三舅。天宝大大不晓得从哪里冒出来，吞着口水："是口肉呢，贱叔！贱叔！是口肉呢！"远处，靠近响水坳寨子的水沟上，隔了一重幕幔似的龙满，躬着肩膀，垂着手，影子似的奔过去……

"歇一下噢，那贱——"

"那贱——搞杆烟！"

"今年种点哪样……"

"我的生秧秧了，你那个怕是还要等几天……"

在地头，在土埂，大家放下锄头休息，搓着脚杆上的褐泥，豁着嗓子，大声武气。看见我，都问：

"毛弟！回来了？"

"毛弟，爱人和娃娃回来没？"

"毛弟，你出息了……"

我掏出烟来一个个地敬，他们客气，"你抽啰你抽啰——我抽这个不过瘾的嘞！"粗糙的大手在衣襟上揩过，才来接烟。接过烟，低着头，一只手捂着，很虔诚地点。烟点燃了，像是掐着一只会活动的蚂蚱，拇指食指小心地捏着，剩下的三个手指头树棍一样直直翘起，小心翼翼地放到嗛酸菜啃红薯的嘴唇上，深深吸一口眯缝着眼，半天半天才将一股浅淡的蓝烟吐出来。

"毛弟，这次要多住几天了吧？哪时候走？到我家去玩喽……噢，那你去忙，你去忙你的事情啊弟……"

4

有时候我看得见一张张黝黑的脸，脸上细密的皱纹，皱纹里的尘埃；有时候我只听得见他们的声音，声音弥漫在口鼻肺腑，弥漫在身上的每一个毛孔细胞，那样结实，那样饱满。

晚霞映红了河水和堤岸，映红了天空。劳作的人、生长的庄稼和播撒的种子，在蜜色般的晚霞中，宁静、祥和。

我们将杂草拢起来，堆在地头，引燃。湿草升起白烟，载阳坝上到处都是袅袅的白烟，白烟升到一人多高就散开了，和封龙坡上漫过来的暮色，和云落屯那边的暮色，汇到了一起。

我们下到水边，洗锄头，洗脚。然后父亲背着手，立在地头，像检阅军队的将军。

牛甩着尾巴吃草；狗在地头跑来跑去；水在堤坎下流淌。父亲饲养的生命，都回来了。卖出去的小牛回来了，屠宰了的猪回来了，老去的黑狗也回来了；鸡和鸭在竹林里觅虫，猪在啃圈板，庄稼在恣意生长，连正月里才栽下去的香椿竹鞭，也在房前屋后"唰啦""唰啦"拔节抽枝。

所有种植、养育、触接过的庄稼，所有大大小小的生灵，都回到父亲身边……

5

岩脑壳，从上面看，只是一道不起眼的山梁——火爬岩的青山，蜿蜒长龙逶迤而来，到簸箕屯，到封龙坡，到大河边戛然而止，像一串激越而又缠绵低回的乐曲，在一个刚劲的音符上打住。寨堡似的人家，发际龙须似的薜萝古木。下面，河水日夜不停地流啊流。

转到前面，就发现了它的奇崛：峻峭的孤兀而起的岩山，顶端被古树竹林装点得如同高耸的玉佩王冠；临河悬崖壁立，常年流水激激。石是石，水是水，绝无半点苟且。

如今，这个寨子已经不存在了——繁衍了十几代人的村庄被征用、拆迁。原先的房屋、院坝、晒谷场和周围大大小小有名有字的地方，现在都变成了街道、楼盘、小区和"××大道"。

但岩脑壳还在，岩脑壳是父亲的。岩脑壳和它周围的扳鹰咀、载阳坝只属于父亲，是父亲的国度；大哥、大姐、二哥、二姐、我、三妹、弟弟、小妹，家里曾经满圈满栏的猪牛牲口、鸡鸭灵性，悬挂在屋檐下的苞谷、辣子，还有黑狗老歪，都是父亲的子民。

在这里，父亲，和腰间系着绣花围裙的母亲，还有龙满、巴胜大叔，还有许许多多当年的长者，迎着河风，守着旷野，对抗岁月……可是，你又是谁呢？你，一路追随，一路陪伴，一路听我叙说的女子！？

曾经，我以为，你是那个带头为我收集募款的初中同桌；是赤裸着健康的小腿、在故乡田间地头奔波勤劳的苗家少女；是乌江边上漫长冬夜编着毛衣陪我说话的眼镜女子；是在黔北寂寞午夜里悄悄潜入梦中的十六岁女生；是冬云密布的混沌黄昏江南院落手托脸腮守着一炉旺旺炭火的红绸姑娘……但，你都不是！不是，终究不是！你只存在于我的文字中，存在于我的意念中——噢，我意念中的女子，当我走完尘世的日子，上了天堂，我到天堂找你；下了地狱，我到地狱找你；我再来给你讲述父亲，讲述岩脑壳……

作家立场

——代后记

岩脑壳是云落屯的一个寨子。云落屯包括对门河、岩脑壳、响水坳、农场、寨内五个寨子，其中响水坳是苗族。

岩脑壳是我的"日头所出之地"；是风最终返回转行的"原道"；是江河最终仍然要归还的那个"来处"。"三舅""天宝大大""父亲""巴胜""龙满"，还有许许多多的人和生灵，在这块指甲盖大的地方演绎过他们的悲欢离合、哀乐喜怒。

何其有幸，岩脑壳有了我！最近的三十年，中国大陆，有多少古老的村庄消失了!? 岩脑壳也未能幸免。随着城市的扩建，岩脑壳和它周边的地方如今不存在了——住了十几代人的寨子拆迁、填平；原先房屋、院坝、晒谷场，和周围大大小小有名有字的地方，现在都变成了街道、楼盘、小区和"××大道"。只剩得下面的河水还在日夜不停地流，流经几十公里，流向"边城"茶峒。然而，这个只有十来户人家的小山村，因为有了我，却得以在文字中幸存下来！

何其有幸，我有了岩脑壳！人生再长也长不过自然界生命体被赋予的期限。而我因为降生在岩脑壳，从出生那一刻起，不！从孕育我的那一颗精子、卵子，在父亲和母亲身体里开始产生和发育的那一刻起，我的人生就被注入了"岩脑壳""响水坳""云落屯""载阳坝"这些元素。这些元素注定了我在获得肉体家园的同时，又获得了一个精神家园，进而在实体家园不存在之后，还得以通过文字将这个家园继续保存下去！

这里，超过22万字的篇幅，不仅只是刻在我脑海里的记忆，还有二姐的书信、三妹的日记和小学不曾毕业的弟弟和小妹的微信，更有父亲的书信——当年父亲给我和二姐、妹妹写了很多信，这些信在从他笔底涌出的时候，没有想到要给别人看，更没有想到要发表。这些文字仅仅只是一个父亲对子女的牵挂、惦记，虽然不合文法，错别字很多，有些话甚至土得掉渣，但是心心念念，锥心泣血。因此，这些文字是纯粹的，生活的，绝对原生态的。

《这里挺好》（原来叫《岩脑壳》）是一种家族的"集体创作"，这是父亲在另外一个时空领着人世间的我们对岁月的又一次依依不舍的巡视和礼赞。它记录下了20世纪下半叶中国贵州松桃县一个"岩脑壳"的小村庄的存在！

文学应该给人温暖，给人希望，给人信心，给人勇气！

《这里挺好》代表了一个作家的立场，也代表了一个作家的努力。

谢谢寇丹先生，谢谢顾久老师，谢谢诗人杨宏伟！

2022年3月10日于浙江德清